Diogenes Taschenbuch 22409

Henry Slesar

Das Phantom
der Seifenoper

Geschichten
Aus dem
Amerikanischen von
Edith Nerke,
Jobst-Christian Rojahn
und
Barbara Rojahn-Deyk

Diogenes

Deutsche Erstausgabe

Veröffentlicht als Diogenes Taschenbuch, 1991
Alle Rechte vorbehalten
Copyright © 1991
Diogenes Verlag AG Zürich
150/91/29/1
ISBN 3 257 22409 5

Inhalt

Böses Erwachen in der Elm Street

Es war Mrs. Hyams klar, daß sie ihre Tochter zu früh anrief. Um diese Zeit führte Patti mit ihrem fünfjährigen Sohn den üblichen Kampf am Frühstückstisch, haderte mit den Wochenendplänen ihrer Tochter, half ihrem Mann, seine Aktentasche zu finden oder seine Brille oder was immer sonst er nun gerade wieder verlegt hatte. Morgens herrschte in Pattis Haushalt das Chaos, aber Mrs. Hyams konnte einfach nicht länger warten. Sie ließ das Telefon klingeln, bis Patti keine andere Wahl mehr hatte als ranzugehen, und kündigte ihr Kommen an. Ja, jetzt gleich. Ja, es sei wichtig. Sie legte schnell auf, um nicht den in einem Wimmern ersterbenden Protestschrei mitanhören zu müssen.

Sie wußte, daß Patti die Häufigkeit ihrer Besuche nicht schätzte, von ihrem falschen Zeitpunkt ganz abgesehen, aber sie hatte schon vor langer Zeit beschlossen, sich um die Einwände, ja selbst die Meinungen anderer Leute nicht mehr zu scheren. In jüngeren Jahren war sie friedlich wie auf einem Schoner durchs Leben gesegelt, ganz den Winden der Gesellschaft ausgeliefert. Als sie die siebzig erreicht hatte, ähnelte ihr Schiff eher einem Eisbrecher.

Zügig kleidete sie sich an und verließ zehn Minuten nach ihrem Anruf das Haus. Bis zu Patti, die in der Brown Street wohnte, würden es noch einmal dreißig Minuten sein. Mrs. Hyams ging den Weg immer zu Fuß, kam außer Atem bei Patti an und brauchte dann dringend einen Becher heißen Tee. Und regelmäßig schimpfte ihre Tochter sie aus, weil sie sich kein Taxi genommen hatte. Dann preßte sie ihre Lippen fest zusammen, so fest, wie sie ihre Geldbörse zuhielt, und verkündete einmal mehr, daß sie nicht die Absicht habe, ihr Geld zu vergeuden, Geld, das einmal Patti gehören würde. Diese Worte brachten Patti unweigerlich zum Aufstöhnen und verschafften Mrs. Hyams ein angenehm warmes Gefühl der Befriedigung.

Die Sonne schien, aber Mrs. Hyams stellte enttäuscht fest, daß die Luft kühl war. Es ging auf Ende Juni zu, und sie nahm diese Verzögerung im geordneten Fortschreiten der Jahreszeit übel. Ein Zittern überlief sie, und sie hatte eine plötzliche Vorahnung, daß dieser Tag anders verlaufen könnte, als sie es sich morgens beim Aufwachen ausgemalt hatte. Mrs. Hyams ließ immer erst jeden neuen Tag vor sich abrollen, probte ihre Gespräche mit den Leuten, mit denen sie zusammenzutreffen gedachte, besonders mit jenen, denen sie »die Leviten lesen« wollte, wie ihr Lieblingsausdruck lautete. An diesem Vormittag sollte es den Schuster ereilen, dessen Rechnung zu hoch gewesen war, den Arzt, dessen Tabletten nichts für ihre schmerzende Hüfte getan hatten, ihre Freundin Hyacinth, die ihr ihren Posten als Vorsitzende des Buchclubs entrissen hatte, und ein halbes Dutzend andere, die der Züchtigung, Zurechtweisung und Belehrung bedürftig waren. Sie wog sich in dem Glauben, daß sie vor allem letzteres austeilte – vielleicht deshalb, weil sie früher Lehrerin gewesen war.

Mr. Feller, der Briefträger, hielt gerade mit seinem kleinen blauweißen Postauto an ihrer Auffahrt. Es gab hier nicht viel Arbeit für ihn. Mrs. Hyams erhielt nicht viel Post und würde ihn ausschelten, wenn er irgendwelche Postwurfsendungen daließe. Er schenkte ihr sein übliches Lächeln, wobei sich der Schnurrbart unter der kirschfarbenen Nase hob (es war das gleiche Weihnachtsmann-lächeln, das er ihr immer mit der Post zusammen zustellte), und sagte: »Guten Morgen, Mrs. Hyams! Wie geht's Ihnen denn heute, Sie blöde alte Ziege?«

Mrs. Hyams nickte automatisch und deutete mit einem Zucken ihres Mundes so etwas wie eine Antwort an, wie sie es immer tat, wenn sie Mr. Feller bei der Ausübung seiner Pflicht begegnete. Erst als sie schon an ihm vorbeigegangen war, wurde ihr klar, was er gesagt hatte, und als ihre Reaktion einsetzte, war er bereits wieder ins Auto gestiegen und hatte den Motor angelassen.

Mrs. Hyams stand starr wie ein Laternenpfahl am Straßenrand, während der kleine Lieferwagen um die Ecke verschwand. Laut sagte sie: »Nein«, aber es kam niemand vorbei, der sie hätte hören können. *Nein*, sagte sie noch einmal, diesmal zu sich selbst: er konnte unmöglich gesagt haben, was sie glaubte, gehört zu haben.

Nachdem sie dieses Urteil gefällt hatte, fühlte sie sich besser und machte sich auf den Weg die Elm Street hinab. Sie sah mit Genugtuung, daß Trompettas Schuhmacherladen bereits geöffnet hatte. Mr. Trompetta selbst stand davor und kurbelte die Markise herunter. Sie redete ihn mit seinem Namen an, und der alte Mann drehte sich um und stand vor ihr wie ein angriffslustiger Stier.

»Tag, du verschrobene Schachtel«, murrte er. »Womit willste mir denn heute aufen Keks fallen, hm, du häßliche alte Hexe?«

»Was haben Sie gesagt?« fragte Mrs. Hyams verblüfft.

»Ich habe ›guten Morgen, Mrs. Hyams‹ gesagt«, sagte Trompetta, lauter diesmal und deutlicher und sogar noch angriffslustiger. »Haben Sie die Schuhe, die ich Ihnen geschickt habe, gekriegt?«

»Ja. Ja«, wiederholte Mrs. Hyams mit zitternder Stimme. »Aber wie können Sie es wagen...«

»Hören Sie, ich hab' Ihnen berechnet, was ich berechnen mußte. Ich hab' Ihnen ja gesagt, daß es rausgeschmissenes Geld ist, die alten Schuhe reparieren zu lassen. Ich hab' Sie gewarnt.«

Mrs. Hyams wollte gerade antworten, aber sie wurde unterbrochen, weil in dem Augenblick die Frau des Schuhmachers aus dem Laden gestürmt kam. Mit schriller Stimme setzte Mrs. Trompetta einen Streit fort, der offensichtlich oben in ihrem Schlafzimmer begonnen hatte. Die Worte waren in einer fremden Sprache, und Mrs. Hyams begriff, wie sie zu ihrem Irrtum gekommen war. Was sie aus dem Munde des Schuhmachers gehört hatte, mußten Worte in seiner Muttersprache gewesen sein. Er hatte sie unmöglich eine »häßliche alte Hexe« nennen können. So redeten die Leute nicht, nicht mit ihr. Die Bemerkung des Briefträgers hatte sie offensichtlich empfindlich gemacht, und für die hatte sie bereits eine andere Theorie, nämlich daß Mr. Fellers kirschfarbene Nase ein Resultat des Alkohols war. Sie befand, daß dies nicht der richtige Zeitpunkt war, um über eine Schuster-Rechnung zu streiten. Sie brannte darauf, Patti zu sehen, und nach dem unglücklichen Beginn dieses Tages brannte sie um so mehr darauf.

Sie überquerte gerade die Main Street, als sie Hyacinth sah, die ihr von der gegenüberliegenden Straßenseite zuwinkte. Hyacinth ging Arm in Arm mit Liddy Martin, einer furchterregenden Matrone, die erst vor kurzer Zeit in die Stadt gezogen war und bereits zur Prominenz gehörte, weil ihr Mann etwas mit dem Verlagswesen zu tun hatte. Natürlich hatte Hyacinth sie dazu verleitet, dem Buchclub beizutreten, und Liddys Stimme hatte den Ausschlag gegeben, daß Mrs. Hyams den Vorsitz verlor, den sie drei Jahre lang innegehabt hatte. Als sie sich dem Paar näherte, setzte sie jedoch ein entschlossenes Lächeln auf, das sie nur unter großer Mühe beibehalten konnte, als sie Hyacinth ganz deutlich sagen hörte:

»Erzähl ihr bloß nicht, daß wir frühstücken gehen, sonst werden wir das alte Plappermaul den ganzen Morgen nicht mehr los!«

Aber als sie nahe genug beieinander waren, daß sie sich ihre behandschuhten Hände reichen konnten, lächelte Hyacinth charmant und sagte: »Du bist immer so früh auf den Beinen, Emily! Ich nehme an, du bist auf dem Weg zu deiner Tochter?«

»Ja«, sagte Mrs. Hyams steif und setzte dann, wie unter einem Zwang stehend, hinzu: »Aber ich habe es überhaupt nicht eilig, und ich habe noch nicht gefrühstückt...«

»Wir *kommen* gerade vom Frühstück«, sagte Hyacinth liebenswürdig. »Wir wollen in die Stadt fahren und einkaufen gehen, deshalb sind wir schon so früh dran. Bis später also!«

Damit gingen sie davon und winkten nur noch einmal zurück. Liddy Martin sagte zu ihrer Begleiterin: »Ich hatte schon Angst, sie würde mitfahren wollen«, und Hyacinths Antwort war klar und deutlich: »Sorg dich nicht um Emily. Sie reist nur auf dem Besenstiel.«

Besenstiel! Das Wort dröhnte in Mrs. Hyams Kopf wie eine Glocke. Es war noch nicht zwei Minuten her, daß ein schmuddeliger, unverschämter *Schuster* sie eine Hexe genannt hatte – sie war jetzt sicher, daß an seiner Sprache nichts irgendwie »Fremdländisches« gewesen war –, und nun kam Hyacinth Merridew und sagte dasselbe, ohne an ihre Gefühle zu denken... Was war denn plötzlich mit allen los? Was für ein böser Zauber hatte sich auf die Stadt gelegt, oder etwa gar auf den ganzen Planeten? Standen die Gestirne in irgendeiner unheimlichen Konstellation, die jedermanns Psyche in Mitleidenschaft zog? Sie hatte davon gehört, daß Vollmond und Sonnenflecken den Funkverkehr und vielleicht sogar das menschliche Verhalten beeinflußten. Fand etwa eine Invasion außerirdischer Wesen statt, oder war sonst eine teuflische Kraft am Werk und wenn ja, warum sollte gerade sie, Emily Hyams, ihre Zielscheibe sein?

Sie schüttelte den Kopf und verwarf diese absurde Erklärung. Logisch, vernünftig, nüchtern – das waren die Eigenschaftswörter, die sie sich ihr Leben lang beigelegt hatte. Während sie diese Worte gerade laut vor sich hinsagte, kam sie an Milton vorbei, dem Polizisten, der einmal ihr Schüler gewesen war. Er sah sie an und lächelte.

»Na, führst du schon Selbstgespräche, du alte Schachtel?«

Sie schnappte nach Luft und fragte: »Was haben Sie eben gesagt, Milton?«

»Ich habe ›guten Morgen, Mrs. Hyams‹ gesagt«, antwortete Milton laut, so laut, daß Mrs. Hyams sich die Ohren zuhielt.

»Was ist los?« fragte der Polizist. »Sind Sie okay?« Er machte eine Bewegung auf sie zu, und Mrs. Hyams stieß in plötzlicher Angst einen Schrei aus. Wovor sie Angst hatte, wußte sie nicht. Sie drehte sich um und lief fast die Straße hinunter, nur fort von ihm, fort von dem Schrecklichen, das da in der Elm Street vor sich ging.

Sie war außer Atem, als sie am Haus Nr. 12 in der Brown Street mehr auf die Türklingel hämmerte als auf sie drückte. Als Patti die Tür öffnete, zerzaust und mitgenommen nach einem schwierigen Schulmorgen, packte Mrs. Hyams sie mit beiden Händen an den Armen und keuchte ein paar unverständliche Worte hervor. Pattis Worte dagegen waren nur zu verständlich, obwohl sie ganz leise gesprochen worden waren.

»O Mama, warum bist du bloß so eine Nervensäge?«

Mrs. Hyams fing an zu schluchzen. Patti hatte schon so viele Tränen bei ihrer Mutter gesehen, daß sie nicht allzu berührt war. Sie führte Mrs. Hyams hinein und ließ sie am Küchentisch Platz nehmen. Dort stand schon eine Kanne Kamillentee für sie, und Patti schob ihr einen dampfenden Becher zwischen die zitternden Hände und fragte sie ruhig, was los sei.

»Was ist es denn so Dringliches?« fragte sie. »Warum mußtest du denn in aller Herrgottsfrühe herkommen?«

»Weil ich es dir erzählen wollte«, sagte Mrs. Hyams, und ihre Stimme war jetzt nur noch ein Wimmern. »Ich habe endlich getan, was du schon seit Jahren von mir verlangst, und ich bin hergekommen, um es dir zu erzählen. Ich habe mir endlich ein Hörgerät zugelegt.«

Das Phantom der Seifenoper

Als ich mich entschlossen hatte, die Geschichte des Phantoms von Studio 43 zu schreiben, konnte es gar nicht ausbleiben, daß man mich mit Gaston Leroux verglich. (Die besagte Geschichte war übrigens schon einmal in der Presse aufgetaucht – im Mülleimer so einer Klatschspalte, mit einer Fehlinformation pro Zentimeter Spaltentext!) Als sich dann aber mein Name unauflöslich mit dem Phantom verband, entging allen eine kleine, symbolische Einzelheit, nämlich die Tatsache, daß ich genau an dem Tag das Licht der Welt erblickt hatte, an dem Leroux gestorben war – ein Zufall, der zu düsteren Spekulationen über das Phänomen der Reinkarnation hätte führen können. Mögen nun die folgenden Seiten allen Spekulationen den Boden entziehen. Denn dies ist die vollständige Geschichte des Phantoms von Fernsehstudio 43, alles Phantastischen und Mystischen entkleidet – und doch gerade deshalb um so phantastischer, weil es die unbeschönigte Wahrheit ist.

Als erstes muß ich folgendes klarstellen: Ich war zu keiner Zeit ein Opfer des Phantoms und wäre ihm wohl auch niemals begegnet, wenn ich mich nicht ganz bewußt dazu entschlossen hätte, in sein dunkles Reich einzudringen. Das größte Unheil richtete das Phantom in jenem in der City von New York gelegenen Fernsehstudio an, in dem wochentags die Serie *Before the Dawn* aufgezeichnet wurde. Und die Autoren solcher Tagesserien sind ja selten dabei, wenn ihre Texte gesprochen werden. Selbst wenn ihnen ihre mühevolle Arbeit die Zeit zu Studiobesuchen ließe, wären sie dort den Produzenten und Regisseuren wohl kaum willkommen, neigen Autoren doch dazu, über Kabel zu stolpern oder glotzend im Wege zu stehen. Am schlimmsten aber ist, daß sie dann von den Schauspielern so oft zu einer Anreicherung der jeweiligen Rolle überredet werden. Fernsehstudios sind nicht ihr natürlicher Lebensraum, und das Studio 43 war nicht der meine. Das war einer der wesentlichen Gründe dafür, daß sich die tödliche Geisterhand des Phantoms nie nach mir ausstreckte.

Ich möchte gern glauben, daß es auch noch einen anderen Grund dafür gab, nämlich den, daß mich das Phantom ganz einfach nicht in seinen Racheplan aufgenommen hatte, weil es wohl davon überzeugt war, daß mich keine Schuld an der großen Sünde traf, die man seiner Ansicht nach an ihm begangen hatte. Natürlich hängt Ihre Zustimmung zu dieser Theorie davon ab, ob Sie mit meiner Erklärung des Phantoms, seiner Identität und seiner Zielsetzung einverstanden sind oder nicht. Es gibt durchaus Leute (vorwiegend in Diensten der Polizei), die skeptisch waren und geblieben sind.

Es ist üblich, im Rahmen einer Einführung wie der vorliegenden denjenigen zu danken, die wesentliche Informationen zu dem jeweils entstehenden Werk beigesteuert haben – in ebender Weise, wie das Gaston Leroux in *Phantom der Oper* getan hat. Leider muß ich bekennen, daß ich nur zwei Menschen zu nennen vermag, die mir in geringem Umfange behilflich waren, nämlich Mike Zurman, den Mitproduzenten von *Before the Dawn*, und einen Polizisten, den ich hier Harry nennen möchte, zieht er es doch vor, anonym zu bleiben – wie das Phantom.

Man behauptete, alles habe bei der Party aus Anlaß des dreißigjährigen Jubiläums begonnen. Wie stets, war »man« auch hier im Unrecht. Es war schon zu einem halben Dutzend »Zwischenfällen« im Studio 43 gekommen, die man allesamt sehr wohl dem Phantom hätte anlasten können. Aber es war halt genauso leicht gewesen, ein herabgefallenes Spotlight auf eine verrostete Halterung, ein plötzliches Feuer auf die etwas sorglosen Rauchgewohnheiten einer der Leute vom Aufnahmeteam, eine allgemeine Magen-Darm-Infektion auf den gemeinsamen Genuß einer mit allem möglichen, Salmonellen eingeschlossen, belegten Pizza zurückzuführen. Als *Before the Dawn* jedoch dreißig Jahre alt wurde (eine reife Leistung, wenn man die kurze Lebensdauer der meisten Fernsehshows bedenkt), schlug das Phantom auf eine Art zu, die ganz unverkennbar die seine war. Es warf nämlich dem gesamten Ensemble eine Torte ins Gesicht.

Nun, diese Torte war keine gewöhnliche, sondern es war die Geburtstagstorte – ein Quadratmeter Biskuitkuchen mit Schokoladenüberzug und flaumigen Wölkchen weißer Schlagsahne. Sie war bei Latanzi in Manhattan in Auftrag gegeben worden, wobei man darauf gedrängt hatte, daß bei der Herstellung ganz besonders auf die fotogenen Qualitäten geachtet wurde, hatten sich die Produzenten der Show doch eine eingehende Berichterstattung durch die Fanpresse und vielleicht sogar durch die Zeitschrift *People* erhofft (Mike Zurman hatte eine Freundin, deren Mutter einen Menschen kannte, dessen Schwester dort arbeitete). *People* erschien dann aber nicht und beraubte sich der Chance, eine wirklich tolle Aufnahme bringen zu können: Ein halbes Dutzend der mitwirkenden Schauspieler, unter ihnen die gefeierte Nina Kemper, vollgekleckert mit Biskuitteig, Schokolade und Schlagsahne!

Niemand vermochte zu sagen, wie die Torte abgefangen worden war. Solly, der etwas unterbelichtete Sicherheitsmann, behauptete steif und fest, sie nie in Empfang genommen zu haben, gab gleichzeitig aber auch zu, seinen Posten an diesem Nachmittag mehr als einmal verlassen zu haben (der Sekt floß schließlich in Strömen). Der Bote von Latanzi schwor, daß ein »Mann in Uniform« die Torte entgegengenommen, die Quittung allerdings mit einem Gekrakel unterschrieben habe, daß gänzlich unleserlich gewesen sei. Keiner merkte, daß die Torte nicht da war, bis endlich Gordon Knapp, der Produzent, meinte, daß es an der Zeit für ein Gruppenfoto sei, und ihm da bewußt wurde, daß auf dem Tisch mit den Erfrischungen nur ein Quadratmeter nackten, weißen Tischtuches zu sehen war. Wo war die Torte? Diese Frage beantwortete sich schon einen Augenblick später, als nämlich zwanzig Pfund gebackenen Materials von oben herabsausten und feucht in die Gruppe klatschten, der Schokoladenguß in alle Richtungen spritzte und sich ein Chor schriller Schreie und Verwünschungen erhob. Nur ein einziger, und zwar Mike Zurman, hatte die Geistesgegenwart, nach oben zur Laufplanke hinaufzuschauen, wo er etwas erblickte, was verschwommen wie ein Paar silbergrauer Beine aussah, welche in dem Kabelgewirr verschwanden. Es war Harry der Bulle, der später darauf hinwies, daß auch die Uniform der Sicherheitsleute silbergrau war.

Solly wurde jedoch der Tat nicht verdächtigt – er war mit uns anderen unten im Studio gewesen und hatte einen Klecks rosafarbener Füllung in Form eines B – platsch – mitten in sein erstarrtes Gesicht gespritzt bekommen.

Gleichwohl war es der letzte Tag, an dem Solly seine Uniform trug. Die Studioleitung machte ihn für den Diebstahl der Torte sowie dafür verantwortlich, daß der Scherzkeks, der sie mißbraucht hatte, ins Studio hineingelangt war. Was die Identität des Übeltäters anbetraf, so war die verbreitetste Theorie die, daß es wohl ein verärgerter Fan gewesen war, der vielleicht das Ende einer der sechs oder sieben Romanzen, die gerade im Gange waren, nicht verwunden hatte. Die Zuschauer haßten es, wenn solche Liebesgeschichten abgebrochen wurden, weshalb es ja auch in *Before the Dawn* so häufig dazu kam. Das ist ein Gesetz der Branche. Wer auf Einschaltquoten wert legt, der liefere dem Publikum nicht, was es haben möchte.

Von den Opfern erlitt nur eines eine schwerere Verletzung, und die war rein emotionaler Art. Zunächst meinten wir alle, daß auch Nina Kemper in das nervöse Gelächter ausgebrochen sei, welches dem Bombardement folgte, aber dann wurde uns klar, daß das Ihre der Hysterie entsprang. Aus irgendeinem Grunde – vielleicht weil ich so eulenhaft aussehe (ich trage eine Brille mit kreisrunden Gläsern, und die Leute halten mich immer für einen Arzt, obwohl ich doch schon ein komisches Gefühl im Magen habe, wenn ich nur einen Verband anlegen soll) – aus irgendeinem Grund also verfiel Nina darauf, meinen Arm zu ergreifen und mich anzuflehen, mit ihr »irgendwohin« zu gehen. Ich war damals noch neu bei *Before the Dawn*, hatte ich doch erst vor drei Monaten den Job eines Co-Autors übernommen, aber Nina hatte sich wie etliche der anderen Schauspieler bereits große Mühe gegeben, gewinnend auf mich einzuwirken – Freundlichkeitsbekundungen, die ein wenig durch das Etikett beeinträchtigt wurden, auf dem es warnend hieß: Vorsicht! Schauspielerfreundschaften können deinem Text gefährlich werden! Wie dem auch sei, es gab keine Möglichkeit, mich auf galante Weise ihrem Ansinnen zu widersetzen, und schon wenige Minuten später fand ich mich in einer Nische in den *Drei Tauben* wieder – einem Etablissement, welches bei Schauspielern und Aufnahmeteam sehr beliebt ist, ganz einfach weil es sich dabei um die dem Studio am nächsten gelegene Bar handelt.

Zwei Drinks trank ich mit mir allein, während Nina auf der Toilette die Schäden behob. Als sie wieder in Erscheinung trat, war nur noch in ihren Augen eine Andeutung von dem zu entdecken, was sie durchlebt hatte. Ihr Blick war merkwürdig verschleiert, die Pupillen geweitet, und ich hatte den Verdacht, daß die Schauspielerin mehr getan hatte, als nur Torte aus ihrem Haar zu bürsten. Deshalb nahm ich auch an, daß ihre erste Äußerung von etwas inspiriert war, was aus dem Medizinschränkchen stammte.

»Ich glaube, es ist mein Mann«, sagte sie. »Ich denke, es ist Jules. Bitte lachen Sie nicht! Ich habe nie gewagt, jemandem meine Theorie anzuvertrauen, aber ich dachte mir, ein Autor... Nun ja, Schriftsteller verfügen doch über Vorstellungsgabe, oder etwa nicht?« Sie sah mich flehentlich an.

Ich versuchte verzweifelt, die Vorstellungsgabe des Autors in mir zu aktivieren, aber alles, was ich dabei zustande brachte, war ein etwas lahmes Szenario, in dem ein entfremdeter, zu üblen Streichen aufgelegter Gatte in einem Akt schadenfroher Bosheit eine Torte auf seine Frau und ihre Kollegen hinabsausen läßt. Dann aber fiel mir etwas ein, was diese Theorie in Stücke sprengte. Nina Kemper war doch vor nun schon zwei Jahren Witwe geworden!

»Ist Jules nicht... äh, tot?« fragte ich.

»Deshalb habe ich ja nie etwas gesagt. Die Menschen sind so *komisch*, wenn es um solche Dinge geht. Obwohl vielleicht jetzt, wo Shirley . . .«

»Wer?«

»Shirley MacLaine. Dem Himmel sei für diese Frau gedankt, durch sie ist es so viel weniger *peinlich* geworden zu sagen, was man fühlt, was man als wahr *erkannt* hat, ich meine hinsichtlich des Todes und all dieser Dinge. Wissen Sie, was ich glaube? Ich glaube, daß das *Jenseits* immer näher kommt, daß es nicht mehr so weit weg ist, wie es das einmal war. Ich glaube, das hat was mit den Planeten zu tun, mit Antimaterie und schwarzen Löchern und all den anderen komischen Sachen, die sie da entdecken . . .«

Sie hielt inne und bestellte einen weiteren Drink, und ich war dankbar für die kleine Pause. Erklärter Skeptiker, der ich nun einmal bin, gehen mir Gespräche über okkulte Dinge stets auf die Nerven – und im allgemeinen nicke ich lieber in scheinbarer Zustimmung mit dem Kopf, als meine Energien mit völlig zwecklosen Widerlegungen zu vergeuden. Eine Frage konnte ich aber doch nicht unterdrücken.

»Wollen Sie etwa sagen, daß es eine Geistererscheinung war, die die Torte runtergeworfen hat?«

»Bitte sagen Sie nicht ›Geistererscheinung‹. Ich *hasse* das Wort ›Geistererscheinung‹. Wir haben es zu so etwas Trivialem gemacht, zu einem Scherzwort. Casper und die Ghostbusters und so. Sagen Sie doch einfach ›Geist‹, ›Geist eines Verstorbenen‹ oder auch ›Wiedergänger‹. Was für ein erschreckendes Wort! Es überläuft mich schon kalt, wenn ich es nur ausspreche.«

»Die Torte«, erinnerte ich sie.

»Ich weiß – Sie glauben nicht, daß Geister in der Lage

sind, die Materie zu manipulieren. Haben Sie noch nie etwas von Poltergeistern gehört? Wenn es Jules *war*, dann wäre das auch nicht das erste Mal gewesen, daß er so etwas gemacht hätte. Erinnern Sie sich noch an diese Lampe, die im vergangenen Jahr auf die Kulissen *gestürzt* ist? Ich weiß, Sie waren damals noch nicht da, Darling, aber Sie müssen doch davon gehört haben.«

»Ich habe so was gehört, ja.«

»Haben Sie auch gehört, *wo* sie runtergekommen ist? In Felicias Schlafzimmer!« Nina Kemper verkörperte in der Show eine Figur namens Felicia Moore. »Ich ging gerade die nächste Szene durch und war keine drei Schritt von der Stelle entfernt, wo die Lampe runterfiel. Wenn ich mich nicht zur Seite, sondern nach vorn auf die Kamera zu bewegt hätte, dann wäre ich tot gewesen.«

Das war nicht ganz die Geschichte, die ich gehört hatte – Nina war gerade beim Mittagessen gewesen, als der Unfall passiert war. Aber ich unterbrach sie nicht.

»Und die Brände! Ist Ihnen klar, wie ungewöhnlich oft Feuer im Studio ausgebrochen ist? Fragen Sie mal Gordon Knapp! Er beklagt sich fortwährend über die exorbitanten Versicherungsbeiträge, die sie nur wegen dieser immer wieder ausbrechenden kleinen Brände zahlen müssen!«

»Ich habe davon gehört, daß es ... hm, Unfälle gegeben hat.«

»Es *gibt* keine Unfälle«, sagte Nina ernst. »Das meint Shirley MacLaine.«

»Ich meine, das hätte schon Freud gesagt.«

»Dinge fallen, stürzen herab, verschwinden, Leute stolpern, ihnen wird übel...« Sie starrte in die roten Tiefen ihrer Bloody Mary. »Das ist aber nicht der einzige Grund, warum ich glaube, daß Jules verantwortlich ist.«

Ich sagte nichts, denn ich konnte sehen, wie wichtig ihr eine dramatische Pause war.

»Es ist nämlich auch so, daß ich ihn *gesehen* habe, Darling.«

Sie hob die Augen, forderte mich zum Widerspruch heraus. Ich biß statt dessen in eine Laugenbrezel.

»Es ist wahr. Ich habe Jules gesehen – in genau dem pelzbesetzten Mantel, den er zu tragen pflegte, wenn er den Randolph spielte. Oh, es ging alles so furchtbar schnell! Nur ein blitzhaftes Aufleuchten seines Bildes, nachdem es dunkel im Studio geworden war...«

»Vielleicht haben Sie Tom Derringer gesehen«, schlug ich behutsam vor. Tom war der Schauspieler, der zur Zeit die Rolle des Randolph Moore spielte.

»Nein, Tom war an jenem Tag nicht im Studio, er war in Virgin Gorda oder sonstwo. Das war Jules, den ich da erblickte, und er sah genauso aus wie Randolph – oder wie Randolphs Geist, wenn Sie sich so was vorstellen können.«

Den Geist einer fiktiven Figur? Selbst meine Schriftstellerphantasie reichte dafür nicht aus.

»Es war mein Mann, Darling, ich schwör's bei seinem Grabe! Nicht, daß er da drin wäre. Er ist hier, hier in der 23. Straße. Er ist noch immer im Studio, in eben dem Studio, in dem er umgebracht wurde.«

»Er wurde nicht *umgebracht*«, erinnerte ich sie. »Mir hat man gesagt, daß er einem Herzinfarkt erlegen sei, während einer Probe.«

»Er starb, als er diesen Stuhl hochzuheben versuchte – diesen winzig kleinen, gepolsterten Stuhl, den irgend jemand am Fußboden *festgenagelt* hatte! Das war Mord, schlicht und einfach Mord!«

»Man hat mir erzählt, daß das Ding festgenagelt worden sei, weil es bei den Aufnahmen immer wieder umkippte. Vom Team wollte dann natürlich nach allem, was geschehen war, niemand zugeben, das besorgt zu haben.«

»Wenn es nicht *Mord* gewesen wäre, dann würde Jules jetzt nicht im Studio herumspuken. Jedermann weiß doch, daß der Geist eines Ermordeten keine Ruhe findet, bevor er nicht gerächt ist!«

»Nun«, sagte ich und fühlte mich unbehaglich, »das ist so eine Theorie. Ich halte es für eine komische Form von Rache, da im Studio all dieses Unheil anzurichten. Könnte es nicht auch sein, daß diese Show... na ja, irgendwie unfallanfällig ist?«

»Sie ist *todes*anfällig, mein Süßer.«

Sie sprach diesen Satz auf die dramatischste Weise aus, die ihr möglich war, wobei sie aus dem »todes...« fast ein dreisilbiges Wort machte. Dann aber schwieg sie, und ein neuer Ausdruck trat in ihr hübsches, wenngleich ein wenig zu stark gepudertes Gesicht – ein Ausdruck, den ich nur als »angsterfüllt« beschreiben kann.

»Tut mir leid«, sagte sie. »Ich hab das noch nie jemandem erzählt, und vielleicht sollte ich auch gar nicht darüber sprechen, denn...« Sie hielt erneut inne, und wie wohl die meisten Schriftsteller verspürte ich den Drang, ihren Satz in meinem Kopf zu vollenden. »Denn falls«, so hätte sie etwa sagen können, »*Jules zuhört*...«

Am nächsten Tag aß ich mit Ted Hauser, dem für das Drehbuch verantwortlichen Autor, der mich zu seinem Co-Autor gemacht hatte, zu Mittag, erzählte ihm aber nichts von Ninas Theorie, weil ich annahm, daß sie ihre Mitteilungen als vertraulich behandelt sehen wollte. Ich befragte ihn aber zu dem Begriff »todesanfällig«.

»Das stimmt«, sagte Ted und setzte mich in Erstaunen. »Es hat eine auffällig hohe Zahl von Toten gegeben. Ich meine, dort im Studio.«

»Und wen? Außer Ninas Mann?«

»Simon Wales beispielsweise. Der Schauspieler, der den Randolph Moore spielte, bevor Jules ihn dann ersetzte.«

»Ich habe noch nie etwas von Wales gehört«, sagte ich. »Aber ich habe ja schließlich auch erst vor sechs Monaten angefangen, mir die Show anzusehen. Wie viele Randolphs hat's denn schon gegeben?«

»Tom Derringer ist die Nummer vier.«

»Und wie lange gibt es die Figur des Randolph Moore schon?«

»Mindestens zwanzig Jahre«, sagte Ted. »Natürlich hat Mason Trumbull diesen Charakter geschaffen, aber er wurde dann ein bißchen zu alt dafür. Du weißt ja, wie die Meister da oben so sind.« Er meinte die Manager der Show. »Sie mögen es gar nicht, wenn ihre Hauptfiguren altern. Also wurde ich damit beauftragt, Randolph für ein paar Monate rauszuschreiben. Ich schickte ihn nach Südamerika, wo er eine Bananenfabrik oder so was aufbauen sollte, und sein Flugzeug stürzte über den peruanischen Urwäldern ab. Das muß ihm gut bekommen sein, denn als er dann in die Show zurückkehrte, sah er zwanzig Jahre jünger aus. Und er sah verdammt so aus wie Simon Wales.«

»Und was brachte Wales um?«

»Er erstickte sich selbst. Mit einem Stück Fleisch.«

»Kennt hier denn kein Mensch die Heimlich-Methode?«

»Es war ja keiner da. Er war allein im Studio, als das passierte. Stunden nach Drehschluß trank er ein Bier, aß ein

24

Sandwich und sah sich den Text für den nächsten Tag an. Simon hatte immer Probleme mit dem Text.«

»Augenblick mal«, sagte ich. »Ich meine mich zu erinnern, darüber gelesen zu haben. Ich dachte allerdings, es sei sein Herz gewesen.«

»Das war das, was in der Presse zu lesen war – Herzversagen. Es klang einfach besser als ›Tod durch Roastbeef‹, und dem Wortsinn nach stimmte es ja auch. Wessen Herz versagt nicht im Augenblick des Todes?«

»Nenn mir noch weitere.«

»Lois Sturtevant«, sagte Ted prompt. Das überraschte mich wieder, obwohl ich wußte, daß Gordon Knapps Sekretärin Selbstmord begangen hatte, nachdem sie von ihrem Freund, der zum Aufnahmeteam gehörte, verlassen worden war – die Show im übrigen auch.

»Ich dachte, Lois sei in ihrer Wohnung gestorben.«

»Das ist sie auch«, sagte Ted. »Behalt das für dich, ja? Lois schluckte die Überdosis da im Studio, in Gordons Büro. Dann ging sie ganz ruhig fort, nahm sich ein Taxi und fuhr nach Hause.«

Das war schon ein »mein Gott« wert, und deshalb sagte ich es.

»Sie fanden die Pillendöschen auf ihrem Schreibtisch, deshalb kamen sie dahinter. Lois war mehr als nur ein bißchen sonderbar – ihr Liebesleben muß sie geschafft haben. Eine Woche vor ihrem Selbstmord lief sie herum und erzählte allen, daß es im Studio spuke.«

Das ließ mich aufhorchen.

»Spuke?« wiederholte ich vorsichtig. »Was spukt da?«

Ted zuckte die Achseln. »Ein Geist, was sonst? Vielleicht Simon Wales.«

»Nicht Jules?«

»Jules lebte damals doch noch.«

»Hat Lois den Geist genauer beschrieben?«

»He, was soll das denn?« fragte Ted und sah mich voller Neugier an. »Willst du etwa ein Buch schreiben, oder was? Du hast im Augenblick doch wohl genug am Hals.«

»Das interessiert mich bloß, mehr nicht.«

»Alles, woran ich mich noch erinnern kann, ist, daß sie diese *Person* durch eine Wand gehen sah. Aber sie war ziemlich überkandidelt. In Spielberg-Filmen gehen die Leute durch Wände, aber doch nicht im wirklichen Leben.«

»Und was ist mit dem Tortenmann?«

»Mit wem?«

»Mit dem Kerl, der die Torte geworfen hat. Mike Zurman hat ihn oben auf dem Laufbalken gesehen, und dann hat er sich in Luft aufgelöst. Vielleicht war das der Geist, dem Lois begegnet ist.«

»Da oben gibt's aber Türen, nicht nur Wände.«

»Türen? Das ist mir neu.«

»Klar doch. Das ganze Studio besteht aus einem Gewirr von Türen und Kriechgängen und unterirdischen Durchgängen. Hast du das nicht gewußt? So hat man halt früher die Theater gebaut.«

»Ich hab ganz vergessen, daß das früher mal ein Theater war«, sagte ich.

»Da war mal ein Filmtheater drin, vor dreißig Jahren, das hieß RKO-Filmpalast, und vor dem Umbau in ein Kino war's ein richtiges Theater. Dessen größter Erfolg war *Ben Hur*. Sie brachten auf der Bühne ein echtes Wagenrennen.«

»Wow«, sagte ich.

»Das hat mir Mike Zurman erzählt – er ist der Lokalhistoriker. Sein Urgroßvater war Direktor dieses Theaters.«

Ich wußte, daß es ein riesengroßes Gebäude war. Ich entsann mich auch, daß Gordon Knapp mir mal gesagt hatte, daß es Zeiten gegeben habe, in denen der Sender sogar *zwei* Tagesserien gleichzeitig in diesen Räumlichkeiten produziert hatte und trotzdem noch Platz genug vorhanden gewesen war, um jede Menge Requisiten dort einzulagern. Falls es im Studio 43 einen Geist gab, dann hatte er da jedenfalls einen ausreichend großen Lebensraum – wenn das das richtige Wort dafür ist.

»Hör auf, dir den Kopf über Geister zu zerbrechen«, sagte Ted, »und fang lieber an, über die neuen Episoden für Felicia nachzudenken. Langsam kriegen die Zuschauer ihre üblichen fiesen Intrigen dicke. Wir brauchen was Neues für sie, irgendwas richtig Hundsgemeines.«

Es ergab sich dann, daß Felicia – oder genauer gesagt, die Schauspielerin, die sie verkörperte – am nächsten Tag tatsächlich etwas Hundsgemeines tat – sie verschwand!

Eine Seifenoper lebt stets von der kontrollierten Panik. Ein gut Teil hochkarätiger Schauspielkunst bekommt man gerade vor der Aufzeichnung zu sehen – die Darsteller geben sich ruhig, unbeschwert, gefaßt angesichts der Tatsache, daß sie ihren Text erst am Vortag gelernt haben, daß die Generalprobe einen Vorgeschmack der absoluten Katastrophe geboten hat, daß es noch tausenderlei Dinge gibt, die während der Aufzeichnung schiefgehen können. Was aber wirklich dazu angetan ist, ihren professionellen Gleichmut zu erschüttern, das ist das Nichterscheinen eines Ensemblemitgliedes. Nina Kemper hatte an der Generalprobe teilgenommen, sie hatte ihren Text kühl hergesagt, ohne jeden Hänger. Ihre Bewegungen waren wie immer so vollkommen gewesen, daß sie wie das Ergebnis einer elaboraten Choreographie wirkten. Nina war zuverlässig. Aber fünfzehn Minuten vor Beginn der Dreharbeiten war Nina nicht da.

Joe Manley, Regisseur der für diesen Tag vorgesehenen Episode, schickte ein halbes Dutzend Produktionsassistenten aus, die sie suchen sollten. Sie durchforschten alle nur erdenklichen Räumlichkeiten von den Garderoben über die Schminkräume bis zum Lager, von ihrer Wohnung im Village bis zu den »Drei Tauben« – obwohl nie jemand erlebt hatte, daß Nina tagsüber trank. Sie riefen verzweifelt bei ihrem Agenten, ihrem Anwalt, ihrer Mutter in L. A., ihren beiden Ex-Ehegatten und ihrem augenblicklichen Freund an. Keiner wußte etwas. Nina war einfach verschwunden, gerade so, als ob sie ... als ob sie was? Durch eine Wand davongegangen wäre? Ich war der einzige, der diese Frage stellte – und ich stellte sie nur mir selbst.

Gordon Knapp kam schnell zu einer Entscheidung. Man würde an diesem Tag halt all die Teile drehen, in denen Felicia nicht vorkam, und dann das Programm des nächsten Tages entsprechend erweitern. Er ging natürlich davon aus, daß Nina wieder auftauchen würde. Das tat sie aber nicht. Als einzige Lösung blieb schließlich nur, die Rolle der Felicia vorübergehend neu zu besetzen. Eine Schauspielerin namens Amanda Parr wurde engagiert, und sie arbeitete sich innerhalb weniger Tage mit einer Professionalität in die Rolle ein, die mich zutiefst beeindruckte.

Das war nur eine Übergangslösung. Die ganze Zeit lief die Suche nach Nina weiter, die durch die Tatsache erschwert wurde, daß es den Oberbossen gelang, ihr Verschwinden vor dem Publikum geheim zu halten. In der offiziellen Erklärung hieß es, Frau Kemper habe ganz überraschend einen gesundheitlichen Zusammenbruch erlitten, sie bedürfe dringend einer Ruhepause und sei bald wieder da, fieser denn je. Ich konnte ihnen ihre Umsicht nicht zum Vorwurf machen. Mehr als bei jeder anderen Tagesserie hing die Einschaltquote im Falle von *Before the Dawn* von einer einzigen, zentralen Figur ab, und das war ganz eindeutig die der Felicia, wie sie von Nina Kemper gespielt wurde. Ihr endgültiger Verlust war einfach unvorstellbar.

Gegen Ende der Woche wurde in aller Stille die Polizei eingeschaltet – auf diese Weise lernte ich Harry kennen.

Angesichts der noch kurzen Zeit meiner Mitwirkung an der Show war ich überrascht, mich unter den für eine Vernehmung ausersehenen Mitarbeitern wiederzufinden, aber mein Nach-Party-Drink mit der Schauspielerin qualifizierte mich wohl für die Kategorie der »Zuletzt-Gesehen-Mit«.

Für einen Polizisten war Harry erstaunlich klein – er mußte bei seiner Einstellung die geforderte Mindestgröße nur mit äußerster Mühe erreicht haben. Und er war älter, als es dem Bilde des »Kriminalbeamten« entsprach, das ich in meiner Schriftstellerphantasie mit mir herumtrug. Er machte aber beide Mängel durch eine offenkundige Begeisterung für seinen Job wett. Als ich ihn in groben Zügen über den Inhalt meines Gespräches mit Nina Kemper unterrichtete (ich gab angesichts der Lage jede Zurückhaltung auf), hörte er eifrig zu und lächelte nicht ein einziges Mal über die »Unwahrscheinlichkeiten« ihrer Geistergeschichte. Wie sich zeigte, war es auch nicht das erstemal, daß er diese zu hören bekam.

»Sie sagte mal was darüber zu Tom Derringer, kennen Sie ihn?«

»Ja«, sagte ich. »Das ist der Schauspieler, der den Randolph Moore spielt.«

»Die Rolle, die ihr Mann mal gespielt hat, korrekt? Jules, der, von dem sie behauptet, daß er da im Studio rumspukt?« Ich nickte. »Am Tag vor ihrem Verschwinden hat sie diesen Burschen, den Tom Derringer gefragt, ob er jemals bei Nacht dort rumlaufe und dabei irgend so ein pelzbesetztes Gewand trage. Derringer meinte, sie hätte sie wohl nicht mehr alle.«

»Das ist ein Kleidungsstück, das der Randolph Moore meistens anhat. Er soll einen exzentrischen Multimillionär darstellen...«

»Sie hat Derringer erzählt, sie hätte einen Geist gesehen, der so einen Mantel angehabt hätte. Als er sie auslachte, war sie sauer und gab ihm eine Ohrfeige. Dann wurde sie irgendwie hysterisch. Sie sagte so was wie... daß sie das noch beweisen würde.«

»Was beweisen? Und wie?«

»Fragen Sie mich nicht.« Harry zuckte die Achseln. »Vielleicht ein Medium anheuern, einen Geisterjäger, was weiß ich? Da das der Tag vor dem war, an dem sie auf und davon gegangen ist, könnte es von Wichtigkeit sein. Wenn Ihnen dazu noch was einfällt, dann lassen Sie's mich wissen, in Ordnung?«

Ich sagte, das gehe in Ordnung.

Ich lag an diesem Abend im Bett und wartete darauf, daß mich meine Ex-Frau anrufen würde – gerade dann, wenn ich einschlief. Nach vierzehn Jahren kannte sie meine Lebensgewohnheiten hinlänglich gut und war ein Experte in dieser Form von Schikane. Aus irgendeinem Grunde klingelte aber das Telefon nicht (wie sich später herausstellte, weilte sie mit ihrem Boß in Florida), sondern es war die insistierende Stille, die mich immer munterer werden ließ. Ich starrte an die Zimmerdecke und fing an, über Nina Kempers Verschwinden nachzudenken, wobei ich mich fragte, wie ich das Problem wohl lösen würde, wenn so etwas bei einer Redaktionskonferenz als möglicher weiterer Handlungsverlauf projektiert worden wäre.

Das erste, was mir in den Kopf kam, war eine Nina, die sich wie eine jener hirnlosen Filmheldinnen aufführte, die entschlossen sind herauszufinden, wer da im Keller ihres Eigenheimes mit den Ketten rasselt (oder – zeitgemäßer – welches schleimige, außerirdische Monstrum sich um ihren Kühlschrank gewickelt hat). Konnte sie so bedacht darauf gewesen sein, die Wahrheit ihrer »Geister«-Geschichte zu beweisen, daß sie mit brennender Kerze und wallendem Nachtgewand in das Innere des »Filmpalastes« eingedrungen war? Das erschien mir unwahrscheinlich. Selbst wenn Ninas Theorie lächerlich war, so war allem Anschein nach ihre Angst echt genug gewesen. Außerdem war es nicht ganz leicht, in die unterirdischen Lagerräume hineinzugelangen. Laut Gordon Knapp waren sie schon vor Jahrzehnten dichtgemacht worden, um die Kosten für Heizung und Kühlung zu senken. Und Nina hatte ja auch behauptet, den manteltragenden Geist im Studio selbst gesehen zu haben.

Ich versuchte es mit schlichter Logik. Erstens: Angenommen, Nina *hatte* die Erscheinung gesehen, dann waren die Chancen groß, daß es sich zweitens um einen lebenden Menschen handelte, der drittens den pelzbesetzten Mantel, den Randolph Moore trug, gestohlen oder ausgeliehen hatte, und daß viertens, wenn dem so war, der Diebstahl des Kleidungsstückes fünftens vielleicht von der

Garderobenfrau Sophia Lenz entdeckt worden war. Wie der Leser vielleicht schon ahnt, war ich, obwohl dies völlig absurd war, schon dabei, die Vorstellung eines im Studio 43 hausenden Phantoms zu entwickeln.

Am folgenden Tag stand mir eine weitere Überraschung bevor, als ich nämlich Sophia, eine zwergenhafte, grauhaarige Frau, zu fassen bekam und sie nach dem Mantel fragte. Sie kicherte und öffnete einen Garderobenschrank. Das Kleidungsstück hing dort auf der Stange – und daneben noch fünf weitere gleicher Machart. Offensichtlich stand also jederzeit ein halbes Dutzend der gesetzlich geschützten Gewandungen von Randolph zur Verfügung. Die Mäntel hatten eine unterschiedliche Länge – entsprechend den vier verschiedenen Schauspielern, die die Rolle in den zurückliegenden 22 Jahren gespielt hatten. Wenn es den Studio-Geist gab, dann konnte er wählen. Und er hatte einen Schlüssel. Nach Aussage Sophias wurde die Kleiderkammer jeden Abend sorgfältig verschlossen.

Ich besah mir die sechs Mäntel genauer, ohne so recht zu wissen, was ich eigentlich suchte. Aber ich war schon viel zu weit in das Geheimnis eingedrungen, um nicht von dem Gedanken an »Hinweise« fasziniert zu sein. Die Taschen waren alle leer, und die sechs Mäntel schienen einer wie der andere in leicht fadenscheinigem Zustand zu sein (Fernsehkameras sind ungewöhnlich milde – das Wohnzimmer der Moores etwa, das im Studio ziemlich schäbig aussah, wirkte auf dem Bildschirm wie ein piekfeiner Salon).

Ich hatte die Hoffnung schon fast aufgegeben, irgend etwas Wertvolles in Erfahrung bringen zu können, als ich im Schrank ein metallisches Glitzern bemerkte. Da reflektierte ganz zweifellos irgend etwas das Licht, und ich brauchte nicht lange, um festzustellen, daß einer der Mäntel mit winzig kleinen Metallteilchen, mit den kaum sichtbaren Spuren einer silbrigen Substanz bedeckt war. Ich fuhr mit der Hand darüber, und ein paar der kleinen Körnchen blieben an meiner Handfläche haften.

Als ich das Studio verließ, wusch ich mir nicht die Hände und stattete auf dem Nachhauseweg dem einzigen Menschen einen Besuch ab, der mir, wie ich wußte, eine Antwort geben konnte. Er arbeitete nicht in einem chemischen Labor, verfügte überhaupt über keine irgendwie geartete Fachausbildung. Sein Name war Linus. Er war Besitzer des Eisenwarenladens in der Nähe meiner Wohnung und gab mir stets verläßliche Auskunft. Er meinte, es handele sich bei der Substanz um nichts anderes als Silberbronze. Um alte, sehr alte Silberbronze.

An diesem Abend glänzte die Silberfarbe noch immer auf meiner Hand, als ich in den *Drei Tauben* mein Bierglas aufnahm und in die Nische trug, in der Mike Zurman auf mich wartete. Mike, Ted Hauser und ich hatten uns angefreundet, seitdem wir entdeckt hatten, daß uns alle ein gemeinsames Interesse verband – oder vielleicht sollte ich besser sagen gemeinsames Leid. Mike war ebenfalls geschieden, und seine Ex-Frau behelligte ihn unablässig wegen der Unterhaltszahlungen. Ted lebte erst seit ein paar Monaten von seiner Frau getrennt, und ihre Beziehung zueinander war von stetig wachsender Bitterkeit bestimmt. Normalerweise unterhielten wir uns vor allem über unsere ehelichen und exehelichen Kümmernisse, aber heute war ich weit mehr an Mikes Erinnerungsfundus interessiert.

»Das mit meinem Urgroßvater stimmt«, sagte er mit der

ihm eigenen Düsterkeit. »Ich habe ihn natürlich nicht mehr gekannt, aber mein Großvater pflegte mir Geschichten über ihn und auch darüber zu erzählen, was für eine Art von Impresario er so gewesen ist. Ich wuchs in dem Glauben auf, daß er berühmt war, bis ich dann entdeckte, daß niemand sich an Max Zurman auch nur schwach erinnerte... Alles, was von ihm geblieben ist, ist ein Kapitel in einer alten Theatergeschichte.«

»Hast du das Buch?«

»Klar, irgendwo. Es wurde so um 1935 herum geschrieben. Da ist ein Kapitel über seine Inszenierung von *Ben Hur* drin.«

Ich stellte die nächste Frage ohne allen Nachdruck.

»Irgendwas darüber drin, daß es in dem Theater spukt?«

Er sah mich scharf an. »Ja ja, ich hab schon gehört, daß du dich für den Geist von Lois interessierst.«

»Es ist nicht nur *ihr* Geist«, sagte ich. »Nina hat mir vor ihrem Verschwinden auch von einem erzählt.«

»Ich hoffe nur, sie ist nicht auf die gleiche Art und Weise ›verschwunden‹ wie Lois. Wenn wir unsere Felicia verlieren, dann wird aus dem Studio 43 demnächst ein Parkplatz.«

»Du glaubst bei Nina doch nicht an Selbstmord, oder etwa doch?«

»Nicht unbedingt. Aber schließlich habe ich auch nicht gedacht, daß Lois sich umbringen würde, bloß weil der Charlie abgehauen ist.«

»Charlie. Ist das der Bühnenarbeiter?«

»Er war Elektriker. Großer, gutaussehender Junge, der immer so grobe Hemden aus bunt kariertem Wollstoff trug. Aber das tun sie letztlich ja alle, nicht wahr?«

»Warum ist er von der Show weg?«

Mike zuckte die Achseln. »Vielleicht hat Lois ihn zu stark unter Druck gesetzt, vielleicht war sie schwanger... wer weiß? Charlie war ein guter Mann. Er arbeitete gerade an einer vollkommen neuen Verkabelung des Studios, als er plötzlich auf und davon ging, ohne jede Kündigung. Er kassierte nicht einmal mehr den ihm noch zustehenden Lohn.«

»Wo könnte ich ein Exemplar dieses Buches kriegen, Mike?« fragte ich.

Am nächsten Morgen ackerte ich gerade die bereits zum dritten Mal überarbeitete Planung des weiteren Handlungsverlaufes durch, als mir der Studiobote ein Paket brachte. Es enthielt ein arg mitgenommenes Buch mit abgegriffenem Einband, dessen Aufdruck so verblichen war, daß ich den Titel – *Meilensteine des amerikanischen Theaters* – kaum noch entziffern konnte. Eine Karteikarte steckte da, wo das Kapitel über Max Zurmans Produktion von *Ben Hur* im Jahre 1924 zu finden war. Da gab es auch ein handkoloriertes Foto von der Szene mit dem Wagenrennen, das auf einem riesigen Fließband vor einem sich drehenden Diorama stattgefunden hatte. Auch hier waren die Farben verblichen – mit Ausnahme der silbernen Bemalung der Streitwagen. Ich starrte auf die Illustration hinab und dann auf meine Hände.

Jetzt kommt der schwierige Teil dieser Chronik. Wir halten uns alle für den Helden bzw. die Heldin unseres eigenen Lebens, und für Helden gibt es allgemeingültige Verhaltensnormen wie beispielsweise Loyalität, Selbstaufopferung und Mut. Es fällt nicht gerade leicht, eingestehen zu müssen, daß man in allen drei Punkten versagt hat. Ich kann vom Leser nicht mehr erwarten als eine widerstrebende Anerkennung für meine Aufrichtigkeit.

Die einzige Entschuldigung, die ich vorzubringen vermag, ist die, daß mein erstes Zusammentreffen mit dem Phantom wohl auch eine sehr viel stärkere Persönlichkeit, als ich es bin, entnervt haben würde.

Wenigstens eines Aktes der »Tapferkeit« kann ich mich doch rühmen. Ich bin nämlich ganz allein in den Herrschaftsbereich des Phantoms eingedrungen – ganz in der Manier einer der besagten törichten Filmheldinnen (Kerze und Nachtgewand, Sie erinnern sich? Nur daß ich mit Taschenlampe, Jeans und Turnschuhen ausgestattet war). Ich hatte zunächst daran gedacht, Mike zu bitten, mich zu begleiten, aber ich fürchtete dann den Spott mehr als einen Geist, dessen Vorhandensein ich ja leugnete.

Ich darf ferner für mich in Anspruch nehmen, den Eingang zu seinem unterirdischen Reich gefunden zu haben, was allerdings sehr viel leichter war, als ich es mir vorgestellt hatte. Es gab da eine Tür, und die war keineswegs »versiegelt« worden. Sie war auf Grund seltenen Gebrauchs lediglich zugerostet – bis sie mal wieder jemand benutzte. Diese Tür befand sich im Keller des Studios. Das war ein riesiger Raum mit feuchten Ziegelwänden und plumpen Maschinen, die die Studios oben sowohl mit Wärme als auch mit Kühlung versorgten.

Für das kleine Kraftwerk zuständig war ein Haustechniker, und der war so dankbar dafür, daß mal jemand Interesse an seinem Job bekundete, daß er meine wichtigste Frage bereitwillig beantwortete. Ja, es gebe da einen Zugang zum »alten« Keller des Theaters. Er habe ihn gerade erst vor ein paar Monaten jemandem gezeigt, meinte er, und zeige ihn mir auch gern. Es stellte sich heraus, daß es sich um die Schaltzentrale des ursprünglichen Theaters handelte, die schon lange nicht mehr benutzt wurde – es war eine furchteinflößende Ansammlung antiquierter Schalter, die alle aussahen, als ob sie zum Laboratorium des Dr. Frankenstein gehörten. Auf der gegenüberliegenden Seite befand sich eine weitere Tür, die in das dunkle Labyrinth hineinführte, das ich in meinen Träumen noch immer vor mir sehe.

Bevor ich in diese von Menschenhand gemachte Höhle eindrang, war mir gar nicht klar gewesen, daß Finsternis nichts Absolutes ist. Das da drin war mehr als nur die Abwesenheit von Licht – es war eine pechschwarze Decke, die über alle Gegenstände gebreitet war wie ein schweres, feuchtes Leichentuch. Das Dunkel hatte Gewicht und Geruch und Wahrnehmungsfähigkeit. Der Strahl meiner Taschenlampe war nicht mehr als nur ein dünner weißer Faden in dem schwarzen Faltenwurf, aber ich brauchte mich auch nicht weit in den Raum hineinzuwagen, fiel er doch schon bald auf einen jener Gegenstände, die ich hier zu finden erwartet hatte. Sobald das geschehen war, zog ich mich schleunigst und dankbar wieder zurück. Als ich völlig atemlos ins Studio zurückgekehrt war, fühlte ich mich wie ein Taucher, der soeben aus den stygischen Tiefen des Ozeans zurückgekommen ist.

Ich erwischte Mike Zurman in den *Drei Tauben* – gerade noch vor dem Zeitpunkt, an dem er viel zu betrunken gewesen wäre, um die Bedeutung meines Fundes erfassen zu können.

»Es sind die Streitwagen«, sagte ich. »Ben Hurs Wagen, oder vielleicht auch der von Messala. Sie sind noch da, ganz unten im Keller des alten Theaters, und der silbrige Anstrich blättert in winzig kleinen Stückchen ab.«

»So?« sagte Mike.

»Was, wenn die Farbspuren auf Randolph Moores

Mantel von dem Anstrich dieser Requisiten stammten? Was, wenn ihn jemand da unten trägt? Vielleicht damit in einem der Wagen schläft?«

»Der Geist?« Er blickte mich mit verschwimmendem Blick an, und sein Zustand der Fasttrunkenheit machte ihn leichtsinnig. Er grinste und sagte: »Vielleicht ist's mein Urgroßvater. Gehn wir und schaun mal nach.«

Gesellschaft war genau das, was ich mir ersehnte.

Der Techniker war schon nach Hause gegangen, aber das hinderte mich nicht an einer Rückkehr in das schwarze Labyrinth – diesmal mit zwei Taschenlampen und einem Begleiter. Das war doch etwas ganz anderes – ich fühlte mich fast heiter, als wir uns daran machten, die dumpfe unterirdische Welt zu erkunden.

Mike gluckste vor Vergnügen, als er die Streitwagen erblickte. Diese Zeugnisse seiner Familiengeschichte erregten ihn weit mehr als meine Theorie bezüglich der Silberbronze und des pelzbesetzten Mantels. Das Phantom kümmerte ihn nicht – er war wie ein Kind, das in eine Dachkammer voller alter Spielsachen geraten ist. Was mich anbetraf, so entdeckte ich etwas, das mich den eigentlichen Zweck unserer Mission ebenfalls vergessen ließ, nämlich ein unglaubliches Gerät mit monströsem Räderwerk, ganz offensichtlich die Maschine, die das Fließband bewegt hatte, auf welchem die Streitwagen und Pferde einst über die Bühne gedonnert waren. Dann hörte ich Mikes ersticken Schreckensschrei – seine Taschenlampe erlosch.

Ich glaube, das verminderte Licht jagte mir mehr Angst ein als Mikes Aufschrei. Ich leuchtete mit meiner Lampe in seine Richtung, aber er war nicht da. Ich rief seinen Namen, erhielt aber keine Antwort. Ich merkte, daß ich am ganzen Leibe schlotterte, denn der Strahl meiner Taschenlampe fuhr unsicher zitternd über die Requisiten hin und zitterte sogar noch heftiger, als er plötzlich das wohl fürchterlichste Bild erhellte, das ich je gesehen habe – das grausige, knochige Gesicht von einem *Etwas*, das in dem am weitesten entfernt stehenden Wagen hockte, die Zügel in der Hand. Ich hatte nur einen Gedanken, nämlich daß ich mein Phantom gefunden hatte und daß es kein menschliches war. Daß ich für alle meine Skepsis bestraft wurde durch die Begegnung mit etwas aus dem Jenseits. *Das Jenseits kommt immer näher...* wer hatte das doch gleich zu mir gesagt?

Nun aber zum wahrlich beschämenden Teil – ich drehte mich um und lief weg! Ich unternahm keinerlei Versuch, Mike Zurman zu helfen, obwohl ich doch überzeugt war, daß er der Hilfe bedurfte. Ich richtete den Strahl meiner Lampe auf den Ausgang und brachte mich an ihm wie an einer Rettungsleine in Sicherheit. Ich dachte einzig und allein an Flucht, und erst als ich das beruhigende Summen und Rasseln der Maschinenanlage im Keller des Studios erreicht hatte, bekam ich Gewissensbisse.

Ich atmete erleichtert auf, als Mike schließlich wieder auftauchte und offensichtlich meinen feigen Rückzug nicht bemerkt hatte. Ja, er entschuldigte sich sogar noch dafür, daß er die Taschenlampe fallen gelassen hatte.

»Ich konnte es nicht verhindern«, sagte er. »Als ich diesen Leichnam da in dem Wagen erblickte...«

»Leichnam? Du denkst also, daß es ein toter Körper war?«

»Eher das, was noch davon übrig ist. Er muß schon seit Monaten da unten sein... er ist schon überall ganz abgenagt. Ich nehme an, daß es da unten Ratten gibt.« Er schauderte. »Sie haben alles gefressen, nur sein kariertes Wollhemd nicht.«

»Kariertes Wollhemd«, wiederholte ich begriffsstutzig.

Es dauerte drei Wochen, bis es zur gerichtlichen Untersuchung kam, und ich konnte in der Presse nur eine einzige Erwähnung ihres Ergebnisses finden. Ich füge sie hier im genauen Wortlaut bei:

TODESFALL IN SEIFENOPERSTUDIO
AUF »UNFALL« ERKANNT

9. März. Im Falle des Todes von Charlie M. LaPorte, Chefelektriker der Tagesserie Before the Dawn, *erkannte heute ein richterliches Gremium auf Unfalltod. Den Zeugenaussagen zufolge arbeitete Mr. LaPorte an einer neuen elektrischen Anlage für das Studio 43 in der 23. Straße, in dem die genannte Serie produziert wird. Er wollte die ursprüngliche Stromversorgungsanlage im Keller des Gebäudes genauer untersuchen, die schon vor fünfzig Jahren stillgelegt worden war, als das Haus in ein Kino umgebaut wurde. Nach Auffassung des Gerichtsmediziners war der Techniker in der Dunkelheit gestürzt und hatte sich dabei eine schwere Gehirnerschütterung zugezogen, die zum Tode führte. Er hinterläßt eine Frau mit vier Kindern in Marina del Ray, Kalifornien.*

Ganz offenkundig war da einiges ausgelassen worden. Es wurde nicht erwähnt, daß Charles LaPorte direkt in einen Bühnenwagen »gestürzt« war. Es gab auch keinen Hinweis darauf, wie weit sein »Verfall« schon fortgeschritten war, was dem Familienblatt denn wohl doch zu schauerlich erschienen sein mochte. Es gab auch keinen Hintergrundbericht über all die anderen Katastrophen, die schon über das Studio 43 hereingebrochen waren. Und die Meldung veranlaßte mich, mir die Frage zu stellen, ob Lois Sturtevant etwas von diesen »Hinterbliebenen« da in Marina del Ray gewußt hatte.

Ich erzählte nur einem einzigen Menschen, was ich wirklich über den Tod von Charlie LaPorte dachte.

»Ich glaube, daß er ermordet wurde, Harry.«

Ich war erfreut, daß Harry der Bulle auf meine Äußerung nicht mit einem skeptischen Lächeln reagierte – aber er war halt auch ein höflicher Mensch.

»Sie meinen also, daß Ihr Phantom ihn getötet hat?«

»Hören Sie mir nur mal zwei Minuten zu. Ich habe keinerlei Fakten in der Hand, nur eine Theorie. Nennen Sie's meinetwegen den Entwurf zu einer Story, okay?«

Harry nickte.

»LaPorte beschließt, den alten Schaltraum im Keller zu suchen. Er findet eine Tür, die schon Jahre lang niemand mehr geöffnet hat, und betritt das Territorium des Phantoms. Das Phantom ist verärgert. Es versucht, sich zu verstecken, aber LaPorte sieht es doch ganz kurz. Er ist abergläubisch und meint, eine Geistererscheinung gesehen zu haben, fürchtet aber, ausgelacht zu werden. Er erzählt die Geschichte allein dem Menschen, der nicht lacht, nämlich seiner Freundin.«

»Und Lois Sturtevant zieht rum und erzählt sie weiter.«

»Richtig. Dann kehrt Charlie in den Keller zurück, vielleicht um dort zu arbeiten, vielleicht um erneut nach der ›Geistererscheinung‹ zu sehen. Nur sieht ihn diesmal der ›Geist‹ zuerst.«

»Haut ihm eins über den Schädel, zerrt ihn in einen der Streitwagen und läßt ihn da verrotten.«

»So verschwindet Charlie. Und dann erreichen die Frau in Marina del Ray keine finanziellen Zuwendungen für die Kinder mehr, sie kommt hierher, um nach ihm zu sehen... So entdeckt Lois die verborgen gehaltene Familie und kommt zu dem Schluß, daß das Leben nicht mehr lebenswert...« Ich hielt inne, denn ich war plötzlich mit dieser Wendung der Geschichte nicht mehr zufrieden. »Vielleicht lautet die Antwort auch ganz anders«, sagte ich.

»Wie zum Beispiel?«

»Vielleicht beschloß Lois auch, selbst nach Charlie zu suchen. Vielleicht ging sie in den Keller, genau wie Charlie...«

»Sie ist aber nicht da unten gestorben«, wandte Harry ein. »Sie hat sich selbst umgebracht, erinnern Sie sich?«

»Das war kein typischer Selbstmord, oder? Wie viele Menschen schlucken wohl eine tödliche Überdosis Tabletten im Büro und gehen dann nach Hause, um da zu sterben? Haben Sie schon jemals von so einem Fall gehört?«

»Sie lasten also Ihrem Phantom zwei Morde an.«

»Oder noch mehr«, sagte ich.

Ich glaube nicht, daß Harry sehr überzeugt von meiner Theorie war, aber er kam mir doch in einem Punkt entgegen. Er erklärte sich nämlich bereit, die unterirdische Welt unter dem Hauptstudio einmal selbst in Augenschein zu nehmen. Das würde gänzlich inoffiziell geschehen, da er bezweifelte, daß ihm das Polizeipräsidium eine Aktion genehmigen würde, die in keinem unmittelbaren Zusammenhang mit einem Verbrechen stand.

Ein paar Tage vor dieser Inspektion entdeckte Mike Zurman unter den Papieren seines Urgroßvaters den Bauplan des alten Theaters. Was diese Blaupausen so wertvoll machte, war die Möglichkeit eines Vergleichs des alten Plans mit dem neuen. Die wichtigste Veränderung betraf die Zahl der Aus- und Eingänge, vor allem nach dem zweiten Umbau des Gebäudes vom Kino in ein Fernsehstudio. Um die Sicherheitskosten auf ein Minimum zu beschränken, hatte man die Zugänge zum Haus auf drei reduziert – es gab einen Vorder- und einen Hintereingang und dann noch einen Notausgang. Weit weniger Mühe (und Geld) hatte man jedoch darauf verwandt, die zahllosen Türen, Treppenaufgänge, Durchgänge, Kammern und sonstigen Lagerräume im Gebäude drinnen zu verringern. Sollte es da einen heimlichen Bewohner geben, so hatte er genügend Möglichkeiten, sich zu verstecken – auch vor einem sehr gewissenhaften, mit einem tragbaren Suchscheinwerfer bewehrten Polizisten. Das war zumindest die Erklärung, die ich dafür hatte, daß Harrys Durchsuchung des Kellergeschosses nicht das geringste die Existenz des Phantoms beweisende Zeichen zutage förderte.

»Was ich glaube, ist«, sagte Harry schlicht, »daß Ihre berühmte Phantasie Überstunden macht. Zuviel des Guten tut. Warum sollte irgend jemand den Wunsch verspüren, an einem Ort wie dem hier Wohnung zu nehmen? Und *wie* wollte er da leben?«

»Vielleicht hat er keine andere Bleibe. Vielleicht ist es einer von den Obdachlosen. Vielleicht klaut er sich was vom Kleingeld der Studioleute, oder vielleicht verscheuert er die alten Requisiten...«

»Und was ißt er?«

»Er könnte sich jeden Abend zu MacDonalds rausschleichen oder die Reste von dem Erfrischungswagen mopsen... Sie müssen zugeben, daß es eine ganze Menge der Vorfälle erklären würde, die sich hier ereignet haben.«

»Und was erklärt die Tatsache, daß ich keinerlei Spuren von ihm finden kann? Es sei denn, das hier wäre eine für Sie.«

Er zog etwas aus einer Plastiktüte hervor. Eine langstielige, rote Rose. Sie war nicht mehr frisch, aber auch noch nicht verdorrt. Ich nahm sie in die Hand und war sprachlos, aber Harry wußte gleichwohl, welche Frage sich in meinem Kopf bildete.

»Ja, die habe ich im Keller gefunden. Lag da einfach auf dem Boden rum. Fragen Sie mich nicht, wie sie da hingekommen ist. Stehen bei MacDonalds Rosen auf den Tischen?«

Trotz dieses befremdlichen Fundes war klar, daß ich Harrys Interesse verloren hatte. Und weitere 24 Stunden später hatte ich selbst auch keine Zeit mehr, mir über das Phantom, den Tod von Charlie LaPorte oder irgend etwas anderes als das Drehbuch von *Before the Dawn* den Kopf zu zerbrechen. Denn Ted Hauser, Chefautor der Serie, war ganz plötzlich außer Gefecht gesetzt worden. Das war in Blitzgeschwindigkeit geschehen, und ich meine das wörtlich. Ted hatte nämlich einen schweren Stromschlag erhalten.

Ein erstes Gerücht wollte wissen, daß es im Studio passiert sei, aber Ted besuchte die Mannschaft dort noch seltener als ich. Das zweite Gerücht erwies sich als zutreffend, nämlich daß es bei ihm in seiner Wohnung geschehen war, daß es sich um einen jener häufigen Unfälle im Haushalt gehandelt hatte, vor denen immer wieder gewarnt wird. Gerade angesichts all dieser Warnungen war schwer zu begreifen, warum Ted so närrisch gewesen war, einen elektrischen Ventilator in *die* Badewanne fallen zu lassen, in der er selber lag. Das dritte Gerücht, das besagte, Ted sei umgebracht worden, erwies sich als unzutreffend. Dank eines Wunders und der Tatsache, daß sein Nachbar ein Feuerwehrmann im Ruhestand war, überlebte Ted Hauser nämlich.

Ich gehörte zu den ersten, die ihn an seinem Krankenbett im Mount Sinai Hospital besuchten, aber dieser Besuch war mehr als nur eine Bekundung meines Mitgefühls. Gordon Knapp, der Verzögerungen befürchtete, hatte mich beauftragt, das weitere Vorgehen mit Ted abzusprechen, bevor ich seine Aufgaben übernahm. Aber da erhielt ich selbst einen Schlag. Schon bei den ersten, heiser geflüsterten Lauten wußte ich, daß Ted gar nicht an *Before the Dawn* interessiert war – ihm machte nicht das Drehbuch Kopfzerbrechen, nicht der Plot, sondern eher ein Komplott, und zwar gegen sein Leben.

»Das war kein Unfall«, sagte er. »Das hat *sie* mir angetan! Wir hatten mal wieder eine unserer Auseinandersetzungen, am Telefon... Ich hab ihr gesagt, daß ich dabei sei, ein Bad zu nehmen...«

»Wer war das, Ted?« fragte ich, obwohl ich ganz sicher war, daß er von seiner Frau sprach.

»Ich habe gar keinen Ventilator im Bad, es ist schließlich März, verdammt noch mal. Sie hat ihn sich aus der Küche geholt und ist damit zu mir ins Badezimmer geschlichen. Sie hat ja noch einen Wohnungsschlüssel, und ich schließe das Bad nie ab, wenn ich allein bin...«

»Mein Gott«, sagte ich mit echtem Erschrecken. »Du hast tatsächlich mit angesehen, wie deine Frau das getan hat?«

»Das hätte niemand anderes sein können! Sie öffnete die Badezimmertür und knipste das Licht aus... Ich dachte erst, der Strom wäre ausgefallen, eine Sicherung durch oder so was. Dann stöpselte sie den Haartrockner ein, und unmittelbar bevor sie ihn in die Wanne warf, hörte ich sie noch flüstern...«

»Was flüstern?«

» ›Jetzt schreibe ich DICH aus der Show raus, Hauser!‹ «

Ich bebte bereits vor Erregung, aber diese Worte erhöhten die Stärke der Stromstöße noch. Alles an dieser Aussage stimmte nicht. Warum sollte Teds Frau ihn mit »Hauser« anreden? Wieso sprach sie davon, ihn »rausschreiben« zu wollen? Das war ein Ausdruck, den, wenn überhaupt jemand, speziell die Seifenopernleute benutzten. Im übrigen hatte sie ihn ja in gewissem Sinne schon mit der Scheidungsurkunde »rausgeschrieben«, die es ihr ermöglichte, ein sehr viel sorgenfreieres Leben zu führen als ihr Ted. Warum sollte sie sich dadurch um ihr Einkommen bringen, daß sie ihn um die Luftzufuhr brachte?

Ted erhob nie Anklage gegen seine Frau – eine solche wäre nicht zu halten gewesen. Am Abend seines elektrifizierenden Erlebnisses hatte Mrs. Hauser mit ihren Freundinnen beim Poker gesessen und groß gewonnen. Wenn es denn ein Mordanschlag gewesen *war*, dann mußte schon jemand anderes dafür verantwortlich gewesen sein. Ich zweifelte nicht, daß es das Phantom gewesen war. Und noch wichtiger war, daß ich nun auch keinerlei Zweifel mehr bezüglich seiner Identität hatte.

Sein Name war Mason Trumbull.

Der logische Zusammenhang war mir schon früher klar geworden, nämlich als ich erfahren hatte, daß zwei mögliche Opfer des Phantoms den Schauspieler Mason Trumbull in der langfristig angelegten Rolle des Randolph Moore ersetzt hatten. Der Tod beider hatte wie ein »Unfall« ausgesehen, desgleichen aber auch der Tod von Charlie LaPorte und der Fasttod von Ted Hauser. Die von seinem Fastmörder geflüsterten Worte lieferten den letzten Beweis. Ted war es gewesen, der die Figur des Randolph Moore »rausgeschrieben« hatte. Wenn Trumbull, seiner zwanzig Jahre lang gespielten Rolle beraubt, auf Rache sann, dann würde auch Teds Name auf seiner »kleinen Liste« stehen müssen.

Jetzt war noch ein notwendiger Schritt zu tun. Ich mußte feststellen, ob Mason Trumbull noch am Leben, ob er ein lebensfähiges Phantom war.

Das war keine leichte Aufgabe. Ich brauchte Hilfe, und der einzige Mensch, der Trumbull gut genug kannte, war Gordon Knapp, der Produzent.

Ich zögerte anfangs, mich mit Gordon in Verbindung zu setzen. Er war ein großer, schlaksiger Mensch mit einem schnellen Lächeln, der seinen Ruf kultivierte, selbst im Angesicht hektischer Geschäftigkeit Gleichmut zu bewahren. Sein Lieblingsspruch lautete: »Meine Tür steht immer offen.« Gordons Tür mochte ja offen sein – sein Geist war das nicht. Die Augen hinter getönten Brillengläsern verborgen, hörte er sich die Vorschläge und Klagen an, die man vorzubringen hatte, dankte einem höflich und ignorierte dann alles, was man gesagt hatte. Ich war schließlich aber von solcher Hartnäckigkeit, daß Gordon in gänzlich uncharakteristischer Weise seine Verärgerung erkennen ließ.

»Sie könnten mich ebenso gut auch fragen, wohin die Elefanten ziehen, um zu sterben«, sagte er. »Trumbull war am Ende, finito, *ausgespielt*. Ich glaube nicht, daß er noch einen anderen Job bekommen hat, nachdem er bei der Show ausgeschieden war.«

»Sie meinen, nachdem er gefeuert worden war.«

»Der Bursche hatte zwanzig Jahre lang eine wahre Sinekure. Wie viele Schauspieler haben schon zwanzig Jahre lang fast täglich ihre Arbeit?«

»Aber glauben Sie, daß er noch am Leben ist?«

Gordon zuckte die Achseln, und ich konnte wohl sehen, daß ihn das – so oder so – nicht im geringsten interessierte. »Wenn Mason Trumbull stürbe, dann wäre sein Nachruf viel zu klein, als daß man ihn bemerken würde. Kommen Sie schon, wir reden hier doch nicht über Olivier…« Er seufzte. »Aber nein, ich habe keinerlei Grund anzunehmen, daß er tot ist. Ich meine, er lebt entweder hier in dieser Stadt oder an der Westküste. Das sind die einzigen beiden Welten, die ihm bekannt waren.«

Ich fühlte mich versucht, die Möglichkeit zu erwähnen, daß Mason auch noch in einer dritten, in einer unterirdischen Welt leben könnte.

»Können Sie sich noch an den Namen seines Agenten erinnern?« fragte ich statt dessen.

Gordon runzelte die Stirn. »Warum sitzen Sie eigentlich nicht zu Hause und konzipieren Pannen und Zusammenbrüche für die Show? Ist Ihnen eigentlich klar, daß wir beim Skript nur eine Woche Vorsprung haben?«

Ich beschloß, es doch zu riskieren. Ich trug Gordon Knapp meine Theorie vor. In dem Augenblick, da ich das Wort »Phantom« aussprach, wußte ich, daß ich einen Fehler begangen hatte. Gordon fing an herumzuzappeln und blickte immer wieder zur Tür seines Büros, als erwäge er, um Hilfe zu rufen.

»Mir ist wohl bewußt, daß das weit hergeholt ist«, sagte

ich. »Aber vielleicht hat der Schock, den der Verlust der Rolle bedeutete, den armen Kerl aus dem Gleis geschmissen. Er könnte jedenfalls versucht sein, sich an allen Verantwortlichen zu rächen. Da ist zum Beispiel Simon Wales...«

»Der an einem ganz gewöhnlichen Herzinfarkt gestorben ist.«

»Trumbull könnte es gewesen sein, der diesen Stuhl am Boden festgenagelt hat. Er konnte wissen, daß es da eine Szene gab, in der Wales ihn hochheben mußte. Er könnte sich eine Probe angesehen oder ein Skript angeeignet haben... Auch wenn er vielleicht nicht wußte, daß Wales was mit dem Herzen hatte, war ihm ganz sicher klar, daß es ihn wie ein Schock treffen würde. Der Kerl hat eine Vorliebe für üble Streiche – das beweist ja auch die Tortengeschichte.«

»Sie meinen also, daß *das* auch Trumbull war?«

»Er war der Show gram. Er hätte an diesem 30. Geburtstag noch dabei sein können, wenn man ihn nicht rausgesetzt hätte. Deshalb ließ er die Welt spüren, wie ihm zumute war...« Ich holte tief Luft. »Und dann war da Jules, der nächste Randolph Moore.«

Gordon trocken: »Sie glauben, das Phantom hat ihn mit einem Roastbeef-Sandwich erstickt.«

»Trumbull könnte ihn einfach... erwürgt haben. Ließ dann die Reste von dem Sandwich in seinem Hals stecken. Wie soll man den Unterschied feststellen können?«

»Und jetzt«, sagte Gordon, »denken Sie, daß er hinter Ted her ist?«

»Er wirft Ted vor, daß er ihn rausgeschrieben hat.« Ich machte eine Pause. »Obwohl, wenn man sich's genau überlegt, das eigentlich gar nicht Teds Idee war, oder? Ich meine, die Neubesetzung einer Rolle ist doch eine takti-sche Entscheidung.«

Gordons Rückgrat versteifte sich an der Lehne seines Ledersessels.

»Und das soll was heißen?«

»Ich frage mich, ob Trumbull klar ist, daß der Chef-autor gar nicht allein dafür verantwortlich sein konnte. Ich meine, daß an dieser Entscheidung noch andere beteiligt waren, Ted im Grunde nur Anweisungen ausführte.«

»Sie meinen mich, richtig?« Gordon nahm seine Brille ab, um mich eindringlicher anstarren zu können. Ohne sie sah er zehn Jahre älter und weit weniger umgänglich aus.

»Es liegt mir fern, irgend jemanden beunruhigen zu wollen«, sagte ich. »Ich meine nur, daß wir herausbekom-men sollten, wo Mason Trumbull steckt.«

»Ich dachte, das wüßten Sie längst«, sagte Gordon, nun mit ungebremstem Spott. »Er ist doch unten, im Keller. Wenn Sie ihn das nächste Mal sehen, dann sagen Sie ihm, daß er uns noch einiges an Miete schuldig ist.«

Ich glaube, daß das der Augenblick war, in dem mir klar wurde, was ich zu tun hatte. Ich mußte einige Zeit im Reich des Phantoms zubringen. Ich mußte da einen Wach-posten beziehen, um, wenn schon niemand anderem, so doch mir selbst zu beweisen, daß das Phantom wirklich existierte, daß es sich unter dem Studio versteckt hielt und darauf wartete, daß es zum nächsten rachsüchtigen Schlag ausholen konnte.

Ich möchte hier keinen falschen Eindruck erwecken. Ich war durchaus nicht darauf aus, mir den Status eines Helden zu erobern. Ich hatte nicht im geringsten die Ab-sicht zu versuchen, das Phantom zu überwältigen oder zu fangen, ob es sich dabei nun um einen verbitterten Schauspieler oder einen obdachlosen und heruntergekommenen Menschen oder gar ein Etwas aus dem Jenseits handelte. Alles, was ich zu finden hoffte, war irgendeine Bestätigung meiner Theorie, die Andeutung eines Beweises, um damit andere dazu bewegen zu können, der Bedrohung durch dieses Wesen ein Ende zu machen. Ich hätte mir einen Begleiter gewünscht, jemanden wie Mike Zurman, aber ich wußte auch, daß die einzige Hoffnung auf Erfolg in der Heimlichkeit meines Unterfangens lag und daß ein Vorstoß zu zweit die Chancen eines Scheiterns nur verdoppelt hätte. Dies war etwas, was ich allein tun mußte.

Ich verbrachte die nächsten 24 Stunden damit, härter zu arbeiten als je zuvor in meinem Leben. Mit der Hilfe von zwei Mitgliedern des Autorenteams gelang es mühsam, die Handlungsgerüste für weitere acht Tage fertigzustellen, um so die Show am Laufen zu halten. Dann begab ich mich nach Hause, schlief sechs Stunden, hinterließ auf meinem Anrufbeantworter die Nachricht, daß ich in den Hamptons zu finden sei, und kleidete mich meinem Vorhaben entsprechend an. Schwarze Jeans, ein schwarzer Rollkragenpullover und Turnschuhe, die so schmutzig waren, daß sie auch als schwarz durchgehen konnten. Ich sah aus, als gehörte ich zu einem Selbstmordkommando, aber ich fühlte mich so heroisch wie Elmer J. Fudd.

Den schrecklichsten Augenblick der Prüfung bildete gleich der Anfang meiner Unternehmung. Ich durfte die Tür zu der unterirdischen Höhle nicht öffnen, bevor ich nicht alle Lichter im alten Schaltraum gelöscht hatte. Dies erwies sich als ein echter Test meiner Willensstärke, den ich beinah nicht bestanden hätte. Schließlich gelang es meinen zitternden Fingern aber doch, den Schalter herunterzudrücken. Ich wartete, bis sich meine Augen an die

Dunkelheit gewöhnt hatten, dann stemmte ich mich mit aller Kraft gegen die Tür. Sie öffnete sich in noch größere Finsternis, und ich fühlte mich versucht, die kleine Lampe herauszuziehen, die ich in meiner Gesäßtasche mit mir führte. Irgendwie aber gelang es mir, dieser Versuchung zu widerstehen – und zu meiner unbeschreiblichen Erleichterung paßten sich meine Augen selbst noch diesem pechschwarzen Nichts an. Das hieß, daß eine Spur von Licht da sein mußte, vielleicht nur ein Phosphoreszieren irgendwo in der schwarzen Leere. Reichte das aber aus, um ein weiteres Vordringen in das Innere der Höhle zu riskieren? Wenn ich über irgendeinen Gegenstand stolperte und stürzte (das Wort ließ mich schaudernd an Charlie LaPorte denken), würde ich mich dann nicht der Gefahr aussetzen, vom Phantom gesehen zu werden, dessen Augen wahrscheinlich um vieles besser an diese fortwährende Nacht »angepaßt« waren als die meinen? Ich war vor Unentschlossenheit ganz starr. Ich streckte die Hände aus wie ein Blinder und machte ein paar vorsichtige Schritte vorwärts.

Da bemerkte ich die Musik.

Ich glaube, ich habe noch nie ein widersinnigeres Geräusch gehört als die entfernte Stimme, die plötzlich in dieser unterirdischen Finsternis erklang. Es war die einer Frau. Vielleicht Diana Ross? Sie sang von Liebe und Enttäuschung. Ich selbst war fast enttäuscht, als mir klar wurde, daß es ein Radio oder Plattenspieler war. So etwas Banales! Ich hätte von meinem Phantom wirklich mehr erwartet.

Als ich die murmelnde Stimme eines Ansagers hörte, faßte ich Mut und bewegte mich weiter vorwärts. Ich nutzte das Geräusch gleichsam als Navigationshilfe und betete nur, daß mich das Echo in dieser Unterwelt nicht narrte.

Ich hatte sicher ein halbes Dutzend Mal die falsche Richtung eingeschlagen, als mich endlich von irgendwo die Warnung erreichte, daß ich im Begriff stand, in eine Wand hineinzurennen – vielleicht verdankte ich das ja diesem sechsten Sinn, den, wie man behauptet, Blinde entwickeln, einem Prickeln in den Nervenenden unter meiner Haut. Ich blieb stehen und streckte die Hand aus. Da war tatsächlich eine Wand, kalt und feucht. Dann berührte ich noch etwas anderes – kleine Stückchen gezackten Metalls. Ich schrak zurück, faßte wieder hin. Dann wußte ich, was es war, nämlich ein Schlüsselring.

Wo Schlüssel waren, da mußte auch eine Tür sein.

Vorsichtig hob ich den Ring von seinem Haken an der Wand und machte mich auf die Suche nach einem Schlüsselloch.

Die Musik half mir, es zu finden. Nicht, weil sie lauter wurde, als ich mich ihr näherte, sondern weil sie im Gegenteil ganz plötzlich verstummte und eine Stille hinterließ, die so vollkommen war wie die Dunkelheit. Ich hielt den Atem an und lauschte, wobei ich hoffte, daß meine Blindheit durch eine Steigerung meines Hörvermögens ausgeglichen würde. (Wie Sie sehen können, ließ meine Skepsis im Verlauf dieses Abenteuers immer mehr nach.) Ob aber nun meine Ohren besser hörten oder nicht – ich vernahm ein leises Geräusch. Das Geräusch menschlichen Atmens.

Ich war sicher, daß mich nur noch wenige Zentimeter vom Phantom trennten, daß es hinter der Tür darauf wartete, sich mit einem schon blutbefleckten Messer auf mich stürzen zu können. Ich dachte an Flucht.

Aber dann *wimmerte* jemand.

Fragen Sie mich nicht, wie und warum, aber ich war

überzeugt, daß dieses Wimmern aus der Kehle einer Frau kam.

Das entschied alles. Ich hörte auf, über die Gefahren nachzudenken, und fing statt dessen an, jeden einzelnen der am Ring hängenden Schlüssel auszuprobieren, bis ich den gefunden hatte, der den riesigen metallenen Griff in Bewegung setzte. Ich stieß die Tür auf und befand mich im Wohnzimmer von Randolph Moore.

Genauer gesagt, handelte es sich um das Wohnzimmer des *alten* Randolph Moore, will sagen um die Kulissen, die nach zwanzigjährigem Dienst in *Before the Dawn* in den Ruhestand versetzt worden waren. Sie hatten noch immer eine gewisse Ähnlichkeit mit denen des neu entworfenen Raumes. Der Kamin befand sich an der gleichen Stelle, aber das Bildnis über dem Sims war ein anderes. Die Sessel und das Sofa waren mit Brokat bezogen, sonst aber nicht abgenutzter als früher. Die mit Quasten verzierten Lampenschirme waren noch da, der nachgemachte Audubon-Teppich, und natürlich auch Randolphs ihn betrügendes Schätzchen, das gesetzlich geschützte Miststück von *Before the Dawn*, nämlich Felicia, auch unter dem Namen Nina Kemper bekannt, die ihr berühmtes, hautenges Abendkleid trug, das dringend einmal hätte ausgebessert und gereinigt werden müssen.

Nina stieß keine Freudenschreie aus, als sie meiner ansichtig wurde. Sie zog sich in das Zimmer zurück, die Hände vor dem Mund, als wolle sie eher einen Schreckensschrei unterdrücken. Da wurde mir klar, daß sie mich in meiner Kommando-Ausrüstung nicht erkannte (ich trug normalerweise ja einen Anzug), und ich erfuhr später, daß sie mich schlicht für ihren Gefängniswärter gehalten hatte, der wieder einmal in einer neuen Verkleidung erschienen war. Als ich mich ihr zu erkennen gab, warf sie die Arme um meinen Hals und spielte die beste hysterische Szene, die ich je auf oder vor der Leinwand gesehen habe.

Ich beruhigte sie schließlich und führte sie zum Sofa, dessen wacklige Beine fast unter unserem Gewicht nachgegeben hätten. Es gab da eine Anrichte, auf der ein halbes Dutzend gefüllte Karaffen standen, und ich ging hinüber, um ihr einen Drink zu holen. Ihr schrilles Auflachen ließ mich stehenbleiben.

»Alles Schwindel«, sagte sie. »Grad so wie bei der Show. Er füllt sie mit gefärbtem Wasser. Nichts ist echt, alles Requisite! Bitte bringen Sie mich hier raus, bitte!«

Ich versicherte ihr, daß ich das tun würde, daß sie nun nichts mehr zu befürchten habe, hatte dabei aber das unbehagliche Gefühl, Sätze aus einem Drehbuch abzulesen. Ich hätte ihr so gern ein paar Fragen gestellt, aber da war noch eine, die zunächst einmal beantwortet werden mußte: Wie sollten wir da rauskommen, ohne daß uns das Phantom abfing?

»Ich weiß nicht, wo er steckt«, erklärte sie mir. »Er geht oft für Stunden fort. Wenn er dann wiederkommt, bringt er was zu essen mit und Blumen . . .«

Ich sah zu der orientalischen Vase hinüber, in der für gewöhnlich künstliche Blumen steckten. Sie war mit Rosen gefüllt.

»Vielleicht sollten wir lieber Hilfe holen«, sagte ich und nahm den Telefonhörer auf. Ich kam mir recht albern vor, als mir plötzlich einfiel, daß ja auch das nur eine Attrappe war. Ich legte wieder auf und sagte: »Macht auch nichts. Wir kommen hier so wieder raus, wie ich reingekommen bin.« Ich wollte sie zur Tür geleiten, aber sie packte meinen Arm.

»Nein!« sagte Nina. »Er könnte sich gerade auf dem Rückweg befinden, uns sehen! Der Mann ist verrückt, er ist gefährlich! Er spricht dauernd davon, daß er Leute loswerden, sie ›rausschreiben‹ muß! Er sagte, daß er sich Tom als nächsten vornehmen wolle, und dann Gordon Knapp. Er haßt Gordon mehr als alle...«

»Dann *ist* es also Trumbull«, sagte ich ohne jedes Gefühl eines Triumphes.

»Nur, daß er glaubt, Randolph Moore zu sein. Wirklich! Er nennt mich die ganze Zeit Felicia, bringt mir die Kleider...«

»Hat er Sie irgendwie verletzt?«

»Nein«, sagte Nina Kemper. »Sie kennen doch Randolph. Er ist ein Gentleman.« Sie lachte mit beherrschter Hysterie. »Außer natürlich, wenn er Leute umbringt. Dann kann er sich Höflichkeit nicht leisten, wie er mir mal sagte... Hat er Ted Hauser umgebracht? Er sagte, er hätte dessen Wohnungsschlüssel gestohlen... Er stiehlt immer...«

»Ted geht es gut«, sagte ich. »Und uns wird's auch wieder gut gehen, sobald wir nur hier raus sind.«

Ich versuchte, mir nicht anmerken zu lassen, wie erschrocken ich war. Ich hatte wohl daran gedacht, eine Waffe mitzunehmen, dann aber bezweifelt, daß ich mich je in die Lage bringen würde, sie auch benutzen zu müssen. Das bereute ich jetzt. Ich blickte mich in dem Raum um und versuchte zu improvisieren. Es gab keine Gerätschaften für den Kamin. Die Lampen waren noch die schwersten Gegenstände, aber zu unhandlich. Mein Blick fiel schließlich auf einen Hochschrank, und ich öffnete seine Türen. Er war angefüllt mit Kleidungsstücken, die offensichtlich aus der Theatergarderobe entwendet wor-

den waren – aus der Mode gekommene Kleider, Gesell-
schaftsanzüge, eine Sammlung verschiedener Uniformen,
darunter auch eine silbergraue, wie sie das Wachpersonal
des Studios trug. Aber keine Waffen.

»Das macht nichts«, flüsterte Nina. »Sie können ihm
doch nichts anhaben. Manchmal glaube ich, daß er gar kein
menschliches Wesen mehr ist. Vielleicht starb Mason
Trumbull, und das hier ist sein zurückgekehrter Geist...«

»Seien Sie nicht albern«, sagte ich so streng, wie es mir nur
möglich war. »Das ist ein Wahnsinniger, kein Geist.«

»Er kann sein Aussehen so ungeheuer verändern. Wenn
Sie ihn sehen könnten...«

»Er hat ein ganzes Studio zu seiner Verfügung. Garde-
robe, Schminke, alles. Das macht ihn nicht übermensch-
lich.« Ich durchwühlte vergeblich die Schubladen – dann
aber hatte ich es plötzlich. Eine Pistole, Andenken an einen
der zahlreichen Mordfälle in der Show.

»Sie glauben doch nicht etwa, daß Ihnen *das* da etwas
nützt?« sagte Nina. »Das ist auch wieder nur eine Requisite!«

»Wie soll Trumbull das erkennen können?« Ich steckte
sie in den Gürtel meiner Hose. Zum ersten Mal fühlte ich
mich wirklich wie der Angehörige eines Kommandounter-
nehmens. »Jetzt machen wir aber, daß wir hier rauskommen«, sagte ich und versuchte, auch wie einer zu klingen.

Es bestand keinerlei Veranlassung mehr, auf den Gebrauch meiner Taschenlampe zu verzichten. Nina am Arm,
ging ich los und ließ den Lichtstrahl umherwandern, bis ich
den Rückweg zur Schaltzentrale wiedergefunden hatte. Es
sah in der Dunkelheit so aus, als sei es nicht übermäßig weit
bis dorthin, aber es dauerte dann doch eine ganze Weile, bis
wir sie erreicht hatten.

Nina zitterte noch, als wir längst im Heizungsraum in Sicherheit waren, und unverändert ängstlich, als wir über die Treppe nach oben strebten. Ich war ganz gelassen, aber das war nur Schau. Ich merkte schnell, wie seicht meine Vorstellung war, als ich in dem langen Flur, der zum Studio führte, den Mann in dem pelzbesetzten Mantel erblickte. Er war zu weit entfernt, als daß ich sein Gesicht hätte erkennen können, aber es stand außer Frage, daß ich am Ende doch meinem Phantom begegnet war. Ich war versucht, ihm einen Gruß zuzurufen, aber mein Erscheinen kam ihm offensichtlich ungelegen. Das Phantom wandte mir den Rücken zu.

Ich wußte selbst kaum, was ich tat, als ich die Spielzeugpistole aus dem Gürtel riß und die Gestalt anschrie, sie solle stehenbleiben. Das Phantom von Studio 43 verlor niemals die Contenance. Es ging ohne jedes Anzeichen von Hast weiter den Gang entlang und wandte sich dann scharf zur Seite, einer Tür zu. Ich hörte das klickende Geräusch eines Schlosses und wollte ihm nach, aber Nina hielt mich zurück.

»Nein«, sagte sie, »wir wollen lieber zusehen, daß wir hier wegkommen!«

»Das war *es*«, sagte ich sinnloserweise. »Wir müssen etwas unternehmen, bevor es entwischt...«

Sie ließ sich von mir bis zu der Tür zerren, die ein Schild mit der Aufschrift trug: »VORFÜHRRAUM – KEIN ZUTRITT FÜR UNBEFUGTE«.

»Er sieht sich die Aufzeichnungen an«, sagte Nina. »Das tut er dauernd. Er sieht sich die Bänder mit den alten Folgen an, als er noch der Randolph war.«

»Aber sehen Sie denn nicht, daß wir ihn in der Falle haben? Der Vorführraum hat keinen weiteren Ausgang.«

»Sie kennen ihn nicht«, sagte sie. »Der findet einen Ausweg – das tut er immer! Ich glaube, er kann *wirklich* durch Wände gehen. Sehen Sie, ich möchte nicht undankbar erscheinen, aber ich brauche dringend ein Bad. Wenn Sie noch weiter hier auf der Lauer liegen wollen, dann gut. *Ich* möchte nach Hause!«

Mir fiel nichts ein, um mich dem zu widersetzen, obwohl ich auch nicht sehr von dem Gedanken angetan war, mit dem Phantom alleingelassen zu werden.

In dem Augenblick, da Nina fort war, wußte ich, daß ich unbedingt Gesellschaft brauchte. Am Ende des Korridors gab es einen Münzfernsprecher. Während ich voller Ungeduld die Tür zum Vorführraum im Auge behielt, wählte ich die Nummer des Polizeipräsidiums und fragte nach Harry dem Bullen. Glücklicherweise war er im Haus.

»Sagen Sie nichts«, sagte Harry. »Es geht um das Phantom, nicht wahr?«

Ich erzählte ihm alles, was vorgefallen war. In meinem verzweifelten Bemühen, ihn zu überzeugen, verhaspelte ich mich dauernd, und es gelang mir kaum, ihm einen annähernd zusammenhängenden Bericht von Nina Kempers Rettung zu geben. Die Tatsache, daß das Phantom in der »Falle« saß, beeindruckte ihn nicht – er sagte nur, er würde alle Ausgänge besetzen lassen und so viele Leute wie möglich freistellen, damit gewährleistet sei, daß das Phantom nicht entwischen könne. Ich war von meiner Überredungskunst beeindruckt. Dann erklärte mir Harry, warum er plötzlich so kooperativ war.

»Dieser Bursche, Derringer, der Schauspieler, ja? Der fiel heute abend von der Terrasse seiner Dachwohnung – oder wurde hinuntergestoßen. Er ist tot.«

Ich sah zur Tür des Vorführraumes hinüber und fragte mich, ob ich nicht lieber gehen und gar nicht erst auf das Eintreffen der Polizei warten sollte. Ich hatte wohl den mir zur Verfügung stehenden Vorrat an Heldentum aufgebraucht.

Es waren die Polizeisirenen, die das nächste Problem heraufbeschworen. Ihr Heulen draußen vor dem Gebäude mußte Mason Trumbull aus seinen glückseligen Träumereien aufgeschreckt haben. Die Tür des Vorführraumes öffnete sich nämlich, und er kam heraus. Einen Augenblick lang blieb er in dem schummrig erleuchteten Gang stehen, den Körper straff aufgerichtet, und starrte mich mit einem Ausdruck an, der, dessen war ich mir sicher, auch wenn ich sein Gesicht nicht sehen konnte, voller hochmütiger Verachtung war. Dann hörte ich ihn zum ersten Mal sprechen.

»Man wird mich nie kriegen«, sagte er. »*Das steht nicht im Drehbuch.*«

Er hatte das Stichwort zur richtigen Zeit gegeben, denn kaum hatte er geendet, flog die Eingangstür zum Studio auf, und die schweren Schritte der eintreffenden Polizisten ließen die Fußbodenbretter erzittern. Dennoch machte das Phantom auch jetzt keinen aufgeregten Eindruck. Es drehte sich nur um, und sein pelzbesetzter Mantel wehte hinter ihm her, als es der Treppe entgegenstrebte, um über sie in seinen unterirdischen Bau zurückzukehren und sich wieder im Mantel der schützenden Dunkelheit zu verbergen.

Harry war ein so beruhigender Anblick, daß ich das Bedürfnis verspürte, ihn in die Arme zu schließen. Er dagegen war von meinem Anblick weit weniger entzückt, vor allem als ich ihm mitteilte, daß das Phantom nicht mehr in seiner Falle saß.

»Ist auch egal«, knurrte er. »Ich habe alle Ausgänge besetzt und ein Dutzend Leute dabei, die das ganze Gelände Zentimeter um Zentimeter absuchen werden. Der wird uns nicht entkommen. Jetzt geben Sie mir aber erst mal das Ding da, bevor Sie sich damit selber was antun.«

Ich übergab ihm meine Theaterpistole und sah zu, wie Harrys blaue Schwadron in alle Richtungen ausschwärmte – ausgerüstet mit genügend Lampen und ausreichender Feuerkraft, um eine ganze kleine Armee aus ihren Stellungen im Studio 43 treiben zu können, ganz zu schweigen von einem einzelnen Schauspieler, mochte dieser auch noch so schwer zu fassen sein. Ich atmete erleichtert die Nachtluft ein, voll Zuversicht, daß die Tage des Phantoms nun endlich gezählt waren. Dann ging ich in das Theaterwohnzimmer des neuen Randolph Moore, ließ mich auf ein Sofa fallen und genoß die Vorfreude auf den vor mir liegenden fünfzehnminütigen Ruhm, zweifelte ich doch nicht, daß man mir das Verdienst an der Entdeckung und Gefangennahme des Phantoms zuerkennen würde. Für jemanden, der alle seine Abenteuer nur auf dem Papier erlebt hat, war das eine sehr belebende Aussicht.

Es gab zwei Dinge, mit denen ich nicht gerechnet hatte. Das eine war, daß Nina Kemper aus nur ihr bekannten Gründen beschloß, sowohl ihre Gefangenschaft und Rettung als auch die Existenz des Phantoms von Studio 43 zu leugnen. Das zweite war die Tatsache, daß Harry der Bulle und mehr als ein Dutzend von New Yorks Besten nicht in der Lage waren, sich des Phantoms zu bemächtigen – diesem gelang es, durch das wohl engste Netz zu schlüpfen, das je um ein Gebäude gelegt worden war.

Es dauerte eine ganze Weile, bis ich das Rätsel von Nina Kempers merkwürdigem Verhalten zu lösen vermochte.

Es war Gordon Knapp, der dahintersteckte. Der Produzent, offensichtlich für das gesamte Management sprechend, hatte gemeint, Nina habe nur wenig zu gewinnen und viel zu verlieren, wenn sie zugäbe, daß sie die Gefangene eines ja immer noch mythischen »Phantoms« in den Tiefen des Studios, in dem *Before the Dawn* produziert wurde, gewesen sei. Die Geschichte sei viel zu unglaubwürdig, hatte er gesagt, und würde nur andere Geschichten ins Kraut schießen lassen, die ihre Gewohnheiten hinsichtlich der Einnahme von allerlei Mittelchen zum Gegenstand hätten. Es wäre wohl besser, so hatte er gemeint, die ganze Sache zu vergessen, insbesondere da die Polizei ja nun Mason Trumbull sicherlich aus seiner kostengünstigen Behausung vertrieben habe.

Da war natürlich noch das Problem meiner Wenigkeit.

Das wurde jedoch überaus schnell gelöst. Eine Woche nach der großen Phantomjagd überreichte mir Ted Hauser, mit seinen Papieren und einer ordentlichen Krankenhausrechnung nach Hause entlassen, meine Papiere mitsamt einem Entlassungsschreiben, in dem meine Mitarbeit an *Before the Dawn* aufgekündigt wurde. Er war sichtlich beschämt, als er meinen auf dreizehn Wochen lautenden Vertrag mit der vorgesehenen sechswöchigen Kündigungsfrist beendete und dazu keine andere Erklärung abgab als »Du weißt ja, die Burschen da oben...« Und das war natürlich auch genau die Erklärung, die ich brauchte.

Was Harry anbetraf, so war die seine sogar noch unbefriedigender.

»Es kann dort nichts gewesen sein«, sagte er störrisch, als wir unsere letzte Tasse Kaffee zusammen tranken. »Erzählen Sie mir nicht, es hätte sich in einem unbekannten Durchgang versteckt oder so nen Blödsinn, denn ich verfüge über alle Bauzeichnungen, die je davor oder danach vom Studio 43 angefertigt worden sind.«

»Aber ich habe es doch gesehen, Harry«, sagte ich und fühlte, wie mir Tränen der Frustration in die Augen stiegen. »Ich habe das Phantom just in dem Augenblick gesehen, als die Polizei eintraf. Ich habe es *sprechen* gehört, verdammt noch mal! Und warum mir niemand glauben will, daß ich Nina Kemper in dem Raum da unten gefunden habe... ich meine, ist nicht dieser Kellerraum schon Beweis genug?«

»Okay«, sagte Harry. »Da hat sich also einer mit Hilfe alter Requisiten einen Wohnraum zurechtgemacht. Irgend so ein obdachloser Bursche...«

»Es war Mason Trumbull, und er ist ein Killer – und Sie lassen zu, daß er ungeschoren davonkommt, Harry.«

»Er mußte schon ein Geist gewesen sein, um an uns vorbeizukommen«, sagte Harry mit einem fast schon grimmigen Zug um den Mund. »Das ganze Gebäude war total abgeriegelt, und wir haben jeden Raum, jede Kammer, jeden Durchgang, einfach *alles* durchsucht, fast acht Stunden lang. Der Kerl hätte schon unsichtbar sein, durch Wände gehen müssen. Glauben Sie allen Ernstes, daß Ihr Phantom wirklich durch Wände gehen kann?«

Ich wußte darauf keine Antwort. Möglicherweise ja. Vielleicht hatte Nina recht, und es war Trumbulls Geist, der im Studio herumspukte.

Harry bezahlte den Kaffee – er mußte schon von der Sache mit meinem Job gehört haben.

Mike Zurman war gleichfalls voller Mitgefühl. Eines Morgens rief er mich an und teilte mir mit, er habe gehört, die ABC suche einen neuen Mitautor, er wisse aber nicht genau, für welche Show. Ich wollte gerade auflegen und

Josie Emmerich anrufen, damit der dem Gerücht mal nachginge, als Mike noch zögernd sagte:

»Ich nehme an, du hast das von Gordon schon gehört?«

»Nein, was ist mit ihm?«

»Jemand hat versucht, ihn umzubringen.«

Meine Hand, die den Telefonhörer hielt, wurde feucht.

»Mein Gott, wann denn? Weiß man, wer es war?«

»Es ist vorgestern abend passiert. Er kam ziemlich angesäuselt von einer Party nach Hause und fand jemanden in seiner Wohnung vor. Einen Einbrecher, nehme ich an. Der Kerl muß in Panik geraten sein, denn er schnappte sich Gordon und stieß ihn schnurstracks durch die Fensterscheibe.«

Ich erinnerte mich daran, wie Tom Derringer gestorben war, nämlich an den Folgen eines Sturzes, von dem noch nicht geklärt war, ob er ein Unfall gewesen oder von jemandem mutwillig herbeigeführt worden war. Aber nach Mike bestand ein wesentlicher Unterschied zwischen diesen beiden Vorfällen.

»Gordon wohnt im 3. Stock«, sagte er. »Er erlitt mehr Schnittwunden als Prellungen. Er liegt momentan im Krankenhaus, falls du ihm eine Karte mit deinen Genesungswünschen schicken möchtest. Obwohl ich nicht annehme, daß du einen solchen Wunsch verspürst.«

Ich beschloß, etwas noch weit Besseres zu tun. Fragen Sie mich nicht, wieso und warum – ich meine, eingedenk der Art und Weise, wie ich behandelt worden war. Vielleicht deshalb, weil mich in diesem Augenblick eine grimmige Genugtuung erfüllte.

Als ich im Krankenhaus ankam, sah ich einen uniformierten Polizisten vor Gordons Tür stehen, und das sagte mir, daß er bereits entschlossen war, das Phantom nun doch ernst zu nehmen. Aber wie es so seine Art war, bestritt er, je um Polizeischutz gebeten zu haben.

»Dann war es Harry«, sagte ich. »Harry weiß doch, was Ihnen zugestoßen ist, oder nicht?«

»Ja«, gab Gordon zu. »Er war gestern hier. Wir haben uns über den Einbrecher unterhalten.«

»Das war kein Einbrecher, Gordon«, sagte ich. »Sie wissen verdammt gut, daß das Mason Trumbull war. Sie standen als nächster auf seiner Liste, hat Nina Ihnen das nicht gesagt? Oder haben Sie Nina inzwischen ganz und gar davon überzeugt, daß es nie ein Phantom gegeben hat?«

»Wenn das alles ist, was Sie mir zu sagen haben . . .«

»Ich möchte nur, daß Sie vorsichtig sind«, sagte ich, vielleicht ein wenig zu selbstgefällig.

Aus dem ABC-Job wurde nichts, aber eine Woche später rief mich mein Agent an und fragte, ob ich daran interessiert sei, ein paar Episoden für eine neue, in Planung befindliche Krimiserie zu schreiben. Ich war froh, ein Weilchen aus New York rauszukommen, und so buchte ich den nächstmöglichen Flug gen Westen.

Ich fühle mich nirgends so *allein* wie in einem Flugzeug, das meilenweit von allem entfernt ist, was mich an diesen Planeten bindet. Vielleicht lag das in diesem Falle daran, daß mir dauernd diese Serie im Kopf herumging und mich der Gedanke an die verbrecherjagende Polizei wieder an die große Phantomjagd erinnerte, vielleicht war es auch die Flughöhe oder die fremde Umgebung, vielleicht die beiden Bloody Mary, die da oben so viel stärker wirkten – jedenfalls war mir plötzlich klar, was an jenem Abend geschehen und wie das Phantom durch die Wände des Studios 43 spaziert war.

Die Antwort fand sich in dem großen Schrank in »Felicias« wohnungsartigem Gefängnis im Studiokeller. Ich hatte darauf hingestarrt, ohne sie noch mit späteren Ereignissen in Verbindung bringen zu können – nämlich eine dort hängende Polizeiuniform.

Mason Trumbull war einfach in Randolph Moores Zimmer zurückgekehrt und in diese Polizeiklamotten geschlüpft, um sich dann an der Suche nach sich selbst zu beteiligen. Und als die Polizei, von dem gerissenen Phantom besiegt, wieder abgerückt war, da war das Phantom mit ihr abgezogen.

Ich mußte noch vier Stunden aushalten, bis das Flugzeug endlich in Los Angeles gelandet war und ich Harry anrufen konnte.

Er hörte mir schweigend zu, und als ich geendet hatte, erwartete ich eigentlich eine sarkastische Bemerkung. Statt dessen stellte er mir aber eine Frage:

»Sagen Sie, Sie haben diese Polizeiuniform da in dem Schrank *gesehen*?«

»Gar keine Frage.«

Harry knurrte: »Interessant. Weil da keine Polizeiuniform drin war, als wir Bestandsaufnahme gemacht haben.«

»Ist das nicht der Beweis?« fragte ich. Meine Rehabilitierung ließ mich förmlich erglühen, und ich wünschte mir jetzt, daß ich nicht so weit vom Ort meines Erfolges entfernt wäre. »Ich wollte Sie nur so schnell wie möglich verständigen. Vor allem auch wegen Gordon Knapp. Wenn ich Sie wäre, dann würde ich diesen Polizeibeamten rund um die Uhr vor seiner Tür stehen lassen.«

»Welchen Polizeibeamten?« sagte Harry.

Die Sammlung Contessa

Ich habe in meinem ganzen Leben nur einen Menschen gehaßt, bis mir Harold Buckhalter begegnete. Von dem Tag an, da er in der Tür des Büros erschien, sein vollendet geformtes Kinn nach vorn werfend wie in versuchsweiser Andeutung eines Speerwurfs und ein Lächeln lächelnd, als habe er achtzehn Reihen strahlend weißer Zähne im Mund, wußte ich, daß ich diesen neuesten Mitarbeiter der Firma *Kipness Edelsteine* nicht mögen würde. Ich sage »mögen«. Denn der Haß kam erst später, wurde erst ganz langsam hochgepäppelt durch alles, was Harold Buckhalter in jenen zwei Monaten, in denen ich seine unerträgliche Gegenwart ertragen mußte, sagte und tat – bis endlich der mit Tweedjackett und Bruyère-Pfeife ausgestattete Inspektor Walter Shillitoe in Erscheinung trat und zum Werkzeug meiner Vergeltung wurde. Kümmern Sie sich aber nicht um diesen Walter Shillitoe. Konzentrieren Sie sich ganz auf das, was ich über Harold sage, und hören Sie sich mal die ersten drei Dinge an, die er mir gegenüber äußerte.

1. »Sind Sie der Sekretär von Mr. Kipness?«

»Nein, ich bin sein Assistent, Assistent der Geschäftsführung. George Wadley.«

2. »Mein Name ist Harold Buckhalter, George. Ich nehme an, er hat Ihnen von mir berichtet?«

»Nein, das hat er nicht.«

3. »Nun, ich kann mir vorstellen, daß er seinem Sekretär nicht alles anvertraut, oder?«

Achtzehn Zahnreihen blitzten wie ein billiges elektrisches Reklameschild, und Harold segelte an meinem Schreibtisch vorbei auf geradem Wege in das Büro von Mr. Kipness. Die vier Schicksalsgöttinnen (so nannte ich die älteren der Mitarbeiterinnen unseres Hauses) gluchsten und kicherten bei dieser Vorstellung Harolds, was mich nicht sonderlich überraschte. Was mich aber traf, das war das amüsierte Lächeln auf dem Gesicht von Gretchen Dimes. Ich hatte geglaubt, Gretchen habe etwas mehr Geschmack. Sie brachte kleine, ledergebundene Büchlein mit zur Arbeit. Wir schätzten die gleichen Schriftsteller und Komponisten. Manchmal gingen wir zusammen zum Mittagessen. Sie schien der Altersunterschied zwischen uns nicht zu stören – ihr Vater hatte auch eine Glatze gehabt.

Ich wartete darauf, daß Harold Buckhalter wieder aus dem Büro herauskommen würde wie ein Blatt, das der rasende Sturmwind von Mr. Kipness' Zorn vor sich hertrieb. Aber nichts dergleichen geschah. Statt dessen erschien Mr. Kipness höchstselbst, hatte den Arm um die trefflich geschneiderte Schulter des jungen Mannes gelegt und ein onkelhaftes Lächeln im Gesicht, bei dem sich mir der Magen zusammenkrampfte. Voller Stolz stellte uns Mr. Kipness seinen neuen Verkaufschef vor und führte ihn selbst zu dem Tisch, den der in den Ruhestand gegangene Mr. Demetrius erst vor einer Woche geräumt hatte. Ein Schreibtisch, der jenem von Gretchen unbehaglich nahe stand. Ein Schreibtisch, der sich – was die Sache noch viel unbehaglicher machte – genau hinter dem meinen befand. Was zur nächsten Äußerung Harold Buckhalters mir gegenüber führte:

4. »Würden Sie bitte mal den Kopf stillhalten, George? Ich möchte schauen, ob mein Schlips noch grade sitzt.«

Den hinteren Teil meines nackten Schädels als imaginären Spiegel benutzend, zog Harold seinen Krawattenknoten zurecht und griente zu Gretchen hinüber, die den Anstand hatte, die Stirn zu runzeln und wegzusehen. Nun, wenn ich ganz ehrlich bin, muß ich gestehen, daß ich Harold Buckhalter so gut wie vom ersten Tage an haßte.

Und wenn ich auch weiterhin der Wahrheit die Ehre geben will, dann darf ich nicht unerwähnt lassen, daß ich inständig hoffte, die Einstellung Harolds werde Mr. Kipness alsbald die Augen öffnen und ihm zeigen, wie sehr er sich da vertan hatte. Vortrefflich sitzende Anzüge und ein strahlendes Lächeln machten noch lange keinen Verkäufer von Rang aus, und wiewohl ganz offenkundig war, daß sich Harold mit Steinen auskannte, so war das doch noch lange keine Erfolgsgarantie in jenem Dschungel härtesten Wettbewerbs, durch den sich Mr. Demetrius hatte hindurchkämpfen müssen. Offengestanden war ich der Ansicht, daß der Nachfolger von Mr. Demetrius logischerweise eigentlich nur der Assistent der Geschäftsführung sein konnte, hatte dieser doch der Firma *Kipness Edelsteine* schließlich und endlich schon sechs Jahre treu gedient. Ich hatte eines Nachmittags – nach einem Dreimartinilunch – etwas in diesem Sinne zu meinem Arbeitgeber gesagt, aber Mr. Kipness hatte meine Anregung keiner Antwort gewürdigt, und dies wahrscheinlich deshalb, weil ich mich in seinem Büro hatte übergeben müssen. Ich bin halt keinen Alkohol gewöhnt. Jedenfalls hatte eine Woche später Harold Gelegenheit zu seinem unwillkommenen Auftritt.

Traurigerweise kam dieser unseren wichtigsten Kunden höchst gelegen. Viele von ihnen schienen geradezu erleichtert zu sein, daß die Firma *Kipness Edelsteine* nun nicht mehr von Mr. Demetrius repräsentiert wurde. Demetrius hatte sich für eine vorgezogene Senilität entschieden und war schon so kurzsichtig geworden, daß er selbst durch die Juwelierslupe kaum noch etwas hatte sehen können. Es gab da die – leider nicht beglaubigte – Geschichte, daß er einmal einen vierkarätigen gelben Stein in den Mund gesteckt hatte, in der Annahme, es handele sich dabei um eine Rosine. Harold mochte zwar nicht über die Erfahrung von Mr. Demetrius verfügen, aber dafür hatte er gute Augen, ein betörendes Lächeln und eine geschickte Art, mit Kunden umzugehen. Ich zögere, Vermutungen darüber anzustellen, welcher Methoden er sich wohl bediente, um seine Gesprächspartner für sich einzunehmen, aber nach der Höhe seines Spesenkontos zu schließen, ging es dabei anscheinend um mehr als nur ein bißchen Kundenbetreuung – stets waren auch Damen involviert! Mehr sage ich nicht.

Zwei Wochen nach dem Eintritt von Harold in die Firma beging ich den taktischen Fehler, ihn bei einem gemeinsamen Mittagessen mit Gretchen Dimes zum Gesprächsthema zu machen. Sie blieb eigenartig schweigsam, während ich mich immer mehr für mein Thema erwärmte, bis mir klar wurde, daß mich meine Ablehnung Harolds (es war noch immer nur das) zur Kundgabe kleinlicher Eifersüchteleien und gemeiner Spekulationen verführt hatte. Ich war sicher, daß Gretchen mich für einen toleranten, kultivierten Menschen hielt, weshalb diese Attacke gegen Harold meiner nicht würdig war.

Ich hielt unverzüglich inne und fragte sie, ob sie schon die neue Proust-Übersetzung gelesen habe. Sie antwortete nicht, weil ihre Blicke auf dem jungen Mann ruhten, der ihr von der anderen Seite des Saales her mit seinen Zähnen Signale zublinkte wie ein Leuchtturm. Das war natürlich Harold. Mein taktischer Fehler hatte darin bestanden, ein Restaurant gewählt zu haben, das uns alle drei zusammenführte. Mir schwante sogleich, daß der Anblick von Gretchen und mir, in eine vertrauliche Unterhaltung vertieft, Harold nur zu neuem Unheil inspirieren konnte.

Genau dies war auch der Fall. Als Gretchen zwei Tage später mit zwanzigminütiger Verspätung bei der Arbeit erschien (und seltsamerweise Harold ebenfalls), da machten die kichernden, zu meinem Wohle weithin vernehmbar geflüsterten Kommentare der vier Schicksalsgöttinnen allseits bekannt, daß die beiden sich am Vorabend auf gesellschaftlicher Ebene getroffen hatten. In den ganzen sechs Monaten, die Gretchen nun schon für die Firma arbeitete, hatte ich nicht einmal den Mut aufgebracht, sie zu fragen, ob sie mal einen Abend mit mir ausgehen würde. Dieser Harold brauchte dazu nur zwei Wochen!

Nein, Sie irren sich – ich haßte Harold durchaus noch nicht. Ich lehnte ihn ab. Er erregte mein Mißfallen. Vielleicht beneidete ich ihn sogar. Aber ich hatte alles sehr wohl noch im Griff. Ja, ich ging gar zum Angriff über. Ich überprüfte Harolds Vorgeschichte in der Hoffnung, in seinem Lebenslauf ein paar falsche Angaben zu finden. Dieser Lebenslauf befand sich bei den Unterlagen, die Mr. Kipness verwahrte und die mir leicht zugänglich waren. Es fand sich darin nur eine Referenz angegeben, ein Mr. Winslow Early, Präsident der im Edelsteingeschäft tätigen Firma Early & Co. in Providence, Rhode Island. Für mich stand außer Frage, daß es Mr. Kipness, wahrscheinlich geblendet von dem Licht, das von Harolds Zähnen ausging, verabsäumt hatte, diese Empfehlung zu überprüfen, und mein Herz schlug heftig vor Hoffnung und Erregung, als ich das Unternehmen in Providence anrief.

Es war schon ziemlich spät, und ich erreichte nur noch den Anrufbeantworter. Ich hinterließ eine Nachricht, und am folgenden Vormittag rief Mr. Early zurück. Das trug mir eine weitere, sehr herbe Enttäuschung ein.

»Harold? Der verdammt beste Verkäufer im ganzen Land.«

»Warum haben Sie ihn dann aber gehen lassen?« fragte ich deprimiert.

»Nun ja, äh... wir hatten hier ein kleines Problem. Einen Verlust, der von der Versicherung nicht abgedeckt war, und da mußten wir Personal einsparen.«

»Ich verstehe«, sagte ich, ohne wirklich etwas zu verstehen. Selbst heute noch staune ich, daß ich Mr. Early nicht weitere Fragen zu diesem »Verlust« gestellt habe.

Ich unterließ auch noch etwas anderes. Nämlich daran zu denken, daß mein Gespräch mit Providence auf der nächsten Telefonabrechnung der Firma erscheinen und Mr. Kipness, der genauestens darüber informiert war, was eine Kilowattstunde Strom oder eine Schachtel Heftklammern gerade kosteten, im Büro herumrasen würde, bis er herausgefunden hatte, wer dafür verantwortlich war. Ich mußte natürlich die Wahrheit sagen und meine Nachforschungen dann aus der eigenen Tasche bezahlen. Und als Harold Wind davon bekam, daß ich ihn überprüfte, schien ihn das zu ganz neuen Höchstleistungen auf dem Gebiet haßerregender Untaten anzuspornen. Es sei hier festgehalten, was er vollbrachte.

Montag. Harold reichte mir meinen Kaffee in einem Plastikbecher, in dessen Boden fein säuberlich ein kleines Löchlein hineingestochen worden war. Und so tröpfelte langsam Kaffee über den wöchentlichen Finanzbericht von Mr. Kipness, der schon auf braunem Papier gedruckt war. Harold stritt natürlich jede Sabotage ab.

Dienstag. Als ich mit Gretchen in dem von uns bevorzugten Biokost-Restaurant zu Mittag speiste, unterbrach er unser Gespräch über die Komponisten des Barock und zog sich einfach einen Stuhl heran. Das kränkte mich so sehr, daß ich mich an einem Stückchen gestiftelter Mohrrübe verschluckte. In Sekundenschnelle packte mich Harold und unterzog mich einer gänzlich unnötigen Behandlung nach der Heimlich-Methode.

Mittwoch. Harold überreichte mir ein Geschenk. Einen Taschenkamm. Nicht nur die vier Schicksalsgöttinnen kicherten, *sondern auch Gretchen*. Gretchen hatte in ihrem ganzen Leben noch nicht gekichert.

Donnerstag. Jemand – zweifelsohne Harold – richtete meinen Aktenschrank übel zu und brachte mein sorgfältig ausgeklügeltes System durcheinander. So war beispielsweise meine »F«-Akte zu »PH« gestellt worden.

Freitag. Mr. Kipness hatte Geburtstag, aus welchem Anlaß eine Büroparty stattfand. Es herrschte die übliche Albernheit, aber aus irgendeinem Grunde erschien sie mir noch viel alberner als sonst, und ich brach in ein unbeherrschtes Gelächter aus, als ich bemerkte, daß ich mich nicht mehr daran erinnern konnte, wie man lief. Bis zum nächsten Morgen blieb mir verborgen, was geschehen war – erst da wurde mir klar, daß es Harold gewesen war, welcher mir die Fruchtgetränke gereicht hatte, die bei Festen dieser Art meine flüssige Haupterfrischung darstellen. Und Harold hatte jeweils einen gehörigen Schuß Alkohol hineingemischt. Als sei der Kater nicht schon schlimm genug, fiel mir, als mein Kopf endlich wieder klarer wurde, auch noch ein, daß ich zu Mr. Kipness bemerkt hatte, er sei ein alter... Nun, ich werde das Wort nicht wiederholen, aber es fing nicht mit PH an.

Jetzt hatte es keinen Zweck mehr, noch länger zu bestreiten, daß ich Harold Buckhalter haßte. Ja, ich haßte ihn leidenschaftlich. Und als Walter Shillitoe, ganz Tweed und Bruyère, im *Haus der Gesundheit* mir gegenüber Platz nahm, schien er schon zu spüren, daß ich ihm bei seinem ganz privaten Feldzug gegen Harold Buckhalter, bei dem Versuch, diesen dem Richter zuzuführen, ein bereitwilliger Verbündeter sein würde. Nur war es nicht moralische Sühne, um die es Walter Shillitoe ging, sondern die Gerechtigkeit mit großem G – wie in Gefängnis.

»Bitte mißverstehen Sie das nicht, Mr. Wadley«, sagte er mit leiser, warnender Stimme. »Ich bin nicht *sicher*, daß es Harold Buckhalter ist, der für diese Juwelendiebstähle verantwortlich ist. Wenn ich das wäre, dann hätte ich *ihm* meine Dienstmarke unter die Nase gehalten und nicht Ihnen.«

»Juwelendiebstähle«, sagte ich ehrfurchtsvoll, erregt und sehr beglückt. Eine solche Lösung all meiner Probleme hätte ich mir in meinen kühnsten Träumen nicht vorzustellen gewagt.

»Kein Raub«, sagte Shillitoe. »Nichts mit vorgehaltener Pistole. Eher so was wie ein aufgelegter Schwindel. Ein Insiderjob. Für mich ist kein Zufall, daß Harold Buckhalter bei drei Firmen tätig war, die alle beträchtliche Verluste an Steinen zu beklagen hatten. Ich habe zwei dieser Fälle bearbeitet, Mr. Wadley, und ich wittere Unrat.«

Ich fragte ihn, warum er Mr. Kipness nicht warne.

»Nicht gut«, knurrte der Inspektor. »Wenn es etwas gibt, was dieser Buckhalter zuwege bringt, dann sich bei den Bossen einzuschmeicheln. Sie *lieben* diesen Burschen einfach.«

Plötzlich fiel mir Mr. Early ein. Ich erzählte Shillitoe von meinem Telefongespräch mit Providence, und Shillitoe reagierte mit großer Erregung darauf. »Von *dem* wußte ich noch gar nichts!« sagte er. »Hat Early gesagt, *warum* Buckhalter dort ausgeschieden ist?« Als ich ihm von dem »Verlust« berichtete, schmunzelte er fast vor Vergnügen, und es wurde mir klar, daß es da noch einen anderen Grund gab, der ihn veranlaßte, Harolds Arbeitgeber nicht zu warnen. Die Sache war für Shillitoe zu einer Frage der persönlichen Rache geworden. Er *wollte*, daß es zum »Diebstahl« kam!

»Okay«, brummte er. »Es stimmt. Als ich beim letzten Mal Harolds Boss warnte, da kündigte Harold. Aber schon zwei Wochen später arbeitete er für eine andere Juwelenfirma. Und die zeigte nach weiteren sechs Wochen das Verschwinden von Steinen im Wert von sechs Riesen an.«

»Mein Himmel«, sagte ich und ließ meinen Bratling kalt werden. »Und glauben Sie, daß er wieder auf so was aus ist? Bei uns, bei *Kipness Edelsteine*?«

»Ich weiß es nicht. Aber ich will es wissen. Ich möchte den Kerl erwischen, wenn er die Beute sozusagen noch im Maul hat. Ich möchte das so sehr, daß ich es direkt spüren kann. Aber ich sage mir, daß ich das Risiko nicht eingehen kann, Mr. Kipness zu unterrichten. Er sieht in ihm wahrscheinlich schon das Material, aus dem gute Schwiegersöhne sind.«

»Mr. Kipness hat keine Kinder.«

»Dann wird Buckhalter für ihn zu dem Sohn, den er nie gehabt hat. Nein«, sagte Shillitoe und seufzte, »ich mußte mit jemandem sprechen, der *nicht* in Harold Buckhalter vernarrt ist, und da dachte ich mir, daß vielleicht Sie dieser Mensch sein könnten. Nach allem, was ich so gehört habe, mögen die Chefs Buckhalter ja lieben, seine Kollegen tun das für gewöhnlich jedoch nicht.«

»Aber was kann ich tun?«

»Sie können mir helfen. Sie können mir helfen, diesen Burschen auf frischer Tat zu ertappen. Das kann ich nämlich nicht allein schaffen, Mr. Wadley, ich brauche dazu einen Helfer *in* der Firma.«

»Ich verstehe.«

»Sie sind doch der Assistent von Mr. Kipness. Das ist eine Vertrauensstellung, nicht wahr?«

»So ist es.«

»Wenn Harold sein Ding dreht, werden Sie doch auf die eine oder andere Weise involviert sein. Verstehen Sie, was ich sagen will?«

»Nun«, antwortete ich obenhin, »ich bin jetzt schon sechs Jahre im Hause und möchte es ganz gewißlich nicht ausgeraubt sehen. Ich wäre nur zu froh, wenn ich behilflich sein könnte.«

»Das nenne ich einen auf das Allgemeinwohl bedachten Bürger, Mr. Wadley.«

Ich wollte mich mit ihm nicht über meine Motive streiten.

»Sagen Sie mir nur, was ich tun soll.«

Wie sich herausstellen sollte, brauchte ich eigentlich nur abzuwarten. Walter Shillitoe zufolge unternahm Harold nur dann etwas, wenn der Chef nicht im Büro, ja, vorzugsweise nicht in der Stadt war. Das war sein M. O., ein Kürzel, mit dem wir Fahnder den *modus operandi* eines

Kriminellen bezeichnen. Als Assistent von Mr. Kipness wußte ich natürlich genau, wann das wieder der Fall sein würde – nämlich Anfang April, zu welchem Zeitpunkt sich der Chef auf seine jährliche Einkaufsreise in den Fernen Osten begab.

Ich blickte diesem Termin mit gespannter Erwartung entgegen, entschlossen, eine Schlüsselrolle beim Sturz Harolds des Verhaßten zu spielen. Dutzendmal am Tage befingerte ich die Karte, die mir Walter Shillitoe gegeben hatte und auf der die Telefonnummer stand, die ich anrufen sollte, wenn Harold in Aktion trat. Ich war bereit, seinen Anblick und Gretchens erblühende Büroromanze, all seine Erniedrigungen, Beleidigungen und Schuljungenstreiche zu ertragen, wußte ich doch, daß der Tag der Abrechnung nicht mehr fern war.

Am 3. April hatte ich alle Vorbereitungen für die Reise von Mr. Kipness abgeschlossen, was durchaus mehr beinhaltete als nur das Buchen von Flügen und anderen Transportmitteln. Wie immer bestand Mr. Kipness darauf, daß ich mich auch für die Erledigung all der kleinen Details einer solchen Unternehmung bereithielt, wozu gehörte, daß ich seine Wohnung abschloß, mich um sein Gepäck kümmerte, ihn mit Pillen gegen die Reisekrankheit versorgte, kurz alles. Nur ihn huckepack ins Flugzeug tragen, das mußte ich nicht. Diese Dinge hatten mir nie großen Spaß gemacht, aber in diesem Jahr gab es da einen Unterschied – Harold!

Den Rest der Woche wartete ich ungeduldig darauf, daß Harold irgendwie aktiv werden würde, und als rein gar nichts geschah, hatte ich einen neuerlichen Grund zu Nervosität – die mich ganz elend machende Befürchtung nämlich, daß Mr. Shillitoes Verdächtigung Harolds gänzlich ungerechtfertigt, Shillitoe schlicht ein Mensch sein könnte, den seine Erfolglosigkeit als Kriminalbeamter frustrierte, der vielleicht sogar, was das Thema Harold Buckhalter anbetraf, ein wenig paranoid war. *Das* konnte ich nur zu gut nachvollziehen. Und als das Ende der Woche erreicht und Harold seinen Geschäften ganz in der gewohnten Weise nachgegangen war, da wußte ich, daß mir trotz aller Vorhersagen sonnigen Wetters ein trübes Wochenende bevorstand.

Am Freitagmorgen näherte sich Harold jedoch meinem Schreibtisch in einer Art und Weise, die sich nur als »schlendernd« beschreiben läßt, und wedelte mit einem blaßgelben Stück Papier. Noch bevor er den Mund aufgetan hatte, wußte ich, daß der kritische Augenblick gekommen war.

»Hab da ein Telegramm von Mr. Kipness gekriegt«, sagte er. »Er möchte, daß ich Mr. Rutherford mal die Sammlung Contessa vorführe. Holen Sie sie mir doch bitte aus dem Tresorraum, Georgie.«

Obwohl ich so gut auf Harolds Vorhaben vorbereitet war, schockierten mich seine Worte nun doch. Die Sammlung Contessa bestand aus dreizehn blauweißen Diamanten, die ursprünglich Teil einer Kette gewesen waren, welche einst den alabasterweißen Hals einer italienischen Contessa, Mätresse mehr als Person königlichen Geblüts, geschmückt hatte. Mr. Kipness hatte diese Sammlung schon seit fast zwei Jahren in Kommission, da der Eigentümer darauf bestand, daß sie nur als Ganzes verkauft werden sollte.

»Rutherford?« fragte ich. »Wer ist Rutherford?«

Harold hielt mir das Telegramm unter die Nase. Ich las:

ZEIGEN SIE SAMMLUNG CONTESSA MÖGLICHST UMGE-
HEND ARNOLD RUTHERFORD IM HOTEL DORSET.
SCHICKE NOCH HEUTE VOLLMACHT AN WADLEY.

»Ich habe keine Vollmacht erhalten«, sagte ich.

»Sie haben Ihre Post noch nicht durchgesehen, Georgie«, grinste er.

Und tatsächlich – in meinem Eingangskorb lag ein ähnliches Telegramm. Sein Wortlaut war:

DIES IST EINE VOLLMACHT. HÄNDIGEN SIE BUCKHALTER
DIE SAMMLUNG CONTESSA FÜR EIN VERKAUFSGESPRÄCH
AUS: KIPNESS.

Das Telegramm war in Singapur aufgegeben worden, aber
mein Instinkt sagte mir doch, daß das Gaunerstück angefangen hatte. Irgendwie hatte Harold dafür gesorgt, daß
die Telegramme aus Südostasien kamen – vielleicht war
das ja so einfach gewesen wie die Anmeldung eines Über-
seegesprächs beim Telegrafenamt, vielleicht hatte er ja
auch einen Komplizen.

Die Schlichtheit und die Kühnheit des Plans machten
mich sprachlos. Solange Mr. Kipness persönlich im Geschäft anwesend war, hatte keiner der Verkäufer je Mu-
sterstücke mitnehmen dürfen, deren Wert ein paar tausend
Dollar überstieg. Die Sammlung Contessa aber war annähernd eine halbe Million wert, und die einzelnen Steine
würden sich auf dem Diamantenmarkt leicht weiterver-
kaufen lassen. Harold Buckhalter konnte auf einfachste
Weise mit einem ganzen Vermögen aus der Firma *Kipness
Edelsteine* verschwinden – wenn ich mitspielte. Aber das
würde ich natürlich ganz und gar nicht tun.

Ich räusperte mich und sagte: »O je, das ist eine ganz schön große Verantwortung, Harold. Vielleicht sollte ich lieber Mr. Kipness in Singapur anrufen, um mir seine Anweisungen bestätigen zu lassen.«

»Ihn *anrufen*?« sagte Harold ungläubig. »Trauen Sie seinem Telegramm etwa nicht?«

»Das habe ich nicht gesagt.«

»Sehen Sie mal, Georgie, wenn Mr. Kipness Ihnen die Informationen per Telefon hätte geben wollen, dann hätte er Sie doch selbst angerufen, oder nicht? Außerdem hält er sich doch stets jeweils nur wenige Tage an diesen Orten da auf, er muß ja das ganze Gebiet in zwei Wochen abgegrast haben. Sie würden ihn kaum erreichen, selbst wenn Sie das noch so sehr versuchten, und er möchte, daß ich diesen potentiellen Kunden *heute* noch aufsuche.«

Ich mühte mich, Gegenargumente zu finden, aber mein Hals wurde schnell immer trockener. Dann wußte ich, was ich als nächstes zu tun hatte.

»Na gut«, sagte ich steif. »Die Sammlung liegt im Privattresor von Mr. Kipness.« Ich erhob mich, um in das Büro des Chefs hinüberzugehen, und Harold wollte mir folgen. Einigermaßen hoheitsvoll beschied ich ihm, daß ich es vorziehen würde, die Sache allein zu erledigen. Er erhob keinerlei Einwände, sondern ließ sich in meinen Stuhl plumpsen und drehte diesen dann so herum, daß er Gretchens Schreibtisch zugewandt war. Das letzte, was ich noch sah, bevor ich im Büro von Mr. Kipness verschwand, war Gretchens Erröten.

Im Büro drinnen hastete ich zum Telefon und rief Mr. Shillitoe an. Seine Karte brauchte ich nicht mehr, denn inzwischen war seine Nummer förmlich in mein Gehirn eingraviert.

»Mr. Shillitoe?« sagte ich. »Es ist genau so, wie Sie's gesagt haben! Buckhalter will ein paar Steine aus dem Privattresor von Mr. Kipness haben! Es sind zwei Telegramme gekommen...«

Ich stotterte vor Erregung, und Mr. Shillitoe bemühte sich, mich zu beruhigen. Aber ich bin sicher, daß auch er vor Aufregung zitterte. Ich wiederholte meine Geschichte so klar und ruhig wie möglich und erhoffte mir sodann Rat von ihm. Der aber ließ auf sich warten, und da fing ich an, immer heftiger in das stumme Gerät hineinzuatmen.

»Mr. Shillitoe!« flehte ich. »Bitte sagen Sie mir doch, was ich tun soll! Ich kann ihm ganz unmöglich diese Steine aushändigen. Ich weiß, daß wir sie dann nie wiedersehen würden!«

»Geben Sie sie ihm«, sagte Shillitoe endlich.

Ich stieß, so gut dies angesichts des wenigen Sauerstoffs, der mir verblieben war, gehen wollte, hervor: »Was soll ich tun?«

»Geben Sie sie ihm«, sagte Shillitoe. »Aber erst... in zwanzig Minuten, von jetzt an gerechnet. Ich werde nur zehn Minuten brauchen, bis ich bei Ihrem Haupteingang bin. Wenn er dann rauskommt, hefte ich mich an seine Fersen.«

»Nein«, sagte ich bestimmt. »Das kann ich nicht machen. Ich kann unmöglich all diese wertvollen Steine aus der Hand geben.«

»Wollen Sie denn nicht, das dem Recht Genüge getan wird, Mr. Wadley?«

»Natürlich möchte ich das!«

»Wollen Sie nicht, daß dieser Erzgauner dahin kommt, wo er hingehört, nämlich hinter Gitter?« Er sagte nicht »Erzgauner«, aber ich mag nun mal keine Schimpfwörter.

»Sie hassen diesen Kerl doch wie die Pest, nicht wahr? Sie wollen doch, daß er aus Ihrem Leben verschwindet, oder nicht?«

Diese Bemerkung zielte darauf ab, mich zu motivieren – und das tat sie auch.

»Also schön«, sagte ich nüchtern, »ich werde ihm die Diamanten geben. *Aber* – ich werde ihn zu diesem ›Kunden‹ begleiten. Ich will mit eigenen Augen sehen, wie er festgenommen wird.«

»Nicht gut«, sagte Mr. Shillitoe knapp. »Das würde ihn bloß abschrecken. Wir wollen ihn doch auf frischer Tat ertappen, nicht wahr?«

»So oder gar nicht – ich werde ihn begleiten«, sagte ich mit Entschiedenheit.

Als ich zehn Minuten später mit der flachen Stahlkassette unter dem Arm aus dem Büro von Mr. Kipness trat, teilte ich Harold mit, was ich zu tun gedächte. Zu meiner großen Befriedigung schaute er verwirrt drein. Dann aber grinste er, ohne auch nur einen einzigen seiner prächtigen Zähne zu zeigen, und sagte: »Okay, George, wie Sie wollen.«

Er war vollkommen unbefangen, als wir am Bordstein standen und ein Taxi herbeiwinkten. Hinten sitzend, versuchte ich, im Rückspiegel einen Blick auf Mr. Shillitoes uns folgenden Wagen zu erhaschen, aber der war nirgends zu sehen. Nichtsdestotrotz war ich mir sicher, daß der Inspektor hinter uns war – mit der Bruyère-Pfeife im grimmig-entschlossenen Mund über das letzte Rencontre mit seinem Erzfeind nachsinnend.

Ich konnte nicht anders als die kühle Gelassenheit zu bewundern, mit der Harold die Halle des Dorset betrat – er schien so zuversichtlich zu sein, daß ich mich einen

Augenblick lang fragte, ob die Telegramme nicht vielleicht doch echt gewesen waren und daß tatsächlich ein Kunde in der Suite des Hotels darauf wartete, sich die Contessa-Diamanten besehen zu können. In der gleichen lässigen Haltung schritt Harold zum Haustelefon und sprach, für mich unhörbar, in die Muschel. Aber als er sich dann mir wieder zuwandte und seine Zähne zu einem Lächeln entblößte, das weniger strahlend war als sonst, da wußte ich, daß ich keinen Fehler gemacht hatte.

»Mr. Rutherford bittet, daß ich allein heraufkomme«, sagte er. »Hoffe, das macht Ihnen nichts aus, Georgie.«

Und damit zog er mir die Stahlkassette unter dem Arm hervor und eilte zu einem Aufzug, dessen Türen sich gerade zu schließen begannen. Er hatte seine Aktion, was den zeitlichen Ablauf anbetraf, perfekt geplant. Ich hatte nicht die geringste Möglichkeit, ihn aufzuhalten. Es war alles so offen und unerwartet vor sich gegangen, daß ich nur in erstarrter Wut auf dem dicken Teppich des Dorset stehen und zusehen konnte, wie sich die verzierten Messingtüren hinter seinem zahnreichen, triumphierenden Grinsen schlossen.

Ahnungslos, was ich nun tun sollte, rannte ich zur Rezeption, um dort zu erfragen, ob wirklich ein Mr. Arnold Rutherford Gast des Hauses war. Natürlich gab es keinen dieses Namens.

Dann packte jemand von hinten meinen Ellbogen, und ein atemloser Shillitoe stand da.

»Schnell!« sagte der. »Folgen Sie mir! Ich glaube, ich weiß, was er machen wird.«

Er schob mich durch die Eingangshalle wie einen Betrunkenen, der widerstrebend aus einer vornehmen Party hinausbugsiert wird. Alle Leute starrten zu uns herüber, als ich zu wissen verlangte, wo er gesteckt habe und wie es möglich sei, daß er dermaßen inkompetent vorgehe. Shillitoe scherte sich jedoch nicht um meine Vorhaltungen. Ein Leuchten des Triumphes erhellte sein Gesicht, als wir ins Freie hinaustraten, und er dort Harold entdeckte, der gerade aus der Hintereinfahrt des Hotels kam, die Stahlkassette unter dem Arm.

»Ich habe es doch gewußt!« sagte Shillitoe. »Er hat sich den nächsten Lift runter in den Servicebereich geschnappt! Wir müssen ihn kriegen, bevor er den Taxistand erreicht!«

Trotz seiner Körperfülle bewegte sich Shillitoe mit erstaunlicher Schnelligkeit. Er warf den Arm um Harolds Taille und riß ihn zur weiteren Verwunderung der Umstehenden von der gelben Taxitür weg. Er raunte ihm etwas ins Ohr, und Harolds Gesicht wurde so weiß wie seine berühmten Zähne. Im nächsten Augenblick standen wir alle drei im Schutze des Hinterausganges, und Shillitoe legte Harold Buckhalter, dem seine übliche Munterkeit gänzlich abhanden gekommen war, geschickt ein Paar blitzende Handschellen an.

»Sie sind festgenommen, Buckhalter«, sagte Shillitoe mit größter Genugtuung in der Stimme. »Und das war auch mal an der Zeit.« Er kramte in seiner Jackentasche und zog ein Faltblatt heraus. Er klärte Harold über dessen Rechte auf, und der Gefangene ließ den schönen Kopf hängen und hörte ihm zu. Das war genau der Augenblick, in dem ich aufhörte, Harold zu hassen.

Es war nicht erforderlich, Mr. Kipness die ganze Geschichte zu erzählen, als er von seiner Geschäftsreise zurückkehrte. Die Polizei hatte ihn bei seinem Eintreffen in Empfang genommen, und er hatte, dem Himmel sei's gedankt, bereits die obligaten Ausrufe und Entsetzens-schreie von sich gegeben, als er erfuhr, wie seine Firma um Steine im Wert von einer halben Million Dollar gebracht worden war. Ich hatte versucht, ihn mit dem Hinweis zu beruhigen, daß die Versicherung schon für den Verlust aufkommen werde, aber Mr. Kipness hatte seit jeher zwar jedes einzelne Dollarstück sehr ernst, seine Versiche-rungsbeiträge jedoch auf die leichte Schulter genommen.

»Wie konnten Sie nur so *blöde* sein, George?« fragte er mich mit stöhnender Stimme. »Wie konnten Sie sich nur von diesen Leuten so aufs Kreuz legen lassen?«

»Harold hat *Sie* aufs Kreuz gelegt«, erinnerte ich ihn. »Ich habe Harold Buckhalter nicht eingestellt, Mr. Kip-ness, das haben Sie getan.«

»Wie konnte ich wissen, daß er kein Verkäufer, sondern ein Betrüger war?«

»Genau«, sagte ich verständig. »Und wie hätte ich wis-sen sollen, daß Shillitoe sein Komplize und nicht Krimi-nalinspektor war? Als er Harold festnahm und die Dia-manten als Beweismittel beschlagnahmte, da dachte ich, das sei halt das normale polizeiliche Verfahren...«

»Normale Vorgehensweise? Eine halbe Million Dollar zu klauen?«

»Sie haben doch gehört, was die Polizei gesagt hat, Mr. Kipness. Die beiden bedienen sich schon seit Jahren dieser Masche. Das sind clevere Burschen, seien wir doch mal ehrlich.«

»Ja«, sagte er bitter, »die sind schlau und Sie sind dumm – und deshalb sind *die* jetzt reich und *Sie* gefeuert.«

Ich erhob mich mit Würde.

»Na schön, Mr. Kipness.«

Bevor ich das Büro verließ, blieb ich noch einmal an

Gretchens Schreibtisch stehen und gab ihr die Proust-Ausgabe, die ich am selbigen Morgen erstanden hatte. Sie sträubte sich und meinte, daß das ein viel zu teures Geschenk sei, aber ich sagte ihr, sie solle sich darüber keine Gedanken machen. Und wenn sie an diesem Abend mit mir ausgehen wolle, dann würde ich ihr gern zeigen, was große Küche sein könne, wenn man mal nicht so auf den Pfennig schaue. Sie nahm meine Einladung an, und ich verließ die Firma als ein glücklicher Mensch. Ich dachte an Harold und Shillitoe und wünschte ihnen von Herzen alles Gute.

Wie ich schon erwähnt habe, haßte ich Harold nicht mehr. Ganz im Gegenteil – er tat mir eigentlich eher leid. Ich konnte mir vorstellen, was er empfunden haben mußte, als er die Stahlkassette öffnete und nichts als Papierschnitzel darin fand. Die Contessa-Diamanten befanden sich selbstredend wohlbehalten und sicher in meiner kleinen Wohnung. Verspürte ich Reue? Nein, durchaus nicht. Wie ich ja eingangs schon bemerkte, habe ich in meinem ganzen Leben nur einen einzigen Menschen gehaßt, und das war Mr. Kipness.

Die Flasche

N atürlich sind wir alle Besessene.« Der Mann namens Wax lachte leise, und sein Gewicht auf den zierlichen Beinen des Windsorstuhles ließ Hausman ins Schwitzen kommen. Er hatte ihn erst letzte Woche auf einer Auktion erstanden, und obwohl er nur wenig über englische Antiquitäten wußte, so doch dies, daß der Stuhl etwa aus dem Jahre 1780 stammte. Und einzig, um dieses zerbrechliche Gebilde zu retten, schlug er vor:

»Möchten Sie sich meine Sammlung ansehen?«

»Im Moment noch nicht«, erwiderte sein Gast. Es war ein großer Mann mit Ansatz zur Glatze, einem breiten, rötlichen Gesicht und humorvollen Augen, die wie Favrile-Glas schimmerten. Mitte fünfzig, Anfang sechzig. Hausman hatte ihn sofort sympathisch gefunden, als er hereingekommen war, aber er hätte jeden Glassammler, der an seine Tür klopfte, zutraulich wie ein junger Hund begrüßt, besonders seitdem er an Gicht und somit gezwungenermaßen an Einsamkeit litt.

»Ich wurde von der Besessenheit ergriffen, als ich Mitte zwanzig war«, erzählte Wax. »Mein älterer Bruder war während des Zweiten Weltkriegs in Salerno. Er brachte einige Exemplare venezianischen Glases mit, *latticinio*, und eine Vase aus *vetro di trina*, die sie, wie durch ein Wunder unversehrt, in einem ausgebombten Kloster gefunden hatten. Er ›befreite‹ die Stücke – so sagten sie damals. In der begierigen Hoffnung, sie seien wertvoll, ging ich in die Bibliothek und lieh mir einige Bücher über

Glasmacherei aus. Und ehe ich mich versah, kam ich bereits nicht mehr davon los.« Seine Augen glänzten im Schein des Kaminfeuers. »Doch ich bin nicht hergekommen, um über mich zu reden. Ich bin im Namen meines Neffen hier.«

»Wer ist das denn?« fragte Hausman überrascht.

»Mein Neffe Levi«, sagte Wax. »Der Kriminalbeamte.«

Hausman hielt es nicht länger aus. Er erhob sich vom Sofa und hüpfte auf einem Bein zum Ohrensessel am Kamin. »Setzen Sie sich doch hierher«, sagte er. »Hier ist es viel bequemer.«

Wax dankte ihm freundlich und setzte sich zu ihm. Hausman bot ihm etwas zu trinken an, doch auch diesen Genuß verschob Wax auf später. Offensichtlich war er zu sehr darauf aus, seine Geschichte zu erzählen, also setzte sich Hausman in Zuhörerpose und ließ ihn anfangen.

»Es war kein reiner Zufall, daß Levi mit dem Fall Bevaquilla betraut wurde. Als der Gerichtsmediziner keine genaue Erklärung für Bevaquillas plötzlichen Tod feststellen konnte, vermutete man ein schwer nachzuweisendes Gift. Wahrscheinlich Selbstmord, weil Bevaquilla diese Flasche in seinem Aktenkoffer hatte. Doch das Labor untersuchte alles, und sie stellten fest, daß in der Flasche keine Spur von Gift war – oder überhaupt von irgend etwas. Es war einfach nur eine leere Flasche. Aber alt. Ganz sicher alt.

Nun, das war keine große Überraschung, denn man fand sehr schnell heraus, daß Bevaquilla einer von uns Besessenen war. Und da kam ich ins Spiel. Mein Neffe Levi bat mich, mir Bevaquillas Glassammlung anzusehen, und den Gefallen tat ich ihm nur zu gerne. Normalerweise betrachten mich meine Nichten und Neffen – ich selbst habe keine Kinder – nur als eine der vielen Antiquitäten in meinem Hause. Jedenfalls bat er mich, den Wert von Bevaquillas Sammlung zu schätzen, vielleicht weil er finanzielle Motive hinter dem Mord vermutete – falls es ein Mord war.

Sie wissen selbst, wie die Auktionspreise in letzter Zeit schwankten. Doch ich tat mein Bestes und errechnete eine Summe zwischen vierzig- und fünfzigtausend. Das erstaunte Levi. Bevaquilla lebte in einem Zimmer in einer Pension, und alles, was er an Einkünften hatte, kam von der Fürsorge.

Dann zeigte Levi mir die Flasche, die Bevaquilla bei sich hatte, als sie ihn tot auf der Straße fanden. Ich wünschte, ich hätte sie Ihnen mitbringen können, aber die Polizei gibt Beweismaterial nicht aus den Händen. Ich werde versuchen, sie Ihnen so genau wie möglich zu beschreiben.

Sie war aus klarem, recht schwerem Glas, innen etwas irisierend, so wie es alte Medizinflaschen oft sind. Der Hals war zylindrisch, der Körper in eine viereckige Form geblasen, die Nähte fast vollständig abgeschliffen. Auf den vier Seiten der Flasche jeweils ein rechteckiger Rahmen, in dem eine Reliefbüste eingeschnitten war, drei Männer und eine Frau, allen Anzeichen nach von hohem Rang. Über jedem Portrait befand sich auf einer gewölbten Fläche ein Emblem. Unter einem der Portraits war etwas Platz freigelassen.

Es war nicht schwer, drei der vier zu identifizieren – die Wappen verrieten sie. Die Frau war Queen Victoria. Einer der Männer war Napoleon III. Der zweite war Viktor Emanuel, der später zum ersten König Italiens gekrönt wurde. Der dritte Mann war ein türkischer Sultan, was ich aus dem Stern und dem aufgehenden Mond schloß. Um herauszufinden, wo dieses Ding nun herkam, mußte ich in

Erfahrung bringen, warum sich diese vier gekrönten Häupter zusammen auf einer Flasche befanden.

Also griff ich zu den Geschichtsbüchern. Ich erfuhr, daß es nur eine Zeit gegeben hatte, in der diese vier Mächte verbündet waren: im Krimkrieg. Folglich mußte es sich bei meinem Sultan um Abd ül-Medschid i. handeln. Doch die wichtigste Frage war noch immer nicht geklärt. Wozu war diese Flasche überhaupt hergestellt worden? Es lag auf der Hand, daß ein kommerzieller Gedanke dahinter steckte. Jemand wollte den Inhalt dieser Flasche *verkaufen*, also mußte er einen guten Grund gehabt haben, sie so und nicht anders herzustellen. Während des Krimkrieges ging es in der europäischen Diplomatie drunter und drüber. Alles ging an den Meistbietenden, selbst die Kontrolle über die Heiligen Stätten in Jerusalem. Die Türkei lag mit Rußland im Krieg, und nachdem ihre Flotte im Schwarzen Meer vernichtet worden war, kamen ihr Frankreich und Großbritannien zu Hilfe.

Die drei Mächte fielen auf der Halbinsel Krim ein, aber es war nicht gerade ein Picknick für sie. Die Belagerung von Sewastopol zog sich über Monate hin und forderte viele Opfer. Das Einzigartige an diesem Krieg war jedoch, daß es hier zum erstenmal Kriegsberichterstatter gab. Die Telegrafen ermöglichten es, Meldungen direkt von der Front abzuschicken, die dann sofort in jeder Zeitung in Europa gedruckt wurden. Aufgrund der schrecklichen Berichte, die auf diese Weise in die Welt gelangten, entschloß sich Florence Nightingale dann zu ihrer Expedition. Damals hörten die Menschen zum ersten Mal etwas vom Angriff der *Leichten Brigade* und von einem Mann namens Kipling.«

Wax fuhr sich über die Augenbrauen und rückte seinen

Stuhl etwas weiter vom Kamin weg. »Es tut mir leid«, meinte er, »ich weiß, das alles klingt, als sei ich vom Thema abgekommen, aber hören Sie mir bitte noch etwas weiter zu. Diese Berichte in den Zeitungen haben etwas mit der Flasche und dem Mord an Bevaquilla zu tun.

Vorher waren die Kriege nämlich ganz anders verlaufen. Armeen verließen ihre Heimat und kamen wieder zurück, entweder siegreich oder geschlagen. Die Daheimgebliebenen bekamen eigentlich erst dann etwas davon mit, wenn alles schon vorbei war. Doch jetzt, mit diesem neuen Kommunikationsmittel, änderte sich das alles schlagartig. Die Leute wurden immer unruhiger, als sie täglich die Meldungen von der Krim lesen konnten. Sie wußten, wie es ihren Söhnen und Brüdern und Vätern jeden Tag erging. Und als es schlecht für sie aussah und den drei Mächten ein harter Winter bevorstand, wuchs ihre Besorgnis schier ins Unermeßliche.

Sie können sich vorstellen, was es bedeutete, als sich Viktor Emanuel, damals König von Sardinien, dazu entschloß, den Verbündeten zu helfen. Er kam mit fünfzehntausend piemontesischen Soldaten nach Sewastopol – die psychologische Wirkung war sagenhaft, so ähnlich wie etwa sechzig Jahre später, als die amerikanischen Truppen in Europa landeten. Wie sich dann zwar herausstellte, konnte auch Viktor Emanuel ihnen nicht zu einem schnellen Sieg verhelfen, aber es war doch ein strahlender Augenblick für die Leute zu Hause, ein großer, denkwürdiger Augenblick.

Somit konnte ich das exakte Datum der Flasche feststellen. Es mußte in dem Jahr gewesen sein, als der vierte Mann der Allianz beitrat und allen neue Hoffnung brachte. Das war 1855.

Jetzt kannte ich das Wann. Und das Warum. Doch ich kannte noch immer nicht das *Was*. Was war in der Flasche gewesen?

Wie ich schon sagte, war unter einem der Portraits etwas Platz freigelassen. Da mußte das Etikett geklebt haben. Und da das unter dem Bild von Napoleon III war, schloß ich daraus, daß sowohl Flasche als auch Inhalt aus Frankreich kamen.

Ich kannte nur einen Ort in Frankreich, an dem man meine Frage beantworten konnte, das Musée des Arts Décoratifs in Paris. Ich setzte mich mit dem Kustos in Verbindung, und als er die Fakten hörte, die ich bereits zusammengetragen hatte, war er so freundlich und gab mir den Namen eines Sammlers dieser Portraitglasflaschen aus dem neunzehnten Jahrhundert – *bouteilles à sujet*, wie sie es nennen. Und endlich bekam ich auch die Antwort auf meine Frage.

Die Flasche wurde von einer der Glasfabriken der Orte La Bocca und La Napoule im Department Alpes-Maritimes hergestellt, ganz in der Nähe von Cannes. Sie waren für die Parfümindustrie bestimmt, die, damals wie heute, ihr Zentrum um Grasse hatte. Das Produkt, das ursprünglich in diese Flaschen gefüllt wurde, war *eau de fleurs d'oranger*, ein Toilettenwasser aus Orangenblüten, das damals sehr in Mode war.

Natürlich war dies nicht die einzige Flasche dieser Art. Vorher hatte man welche zu Ehren der Vermählung von Napoleon III und Kaiserin Eugenie 1853 entworfen. Es folgten noch mehrere Variationen, genug, um das Interesse eines begeisterten Sammlers zu wecken – wie zum Beispiel Charlie Bevaquilla. Sie kannten Bevaquilla doch, oder?« Wax hatte offensichtlich vorgehabt, diese Frage nur beiläufig zu stellen, doch seine Stimme bebte ein wenig und störte den erwünschten Effekt.

»Ja«, erwiderte Hausman, seinerseits mit ruhiger Stimme. »Ich kannte den guten alten Charlie. Aber ich fürchte, ich kann Ihnen auch nicht sagen, was mit ihm passiert ist.«

»Oh, mir ist ziemlich klar, was mit ihm passiert sein muß«, entgegnete Wax, wieder so freundlich und gelassen wie zuvor. »Ich habe Levi von meiner Theorie noch nichts erzählt. Ich möchte meinem oberschlauen Neffen die Antwort gar zu gerne schön verpackt überreichen. Wissen Sie, ich bin davon überzeugt, daß Charles Bevaquilla ein Dieb war, daß er die anderen Sammler um ihre Stücke beneidete und sich eine eigene Sammlung zusammenstellte, indem er die anderen beklaute. Und einer dieser anderen Sammler hat wohl eines Tages herausgefunden, was er tat. Vielleicht hat er ihn sogar auf frischer Tat ertappt und zu einer extremen Form der Vergeltung gegriffen.«

»Um Gottes willen«, sagte Hausman. »Ich hoffe doch, Sie haben *meinen* Namen nicht auf Ihrer Verdächtigenliste stehen? Wie Sie selbst sehen, kann ich niemandem etwas zuleide tun. Dieser Fuß hier macht mich zum Gefangenen in meinem eigenen Hause.«

»Aber Sie sammeln doch diese *bouteilles à sujet*, oder etwa nicht? Man sagt, daß Sie eine der vollständigsten Sammlungen im Lande haben, und Sie haben auch gelegentlich Besucher wie zum Beispiel Charlie Bevaquilla. Tja, und dann? Vielleicht hat er das letzte Mal eine Ihrer Flaschen in seine Aktentasche gesteckt, kurz bevor er Sie verließ?«

»Sie wollen doch nicht etwa annehmen, daß ich – oder jemand wie ich – einen Menschen wegen einem Stück Glas umbringen könnte?«

»Ein Besessener schon«, meinte Wax, »wenn er merkt, wohin all die fehlenden Stücke der ganzen letzten Jahre verschwunden sind. Aber da wir gerade von Stücken sprechen – jetzt möchte ich mir gerne Ihre Sammlung ansehen. Und auch etwas von dem Wein probieren, den Sie mir angeboten haben!«

Hausman führte ihn in den Raum, in dem er unter mattschimmernden Lampen seine Glassammlung aufbewahrte. Die Regale waren in einem kräftigen Weiß gestrichen, um den Kontrast zu den Kunstobjekten möglichst hervorzuheben. Wax sah ein wunderschönes Kelchglas, in das mit einem Diamantstift Gravuren geritzt waren. Daneben standen mehrere Exemplare venezianischen Glases vom Typ *cristallo*. Viele Flaschen, einige aus England, einige aus Frankreich, und ein paar historische Flakons aus Amerika. Wax ließ sich so sehr von seiner Bewunderung einnehmen, daß er kaum wahrnahm, wie Hausman den Raum verließ und langsam in die Küche humpelte.

In der Küche nahm dieser eine Flasche Madeira aus dem Schrank und füllte ein Glas bis fast an den Rand. Dann holte er von ganz hinten aus einer Schublade eine kleine Flasche mit einer Flüssigkeit, die fast die gleiche rubinrote Farbe wie der Wein hatte. Vorsichtig zog er den Korken heraus und gab drei Tropfen davon ins Weinglas. Sie vermischten sich sogleich mit dem Wein, er brauchte nicht einmal umzurühren.

Er wollte seinen Cocktail gerade auf ein kleines Tablett stellen, als er spürte, wie Wax ihm seine Hand schwer auf die Schulter legte. Er war erstaunt, wie leise sich dieser große Mann an ihn herangeschlichen hatte.

»Was für ein edles Glas«, bemerkte Wax ehrfurchtsvoll. »Lassen Sie mich mal den Stiel ansehen.«

Er hob es hoch und drehte es im hellen Schein der Küchenlampe.

»Dreifache Luftspirale. England, Mitte achtzehntes Jahrhundert. Wie schade«, seufzte er, »daß die Polizei das auch noch bekommt.«

Man frage nur die Toten

Die Schachfiguren waren schon aufgestellt, als Skip im Hause seiner Eltern in Stormville eintraf. Wie stets, hatte sich sein Vater hinter die schwarzen Steine gesetzt und ließ ihm den Vorteil des Eröffnungszuges – ein freundliches Zugeständnis, das bis in seine Kindheit zurückreichte. Skip überging den Anflug von Unwillen, den er verspürte. Schließlich war er 29 Jahre alt, Polizeibeamter und der weitaus bessere Schachspieler.

Nicht jedoch an diesem Abend. Nach dem Essen spielte Joe Landis sein übliches Dilettantenspiel – verschlagen und riskant und unter normalen Umständen der gradlinigen, entschlossenen Spielweise Skips nicht gewachsen. Heute aber wurde Skip ein Mangel an Konzentration zum Verhängnis. Er erlag einem Angriff der gegnerischen Läufer und gab auf. Sein Vater stimmte kein Siegesgeschrei an, wußte er doch nur zu gut, welch eine schwere Last auf diesen dichten blonden Locken lag, welch ein großer Schmerz die stämmigen Schultern des Sohnes niederdrückte. Neunundzwanzig? Sein Vater und seine Mutter sahen nur einen leidenden Zwölfjährigen, der zusammengesunken in dem viel zu hart gepolsterten Sessel saß.

»Also... noch immer kein Glück?« fragte Joe und suchte nach der Pfeife, die er nicht mehr rauchen durfte. »Ihr habt den Kerl noch immer nicht erwischt, was?«

»Noch nicht, Paps.«

»Es gibt da draußen viel zu viele von diesen verrotteten Gangstern, euch stehen viel zu viele zur Auswahl. Was ihr machen solltet ist, fünfzig oder hundert von diesen Schweinen umstellen, sie einkassieren und auf den elektrischen Stuhl setzen. Da ist dann wahrscheinlich auch der richtige dabei.«

»Das geht so leider nicht, Paps.« Er sah auf, als seine Mutter hereinkam und auf einem Tablett den Nachtisch brachte.

»Ich weiß, ich weiß«, seufzte der Vater. »Na, du kennst mich doch, den ollen Liberalen aus alten Zeiten. Aber wenn ich solche Sachen höre wie das, was mit deinem Freund Mitch passiert ist, dann fange ich schon an, wie der Ayatollah zu denken. Verstehst du, was ich meine?«

»Klar, Paps«, sagte Skip und fragte sich, wie er seiner Mutter beibringen sollte, daß er den Schokoladenpudding nicht essen wollte, den sie schon mit Schlagsahne aus einem Siphon verzierte. Er kam zu dem Schluß, daß es wesentlich einfacher sein würde, nichts zu sagen und halt den Pudding zu löffeln. Je schneller er diesen Pflichtbesuch hinter sich brachte, desto eher konnte er zurück ins Präsidium und sehen, ob das Morddezernat oder die Sonderkommission irgendwas gefunden hatten. Er hätte ja auch anrufen können, aber er wollte sich nicht der momentanen Enttäuschung aussetzen, wenn er einmal mehr erfuhr, daß der Tod von Mitch Rodriguez noch immer nur ein Fragezeichen in einem leeren Aktenordner war – wie nun schon seit drei Wochen.

Der süße, milde und erinnerungsreiche Geschmack des Puddings wirkte beruhigend. Er wußte, warum er eingeladen worden war – seinen Eltern war natürlich klar, wie sehr ihn die Ermordung des Mannes getroffen hatte, der sein erster Partner, sein Mentor und sein bester Freund gewesen war. Er hatte Mitch eines Abends mitgebracht, und sie waren zutiefst beeindruckt (eingeschüchtert?) gewesen von seiner hispanischen Körperfülle, dann aber auch ganz entzückt (erleichtert?), als er auf dem Klavier im Wohnzimmer Chopin gespielt und Geschichten von seiner Familie erzählt hatte, die der ihren bemerkenswert ähnlich war. Mitch hatte ihre Befürchtungen, die sie hinsichtlich der Sicherheit Skips und seines gefahrvollen Berufes hegten, zerstreut – und sie waren ihm dankbar dafür gewesen.

Sechs Jahre der Freundschaft später, und Mitch war tot, ein Opfer eben dieses Berufes geworden. Sie hatten davon in den Sechsuhrnachrichten erfahren, aber er, Skip Landis, war da gewesen, hatte mit angesehen, wie der gesichtslose Leichnam in den Wagen geschoben worden war, hatte in hilfloser Wut herumgebrüllt. Der eigentliche Schmerz war erst später gekommen. Als er zu Mitchs Frau gegangen war, um ihr die schlimme Nachricht zu überbringen, hatte er auf der Türschwelle gestanden und geweint. Als die Wut in ihn zurückgekehrt war, da war sie wie eine Feuersbrunst gewesen – vor allem als die Mordkommission und all die anderen Abteilungen keine Erklärung für die plötzliche Explosion von Pistolenschüssen bieten konnten, keine Erklärung, kein Motiv, keine Verdächtigen, nichts außer der schmerzlich unbefriedigenden Annahme, daß es die völlig willkürliche Tat eines Psychopathen gewesen war, der einen Haß auf Polizisten hatte.

»Abwaschen oder abtrocknen?«

Skip blickte seine Mutter an, die ihm mit einem entschlossenen kleinen Lächeln zunickte. »Ich lasse mir von deinem Vater nicht mehr dabei helfen«, sagte sie. »Er soll ja nicht mehr so lange auf den Beinen sein, wenigstens sagt er das. Ist schon ein großartiges Alibi, so eine Venenentzündung.«

Er wußte, was kommen würde, wenn sie da an der Spüle allein waren, nämlich ein paar betuliche Bekundungen mütterlicher Besorgtheit. Seine Mutter überraschte ihn jedoch mit den Worten: »Ich weiß ja, was du von meinen Freundinnen da in der South Street hältst, aber vielleicht, ganz vielleicht nur, kann dir eine von ihnen doch helfen.«

Er antwortete mit einem Seufzer und hoffte, das würde reichen, aber seine Mutter ließ nicht locker. »Ich behaupte ja nicht, daß es eine sichere Sache ist, es gelingt ihnen durchaus nicht immer, Kontakt aufzunehmen. Aber wenn sie es könnten, wenn eine von ihnen zu deinem Freund Mitch durchkäme, wer wüßte es dann besser als er? Welcher Mensch wäre wohl geeigneter, ihn zu fragen, wer ihm etwas so Furchtbares angetan hat? Lach nicht! Ich kann sehen, daß du lachst.«

Skip tat's nicht. Er feixte nur. Dann entschied er sich aber gegen seine sonst üblichen spöttischen Bemerkungen, die immer dann fällig wurden, wenn seine Mutter auf ihre »Freundinnen«, ihre »spirituellen Ratgeber«, »Kontakter« oder wie immer sie sich heute nennen mochten, zu sprechen kam, die stets mit größtem Vergnügen bereit waren, ihre weitreichenden Dienste zu offerieren und es ihr zu ermöglichen, mit ihrem toten Vater, ihrem Bruder Bernie, ihrer geliebten Großmutter zu sprechen, die von jenseits des Grabes zärtliche Worte mit einer Stimme herüberkrächzte, die ganz so wie die von Madame Plotzky oder derjenigen Dame klang, die da in der South Street halt gerade die Produktionslizenz für mediale Substanzen hatte.

»Es ist keine aus der South Street«, sagte seine Mutter, als hätte sie seine Gedanken erraten. »Die, an die ich denke, wohnt in der Stadt.«

»Wer ist es?«

»Sie heißt Carmen Lopes. Sie wohnt in der 16. Straße. Mrs. Fitzmaurice hat mit ihr gesprochen und glaubt, sie könne bei diesem Fall behilflich sein.«

»Ich verstehe«, sagte Skip und entdeckte einen diplomatischen Fluchtweg. »Sie ist eine von diesen Psychodetektiven, nicht wahr? Tut mir leid, Mama, aber das Polizeipräsidium hat, was diese Leute anbetrifft, so seine eigenen Grundsätze.«

»Ich habe nicht gesagt, daß sie eine Detektivin ist. Sie ist ein Medium wie Mrs. Fitzmaurice, nur irgendwie ganz besonders empfänglich. Manchmal kommen Dinge zu ihr durch, ohne daß jemand danach gefragt hätte, wenn du weißt, was ich meine.«

»Ich weiß nur, daß es mal wieder jemand auf deinen Geldbeutel abgesehen hat, Mama. Warum willst du unbedingt die Rente von Paps an diese Gauner verschwenden?«

»Sie will ja nicht mich sprechen, sondern dich«, sagte seine Mutter ruhig.

Zorn stieg in ihm hoch, aber er schluckte ihn hinunter. »Die gesamte Polizei hat keine Ahnung, wer Mitch umgelegt hat, und du willst mir einreden, daß diese Frau das weiß?«

»Nein«, sagte seine Mutter und reichte ihm eine nasse Zuckerdose. »Was ich sage ist, daß *Mitch* es weiß. Würde es denn deinen Stolz so sehr verletzen, wenn du mal zu dieser Frau hingingest? Wenn dir der Fall wirklich so viel bedeutet, hat dann dein Stolz viel zu sagen?«

Am nächsten Morgen saß Ray Eberhart, der hervorragendste Mordspezialist, dem Skip je begegnet war, auf der Kante seines Schreibtisches und antwortete ihm ohne Umschweife auf seine Frage. »Nein«, sagte er mit aller

Offenheit, »wir werden diesen Fall nicht lösen, wenn uns das Glück nicht hilft. Jemand muß schon hier reinspaziert kommen und uns *sagen*, wer Mitch erschossen hat.«

Als Ray gegangen war, griff Skip nach dem Telefonbuch. Während er die Nummer von Carmen Lopes wählte, sagte er laut: »Das Blödeste, was ich je gemacht habe!« Es war zu viel Lärm im Raum, als daß ihn jemand hätte hören können.

Carmen Lopes klang auf eine stille Weise dankbar. »Ich bin sehr froh über Ihren Anruf«, sagte sie. »Wahrscheinlich ist Ihnen diese Geschichte höchst zuwider, aber bitte besuchen Sie mich doch mal. Jederzeit. Ich bin heute den ganzen Abend zu Hause.«

Er traf um zehn Minuten vor sieben bei ihr ein. Er hatte die Essenseinladungen mehrerer Leute ausschlagen müssen, die ihn nach dem Tode von Mitch wie einen Invaliden behandelt hatten und dies noch immer taten. Und so fühlte er sich ja eigentlich auch – wie jemand, der sich gerade erst von seinem Krankenlager erhoben hat. Aber um sechs Uhr fünfzig an diesem Abend, als er die ausgetretenen Stufen des Sandsteinhauses von Carmen Lopes in der 16. Straße hinaufstieg, fühlte er sich weit eher wie ein verdammter Narr.

Er erwartete eine muffige Wohnung mit Läufern auf dem Klavier und Spitzendeckchen auf den Möbeln. Statt dessen war das Wohnzimmer schlicht, fast schon spartanisch eingerichtet. Und auch Carmen Lopes paßte in keine Schablone. Sie war jünger, als Skip sie sich vorgestellt hatte, Anfang dreißig vielleicht, und hatte große, dunkle Augen, die ihr kleines, verwundbares Gesicht beherrschten. Sie schien Angst vor ihm zu haben.

»Ich weiß immer, wenn jemand nicht *glaubt*«, sagte sie

und versuchte ein Lächeln. »In Ihrem Falle konnte ich es an Ihrer Stimme hören, als wir miteinander telefonierten.«

»Sie haben recht, Mrs. Lopes, ich ›glaube‹ nicht.«

»Ich bin nicht verheiratet. Und das mit dem nicht glauben ist schon in Ordnung. Manchmal tu ich's auch nicht. Manchmal erscheint das, was mir geschieht, unmöglich.«

»Aber einträglich?«

Er sagte das leichthin, aber die Frage schien sie doch zu erschrecken. »Ich will kein Geld dafür haben, wissen Sie. Hat jemand etwas anderes behauptet?«

»Aber das ist doch Ihr Geschäft, oder nicht?«

»Nein«, sagte sie, »ich arbeite bei einem Makler in der Duane Street. Das hier ist etwas, was ich nur für Freunde tue oder... wenn es getan werden muß.« Es schien ihr daran zu liegen, seine Zustimmung zu finden, aber Skip fing an, unruhig zu werden.

»Wollen wir jetzt vielleicht zur Sache kommen? In Ordnung? Erzählen Sie mir mal, was Sie über den Mord an Mitchell Rodriguez zu wissen glauben.«

»Wieso... nichts«, sagte sie. »Ich weiß überhaupt nichts darüber. Ich habe bloß dieses *Gefühl*. Ich hatte es schon an dem Abend, als ich davon im Fernsehen hörte. Es war ganz stark.« Sie schloß die Augen. »Ich glaube, er möchte mir etwas darüber sagen.«

»Und warum hat er das nicht schon getan?«

»Weil ich ihn nicht erreichen konnte. Es geht nicht, wirklich, jedenfalls nicht ohne die Anwesenheit von jemandem, den er erreichen *möchte*. Verstehen Sie?«

»Und Sie glauben nun, daß ich dieser Jemand bin?«

»Ich habe Sie in den Nachrichten gesehen, bei diesem Interview. Sie hatten Tränen in den Augen, und da wußte ich, daß Sie ihm nahegestanden haben. Als deshalb Mrs.

Fitzmaurice sagte, sie kenne Ihre Mutter... Alles, worum ich Sie bitten möchte, ist, es doch mal zu versuchen.«

»Was genau versuchen?« fragte Skip. »Eine Séance?«

»Man könnte das wohl so nennen, denke ich. Aber keine Sorge. Es sind keine anderen Leute dabei. Wir werden auch nicht um einen Tisch hocken und uns an den Händen halten. Bei mir passiert's, wenn ich einfach so im Dunkeln sitze und warte. Sie und ich, wir warten zusammen. Wenn Ihr Freund mich dann erreichen möchte, dann tut er's auch. Er wird dann durch mich sprechen. So funktioniert das. Oder auch nicht. Ich kann Ihnen das nicht eher sagen, als bis wir es versuchen.«

Das viele Reden schien sie zu ermüden. Sie setzte sich auf einen Stuhl mit gerader Lehne und faltete die Hände im Schoß.

»Ich würde Ihnen ja gern was zu trinken anbieten«, sagte sie, »aber ich habe nie geistige Getränke im Haus.« Sie lächelte. »Meine Mutter pflegte das immer zu sagen, es war so eine Art Witz. Sie *war* in dem Geschäft tätig.«

Skip sagte: »Sie haben das also geerbt... diese Begabung?«

»Ich verfiel immer wieder mal in Trancezustände, seit meinem sechsten Lebensjahr. Die Ärzte sprachen von ›Fuguen‹. Meine Mutter nutzte das nicht aus, das muß ich zu ihrer Ehrenrettung sagen. Ich hatte danach immer Fieber, manchmal auch nervöse Zuckungen... Können wir jetzt anfangen? Bevor ich meine Energie verliere?«

Skip war weit mehr daran gelegen, die Sache hinter sich zu bringen, als ihr. Ihn wurmte nicht nur seine Kapitulation, sondern mehr noch der Verdacht, daß diese Frau aufrichtig sein könnte. Vielleicht kam er gar nicht in den Genuß der Befriedigung, einen Schwindel aufgedeckt zu haben, was ihm geholfen hätte, einen Teil seines Zorns loszuwerden. Skip brauchte jemanden, dem er zürnen konnte, und Carmen Lopes wäre ihm da mit einer korrupten Ausbeutung von Mitchs Tod gerade recht gekommen.

Sie bat ihn, sich in einen schachtelförmigen, mit Kunstleder bezogenen Sessel zu setzen und erhob sich dann, um das Licht auszumachen. Die Dunkelheit war so vollkommen, daß Skip sie weder zu ihrem geradlehnigen Stuhl zurückkehren sah, noch wußte, wie sie den Weg zu ihm zurückgefunden hatte. Sie war aber wieder dort, das stand fest – er hörte ihr gleichmäßiges Atmen. Das war das einzige Geräusch im Raum, das kaum vernehmbare Ticken einer Uhr irgendwo in einem anderen Teil der Wohnung ausgenommen. Skip hatte schon oft genug Nachtdienst gehabt, um eine schnelle Anpassung seiner Augen üben zu können, und so war er schon bald in der Lage, den ungefähren Umriß ihres Körpers zu erkennen, welcher so starr war, daß es den Anschein hatte, als sei er ein fester Bestandteil der Silhouette ihres Stuhles. Sie saßen beide eine scheinbar unendlich lange Zeit so da, obwohl sich Skip sicher war, daß es kaum mehr als drei oder vier Minuten waren. Er versuchte gerade, sich ein gedankliches Ultimatum zu setzen, als die Frau plötzlich aufstöhnte.

»Was ist?« fragte Skip. Sie hatte nichts davon gesagt, daß er nicht sprechen dürfe. »Alles in Ordnung mit Ihnen?«

Sie stöhnte erneut auf, und Skip ärgerte, daß er den Schauder einer eisigen Empfindung über seinen Rücken laufen fühlte. Das war natürlich alles nur Mache. Theater. Er war nicht immun gegen die urzeitlichen Einwirkungen der Dunkelheit auf die menschliche Phantasie, aber es verstimmte ihn, wenn diese künstlich erzeugt wurden. Als die

Frau ein Aufschluchzen unterdrückte, wäre Skip fast auf-gestanden, um nach dem Lichtschalter zu suchen.

Das unterließ er jedoch, denn er hörte plötzlich eine Stimme, *ihre* Stimme natürlich, aber anders, verändert, halbwegs ein Flüstern und halbwegs – ja, was? Er war sich nicht sicher. Es war so leise, daß es eigentlich unhörbar hätte sein müssen – und doch war es das nicht. Er konnte die Worte ganz deutlich vernehmen. Sie sprach da seinen Namen aus, aber auch der war verändert.

»Skipper...Skipper...«

Nur seine Eltern nannten ihn »Skipper«, und zwar seit er im Alter von zehn Jahren ein Modellbootrennen gewonnen hatte, und später hatte Mitch das wohl mal aufgeschnappt, anscheinend Carmen Lopes auch – oder der, der aus ihr mit dieser so geisterhaften, halb flüsternden Stimme sprach, die *wirklich* ein klein wenig an die von Mitch erinnerte... Ihm schoß das Blut in den Kopf, befreiender Zorn brannte in seiner Kehle. Er wollte sie aus ihrem Stuhl hochzerren und ihr seine Wut ins Gesicht schreien, aber irgend etwas hielt ihn zurück, irgend etwas zwang ihn, ihr zuzuhören.

»Skipper«, sagte die Stimme, »frag sie. Frag *sie*...«

»Frag sie *was*?« Keine Antwort. »Miss Lopes!« sagte Skip laut. »Was soll ich Sie fragen?«

»Frag *sie*«, sagte die Stimme, nun in ihrem Drängen noch leiser geworden. »Rosa. *Rosa*.«

»Rosa!« wiederholte Skip, ganz erschrocken darüber, daß er diesen Namen in dieser Finsternis zu hören bekam. Er kannte die Frau seines Freundes kaum – Mitch hatte nur selten über sein Privatleben gesprochen, das er als einen eigenen Bereich streng von der beruflichen Sphäre getrennt hatte. »Was hat Rosa damit zu tun?« sagte er. »Was soll ich sie fragen?«

Es trat ein Schweigen ein, das doch keine vollkommene Stille war, und dann sagte die Stimme:

»*Warum ich tot bin.*«

Die Frau schluchzte jetzt, schluchzte ihr eigenes Schluchzen – Ausdruck tiefen Schmerzes. Instinktiv handelnd, stürzte Skip zum Lichtschalter.

Carmen Lopes saß nicht mehr wie erstarrt da. Ihr Körper war in sich zusammengesunken, ihr Kopf lag fast auf ihren Knien, die Hände bedeckten ihr Gesicht. Skip wußte nicht, was er tun sollte. Sie hatte erwähnt, daß diese Trancezustände oft in Fieberanfällen, ja, sogar in nervösen Zuckungen enden konnten. War sie krank? War dies eine Form okkulten Schmerzes? Oder gehörte das ganz einfach zu ihrem Gaunerstück? Welches immer die Ursachen sein mochten – die Tränen waren echt. Sie flossen so reichlich, daß sie schon zwischen ihren Fingern durchsickerten. Er machte einen zögernden Schritt auf sie zu, da sah sie auf, und ihre tiefschwarzen Augen waren durch das Vergrößerungsglas der Tränennässe noch mehr geweitet.

»Was habe ich gesagt?« Ihre Stimme klang flehentlich. »Bitte sagen Sie's mir! Was habe ich über diesen Mann gesagt?«

»Sie haben ihn gar nicht erwähnt«, sagte Skip. »Sie erwähnten lediglich seine Frau. Sie sagten, ich solle sie etwas fragen, aber ich weiß nicht, was.«

Sie starrte ihn nur stumm an. Skip wurde bewußt, daß sie ihm nichts mehr zu sagen hatte. Sie wirkte jetzt irgendwie entblößt. Sie so zu beobachten, hatte etwas Peinliches an sich, und er beschloß zu gehen.

Auf seinem Anrufbeantworter fanden sich zwei Nachrichten. Die eine war von seiner Mutter, die ihn bat, das zu tun, was er bereits getan hatte, die andere war von Enid, der Schauspieler-Kellnerin, die seine augenblickliche Freundin war. Sie hatte eine Nummer hinterlassen, unter der sie zu erreichen war. Statt ihrer wählte er jedoch die Nummer von Rosa Rodriguez und fragte bei ihr an, ob er mal vorbeikommen dürfe. Dieses Ansinnen schien sie zu überraschen. Sie klang, als ob ihr sein vergangener Beileidsbesuch vollkommen ausgereicht hätte, sie nun aber nicht wisse, wie sie nein sagen sollte.

Die Rodriguez wohnten in einer der besseren Siedlungen. Die Wohnung bot einen Blick über den Fluß und gute Sicherheitsvorkehrungen, was vor allem der hohen Zahl von Polizeibeamten zu verdanken war, die hier wohnten, zeigte aber auch erste Anzeichen des Verfalls. Letzteres ließ sich auch von Rosa Rodriguez sagen. Als Skip sie kennengelernt hatte, da war sie eine quirlige junge Frau mit der Figur einer Flamencotänzerin gewesen. Inzwischen war sie recht rundlich geworden, und die Falten in ihrem Gesicht verdankte sie keineswegs dem vielen Lachen.

Skip fühlte sich bei diesem Besuch sogar noch unbehaglicher als bei seinem ersten. Da hatte es wenigstens noch einen klaren Auftrag und eine Empfindung gegeben, die den Ablauf bestimmt hatten. Jetzt aber bewegten sie sich unsicher umeinander herum, Skip schon dankbar dafür, daß sie ihm einen Drink und einen Stuhl anbot. Er beantwortete ihre erste Frage, noch bevor sie sich ihr selbst gestellt hatte. »Noch nichts«, sagte er. »Wir warten noch immer auf einen Durchbruch. Das passiert immer wieder, daß jemand sich in einer Bar besäuft, anfängt rumzuprahlen, ein anderer das mitbekommt... Sie wissen von der ausgesetzten Belohnung?«

»Nein«, sagte Rosa.

»Dieser Zeitungsverleger. Er bietet 25 000 für die Information, die zur Verhaftung des Täters führt. Wir bekamen am ersten Tag zwei Dutzend Anrufe, aber keiner davon war auch nur einen Pfifferling wert.«

»Ich las nur, sie wollten die Suche abbrechen, aufgeben.«

»Glauben Sie das ja nicht. Kein Mordfall wird je aufgegeben. Vor allem nicht, wenn's dabei um einen Polizisten geht. Richtig ist, daß sie keine Leute mehr festsetzen wie noch am Anfang.«

»Ja ... sogar Luis«, sagte Rosa. Skip sah sie verständnislos an. »Meinen Bruder Luis. Sie halten ihn nun schon seit drei Wochen fest, wegen nichts und wieder nichts. Vielleicht könnten Sie etwas für ihn tun?«

Skip hatte bisher noch nicht einmal gewußt, daß es da einen Bruder gab.

»Was wirft man ihm vor?« fragte er.

»Besitz. Er soll was besessen ...« Anklänge an das Okkulte. Aber sie meinte natürlich den Besitz von Rauschgift.

»Das war alles ein Irrtum«, sagte Rosa. »Ich glaube, es ist ihm vielleicht sogar angehängt worden. Nicht von den Bullen«, fügte sie schnell hinzu. »Jemand, den er kennt, eine eifersüchtige Freundin vielleicht.« Sie versuchte zu lächeln. »Luis ist, wenn's um die Mädchen geht, ein wahrer Teufelskerl – von einer zur anderen wie ein Schmetterling. Würden Sie mal sehen, was Sie da tun können, Skip?«

»Klar doch, Rosa, natürlich«, sagte er. »Wie lautet sein vollständiger Name?«

»Luis Madrid«, sagte sie.

»Komisch, daß Mitch nie einen Schwager erwähnt hat. Sind die beiden miteinander ausgekommen?«

»O ja«, sagte Rosa. »Ich meine, sie haben sich nicht sehr oft gesehen. Aber schließlich habe *ich* ja auch nicht viel von Mitch gesehen, nicht wahr? Ihr Polypen!« Das sollte wohl wehmutsvoll-zärtlich klingen, kam aber völlig gleichgültig heraus. Als er eine halbe Stunde später ging, begleitete sie ihn zur Tür und sagte: »Erzählen Sie mir, was Sie denken, Skip, wie Sie die Sache wirklich sehen. Die Chancen, ihn zu erwischen ... den Betreffenden.«

Er sah ihr offen ins Gesicht und sagte: »Die Wahrheit? Nicht sehr groß. Wenn wir einen Durchbruch hätten schaffen können, dann hätte er uns längst gelingen müssen. Das ist das, was ich denke, aber ich kann mich auch irren.«

Wieder auf der Straße, fühlte er große Beunruhigung. Sie hatte seine schlimme Nachricht viel zu gut aufgenommen. Sie war nicht *wütend* geworden. Wenn schon er als Mitchs bester Freund Zorn empfand, warum dann nicht sie, seine Frau?

»Verrückt«, sagte er laut vor sich hin und meinte die Gedanken, die ihm die geisterhafte Carmen Lopes in den Kopf gezaubert hatte.

Im Präsidium sprach er mit einem Kollegen vom Rauschgiftdezernat namens Spier, der sich sofort an Luis Madrid erinnerte. Er war am Abend einer planmäßigen Razzia in einer Crackhöhle aufgegriffen worden. Futsch die Geschichte von der eifersüchtigen Freundin!

Aber es gab da eine Sache, die Skips Aufmerksamkeit erregte. Die Festnahme war an ebenjenem Abend erfolgt, an dem Luis' Schwager erschossen worden war. Als ob Rosa in jener Nacht gar nicht genug hätte aufgebürdet werden können. Und doch hatte sie mit liebevoller Nachsicht über Luis gesprochen.

Am Abend traf sich Skip mit Enid. Sie schleppte ihn in ein überfülltes kleines Theater im Village, wo man ein erhebendes Versdrama gab. Enid versuchte ohne Unterlaß, seinen kulturellen Horizont zu erweitern – das Stück sagte ihm jedoch gar nichts. Er blendete es aus, dachte über andere Dinge nach, versuchte ganz andere Fragen zu beantworten als die, die der Stückeschreiber stellte. Plötzlich tauchte da eine auf, die ihn schwer traf.

Warum hatte *Rosa* das nicht erwähnt? Sie sollte doch den Tag wissen, an dem ihr Bruder geschnappt worden war. Das müßte so tief in ihr Hirn eingemeißelt sein wie in den Stein auf Mitchs Grab. Warum hatte sie ihm gegenüber kein Wort über dieses zeitliche Zusammentreffen verloren?

Enid war äußerst zufrieden mit Skip. Als sie das Theater verließen, bemerkte sie wohl den Ausdruck tiefer Nachdenklichkeit auf seinem Gesicht und wußte, daß ihn die Kunst angerührt hatte. Sie nahm ihn mit zu sich nach Hause und gewährte ihm das Maß an Liebe, das zu ertragen er in der Lage war. Skip wußte das nicht so zu würdigen wie sonst.

Am nächsten Morgen besuchte er Luis Madrid im Sprechzimmer des Untersuchungsgefängnisses und empfahl sich ihm als Freund seiner Schwester. Luis betrachtete ihn mit Argwohn, und das selbst dann noch, als Skip sagte:

»Sie werden keine schwere Zeit hier haben. Ich hab mich mal umgehört. Sie sind das erste Mal straffällig geworden, und das Schlimmste, was Ihnen passieren kann, ist, daß man Ihnen auf die Finger klopft.«

»Ich sitze schon drei Wochen hier drin«, sagte Luis bitter. »Wer wird mir diese drei Wochen wiedergeben?« Er war gutaussehend, eitel, älter als seine Schwester, vielleicht um zehn Jahre. Wenn er seine Haare grau werden ließ, würde man ihn für ihren Vater halten. Was sein Vorstrafenregister anbetraf, so stimmten die Angaben – sein gelber Bogen war leer. Allerdings war Luis Madrid auch noch kein volles Jahr im Lande. Wer weiß, was er zu Hause so getrieben haben mochte.

Als Skip ihn fragte, warum man ihn festgenommen habe, zuckte Luis die Achseln. Er nähme nichts, er achte viel zu sehr auf seinen Körper. Er arbeite im Freien, habe einen guten Job bei einer Firma, die auf Dachdeckerei und Gebäudeisolation spezialisiert sei. An jenem Abend habe er zusammen mit Freunden ein bißchen viel getrunken, er sei nur der Gesellschaft wegen dort gewesen.

Da gab es nur eins, was nicht so recht zu seiner Aussage passen wollte. Dem Polizeibericht zufolge kannte nicht ein Kunde dieser Crackhöhle den anderen.

Es waren aber nicht die Worte von Luis Madrid, die ihn den ganzen Rest des Tages verfolgten, sondern die von Carmen Lopes. Oder genauer noch das unheimliche Halbgeflüster, das aus ihrem Munde gekommen war.

Frag sie, warum ich tot bin.

Um fünf Uhr erfuhr er, daß Luis entlassen werden sollte. Skip schlenderte daraufhin zu der nahegelegenen Wohnsiedlung, um Rosa die frohe Kunde zu überbringen, aber sie war nicht zu Hause. Er wollte schon wieder gehen, als er die Musik in der Nachbarwohnung hörte und sich einer Grundregel jeder Fahndungstätigkeit erinnerte: Man spreche stets mit den unmittelbaren Nachbarn. Er klingelte und eine Frau in den späten Fünfzigern mit sehr dicken Brillengläsern, wie sie am grauen Star leidende Menschen tragen, starrte durch den Türspalt. Sie war von der Polizeimarke, die er ihr entgegenhielt, keineswegs beunruhigt – sie war an diesen Menschenschlag gewöhnt. Sie bat ihn herein, glücklich darüber, Besuch zu bekommen. Sie hieß Mrs. Fuchs und hatte nur drei Katzen als Gesellschaft.

»Natürlich habe ich ein gutes Verhältnis zu Mrs. Rodriguez. Sie ist eine nette, ruhige Frau. Auch wenn es da in jüngster Zeit nicht mehr ganz so *still* war.« Sie hob herausfordernd den Kopf und schenkte ihm ein abgeklärtes Lächeln.

»Was wollen Sie damit sagen, Mrs. Fuchs?«

»Ach, wissen Sie, eine Menge Schreierei und Streit. Alles auf Spanisch natürlich, deshalb fragen Sie mich bloß nicht, worüber die gestritten haben.«

»Meinen Sie Mrs. Rodriguez und ihren Mann?«

»Nein, nicht ihn. *Er* ist ja schon so gut wie sechs Monate nicht mehr da. Ist das nicht schrecklich, was passiert ist?«

»Ja«, sagte Skip. »Wenn sie sich also nicht mit ihrem Mann gestritten hat, Mrs. Fuchs, mit wem dann?«

»Sie erzählt den Leuten, es wäre ihr Bruder.« Eine der Katzen saß neben ihr auf einem Sofakissen. Beide hatten den gleichen Gesichtsausdruck.

»Wenn Sie Luis Madrid meinen«, sagte Skip finster, »dann *ist* das ihr Bruder.« Sie blinzelte hinter den dicken Brillengläsern mit den Augen, offensichtlich enttäuscht von einer Theorie, die sie sich selbst zusammengebastelt hatte.

Als Skip schließlich wieder aufbrach, hatte jedoch auch er seine Theorie, und die schmerzte ihn am ganzen Leibe.

Er ging auf die andere Straßenseite hinüber und in eine Cafeteria, wo er ein Rindergulasch hinunterzuwürgen versuchte. Aber sein Appetit war weg. Er benutzte den Münzfernsprecher, um Rosa anzurufen, und sein Bemühen wurde am Ende doch noch mit dem Klang ihrer Stimme am anderen Ende der Leitung belohnt. Er sagte ihr, wo er gerade steckte, und bat sie, sich nicht von der Stelle zu rühren.

Sie mußte das wörtlich genommen haben. Als er hinkam, rief sie heraus, daß die Tür offenstehe. Sie saß auf einem Stuhl am Küchentisch, und vor ihr wurde ein Glas Tee kalt.

Er erzählte ihr, was er über Luis in Erfahrung gebracht hatte, aber sie schien das alles schon zu wissen und reagierte nicht.

Da fragte er sie nach dem Abend der Schießerei.

»Finden Sie es nicht merkwürdig, daß Ihr Bruder zur selben Zeit festgenommen wurde, zu der man Ihren Mann erschoß?«

»Das habe ich erst später erfahren«, sagte Rosa.

»Waren Sie nicht überrascht? Ihr Bruder nimmt keine Drogen, nicht wahr?«

»Luis? Nein, nie. Aber er ist noch nicht lange im Land, er kennt sich hier noch nicht so aus, in dieser Gegend.«

»Eines wußte er aber, nicht wahr? Nämlich daß Mitch hier ausgezogen war.« Sie antwortete nicht. »Ich habe das gar nicht gewußt, bis heute abend. Mitch hat nie mit mir über sein Privatleben geredet. Wann ist er ausgezogen, Rosa?«

Sie nahm das Glas auf und nippte an dem Tee, und Skip wurde klar, daß er seine Fragen selbst würde beantworten müssen.

»Ich nehme an, daß ich das hätte merken müssen«, sagte er. »Mitch hatte eine andere, ist es nicht so? Eine andere Frau?«

»Ich hab ihm gesagt, daß er ausziehen soll«, sagte Rosa

ausdruckslos. »Ich hab ihn vor die Wahl gestellt – sie oder ich. Er entschied sich für sie.«

»Und dann tauchte Luis hier auf? Als er davon erfahren hatte?« Sie verneinte das nicht. »Sie schrieben Luis einen Brief, und da erschien er, völlig außer sich angesichts dessen, was man seiner kleinen Schwester angetan hatte. Er ist Ihr einziger Angehöriger, nicht? Bruder und Vater zugleich. Er ist hergekommen, um die Sache für Sie in Ordnung zu bringen, oder nicht, Rosa?«

»Ich hab ihm gesagt, er soll das lassen«, sagte Rosa. »Er versteht nichts davon, davon, wie die Dinge hier laufen.«

»Er versuchte, Mitch dazu zu bringen, diese andere Frau aufzugeben, aber Mitch wollte nicht auf ihn hören. Eines Abends bedrohte ihn Luis deshalb. Mehr wollte er wahrscheinlich gar nicht tun. Nur daß man einem Mann wie Mitch nicht mit Pistolen vor der Nase rumfuchteln kann – er nimmt sie einem weg. Jedenfalls war's wohl das, was Mitch versucht hat, und so ist er ums Leben gekommen. Und Luis bekam es mit der Angst zu tun, rannte in so ein Haus rein und ließ sich da festnehmen, wegen des Alibis...«

Die Tür ging auf. Luis Madrid stand schon in der Küche, bevor er noch bemerkt hatte, daß seine Schwester nicht allein war. Fast im gleichen Augenblick schien ihm klar zu sein, was da vor sich ging, denn er machte augenblicklich kehrt, um den Rückzug anzutreten. Als Skip mit der Hand in die Tasche fuhr, grinste Luis plötzlich und sagte: »He, immer mit der Ruhe!« Aber dann riß er eine Schublade des Küchenschranks auf, und Skip führte die Bewegung zu Ende, die seine Dienstpistole zum Vorschein brachte, wobei er Luis anschrie, er solle die Hände hochnehmen und *keine* weitere Bewegung machen.

Dieses Zusammentreffen erwies sich von einigem Nutzen. In der Schublade lag die Pistole. Luis hatte die Waffe nicht verschwinden lassen, die Mitch Rodriguez getötet hatte – er wußte ja schließlich auch nicht, wie so etwas in diesem Lande gehandhabt wurde.

Sie hatte gesagt, sie sei den ganzen Abend zu Hause, und das war sie auch. Als Skip bei ihr eintrat, saß Carmen Lopes im Wohnzimmer vor dem Fernseher. Sie schaltete den Apparat ab, als er hereinkam.

»Ich dachte, Sie schauen immer nur in Glaskugeln rein«, sagte Skip.

»Stimmt es wirklich, was Sie mir am Telefon gesagt haben? Es ist jemand festgenommen worden?«

»Ja«, sagte Skip. »Es hat sich herausgestellt, daß es wohl doch nicht einfach so ein Psychopath war, der Mitch umgebracht hat. Nein, es war ein Familienkrach. Aber das haben Sie natürlich gewußt, oder etwa nicht? Das haben Ihnen Ihre Gespenster doch wohl mitgeteilt.«

»Ich erinnere mich nicht, so etwas gesagt zu haben.«

»Seien Sie nur nicht zu bescheiden.« Er setzte sich, ohne dazu aufgefordert worden zu sein. »Wenn da nicht das gewesen wäre, was Sie über Mitchs Frau gesagt haben, dann wäre ich dieser Spur wohl niemals gefolgt. Ich meine, es hätte keinerlei Grund dazu gegeben. Ich wußte, wo Rosa an dem Abend, an dem Mitch starb, gewesen war, nämlich zu Hause – und so etwas wäre mir nie in den Sinn gekommen. Daß sie und Mitch Probleme miteinander hatten, daß es da eine andere Frau gab.«

»Wenn ich Ihnen in irgendeiner Weise behilflich sein konnte, dann freut mich das«, sagte Carmen Lopes. Aber sie blickte deshalb um nichts weniger traurig drein.

»Ganz gewiß haben Sie mir geholfen. Sie *wollten* mir ja auch helfen... Es wäre halt sehr schwierig gewesen, allein mit dem Verdacht zur Polizei zu gehen, daß Rosa Rodriguez etwas mit dem Tod ihres Mannes zu tun haben könnte... Übrigens war das auch nicht der Fall, nicht direkt jedenfalls. Es war ihr Bruder.«

»Ich danke Ihnen, daß Sie vorbeigekommen sind«, sagte die Frau, sich zur Seite wendend. »Ich bin froh, daß es vorbei ist. Jetzt bin ich ein bißchen müde.«

»Ich möchte nur wissen, ob Sie sich jetzt besser fühlen«, sagte Skip. »Sie haben bekommen, was Sie haben wollten. Sie mußten Theater spielen, aber Sie hatten Erfolg damit.«

»Das war kein ›Theater‹!«

»Sie wollen mir bloß nicht die Wahrheit sagen. Daß nämlich Sie Mitchs Freundin waren. Wäre Ihnen nicht wohler, wenn Sie es jetzt zugäben?«

»Das hat nichts mit all dem zu tun.«

»Deshalb haben Sie die Stimme von Mitch so gut hingekriegt. Sie haben wirklich wie er geklungen, Carmen. Aber Sie müssen die Stimme ja auch oft genug gehört haben...«

Sie wandte sich ihm langsam wieder zu und blickte ihn mit ihren großen, dunklen Augen an.

»Ich habe Ihnen nichts vorgemacht. Was Sie gehört haben, haben Sie wirklich gehört. Alles, was ich Ihnen über mich erzählt habe, entspricht der Wahrheit. Seit meinem sechsten Lebensjahr tut es das. Was ich für Mitch und was bei seinem Tod empfunden habe, das spielt keine Rolle. Eine Rolle spielt allein, daß die Toten zu Zeiten durch mich sprechen.«

Vor Skips Augen verschwamm alles, und er spürte, wie der Zorn in ihn zurückkehrte. Obwohl nun »alles vorbei« war, obwohl die Fragezeichen aus Mitchs Akte verschwunden waren, erfüllte ihn Wut über diese Frau, über ihren selbstgefälligen Wunderglauben.

»Na schön«, sagte er. »Ich bin bereit, alles zu glauben. Ich bin sogar bereit, Sie das noch einmal versuchen zu lassen – wenn Sie wollen.«

Sie war überrascht. »Noch mal versuchen? Was, Mitch zu erreichen?«

»Nein«, sagte Skip. »Mitch mag in Frieden ruhen. Ich möchte einen anderen erreichen. Jemanden, mit dem ich schon immer mal wieder sprechen wollte. Jemanden, den ich sehr geliebt habe.«

»Wer ist das?«

»Mein Vater.«

Carmen Lopes starrte ihn an. Er machte ein ernstes Gesicht. Es wäre ihm sogar beinah gelungen, Tränen in die Augen zu bekommen. Er war von seiner Darbietung sehr beeindruckt – und sie war es auch.

»Ich weiß nicht, ob ich das kann.«

»Sie sagten, der… Verblichene müßte einen erreichen *wollen*. Ich glaube, mein Vater möchte das. Sehr sogar. Könnten Sie es nicht wenigstens mal versuchen? Meinen Sie nicht auch, daß Sie mir das schuldig sind, Carmen?«

Er meinte das sogar ernst.

Die Frau nickte und ging langsam zum Lichtschalter.

Sie saßen fast fünf Minuten lang in der Dunkelheit. Er konnte nicht einmal ihren Atem hören, aber er vernahm wieder das Ticken der Uhr.

Dann stöhnte Carmen auf, und Skip konnte nicht anders als im Schutze der Dunkelheit zu grinsen.

Es dauerte eine ganze Minute, bis endlich die Stimme aus ihr sprach, diesmal sogar noch leiser als beim ersten Mal und doch wieder erstaunlich klar und verständlich und ebenso leidenschaftslos, als sie seinen Namen sprach – den Namen, den sicher Mitch einmal ihr gegenüber erwähnt hatte.

»*Skippy ... Skippy ...*«

»Bist du das, Paps?« fragte Skip mit dem Anlasse entsprechend gedämpfter Stimme. »Bist du das?«

»Skippy«, sagte die Stimme mit fast unerträglicher Traurigkeit. »Kümmere dich um deine Mutter... kümmere dich um sie ...«

»Ja, Paps«, sagte Skip. »Sei ganz unbesorgt. Ich werde mich um Mama kümmern. Du kannst dich auf mich verlassen.«

Es war schon lange her, seit er sich wirklich darauf gefreut hatte, dem Haus in Stormville einen Besuch abstatten zu können. Er wußte, daß seine Eltern überrascht sein würden. Sie würden meinen, er sei gekommen, um seinen Triumph mit ihnen zu teilen. Ja, aber es würde noch ein zusätzliches Vergnügen bedeuten, seiner Mutter die Geschichte von Carmen Lopes und ihrer letzten Séance erzählen zu können.

Als er ankam, war das Haus fast völlig dunkel. Seine Eltern schienen immer früher zu Bett zu gehen. Als seine Mutter dann an die Tür kam, erwartete er schon beinah, daß sie bereits im Nachthemd wäre, aber dem war nicht so – sie war noch gänzlich angezogen. Sie sank in seine Arme und umschlang ihn weinend.

»Ich nehme an, du hast es schon erfahren«, sagte er. »Wir haben den Kerl. Jetzt ist alles vorbei und erledigt. Tut mir leid, daß ich es euch nicht schon eher mitteilen konnte, aber ich war vollauf damit beschäftigt, ihn hinter Schloß und Riegel zu bringen.«

Sie machte sich von ihm los und sah ihm forschend in die Augen.

»Dann bist du also deshalb rausgekommen«, sagte sie. »Nicht, weil du's weißt, es gehört hast.«

»Was gehört?«

»Ich hab dir die Nachricht auf deinem Anrufbeantworter hinterlassen, daß du mich anrufen sollst... Damit ich dir sagen konnte... Skippy, dein Vater ist gestern abend gestorben. Im Schlaf, so still, daß ich's gar nicht gemerkt habe.« Sie öffnete ihre Arme, und nun sank er in dieses warme, tröstende Rund – aber ihm war kalt, sehr kalt.

Mord in Blau und Grau

Die Kugel schlug durch die Scheibe des Fensters, vor dem das Rouleau nur halb heruntergelassen war, und schoß mit unverminderter Wucht durch Wohn- und Eßzimmer, um sich sodann in die Wand der Bibliothek zu bohren. Später berichtete Lucy ihrem Mann, daß seine Hand, die gerade – man saß beim Essen – die Gabel zum Munde geführt habe, bei dem Geräusch kein bißchen gezuckt habe. Er habe vielmehr das Stück Lammfleisch in den Mund geschoben, es zerkaut und runtergeschluckt, um erst dann das Besteck niederzulegen und sich ruhig zu erkundigen, ob sie alle in Ordnung seien. Fraglos war dies nicht der Fall. Lucys sonst so strahlend-dunkle Augen waren ganz trübe vor Angst. Fanny, ihre Tochter, zitterte am ganzen Leibe, und Scott, dem Jüngsten, war ein Wasserglas aus der Hand gefallen, so daß das Tischtuch völlig durchnäßt wurde. Nur Webb, das älteste der anwesenden Kinder, schien in der Lage und willens, sofort etwas zu unternehmen. Er sprang von seinem Stuhl auf, rannte zum Fenster und zog das Rouleau ganz herunter, bestrebt, dem Schützen draußen das Ziel zu nehmen – dem Schützen, der soeben versucht hatte, den designierten Präsidenten der Vereinigten Staaten zu ermorden, bevor dieser noch Columbia verlassen und in Washington seinen Amtseid geleistet hatte.

Er war natürlich gewarnt worden. Die Wut, die in den Herzen der Anhänger seines Gegenspielers Tilden brannte, war durch die Entscheidung des Wahlmännergremiums keineswegs besänftigt worden. Die Gefahr eines Anschlages auf sein Leben war nach wie vor groß – zu entsprechenden Aktionen war sogar in aller Öffentlichkeit aufgerufen worden. So hatte Don Priatt, Chefredakteur der Wochenzeitschrift *The Capitol*, geschrieben:

Sollte ein Mann, der auf diese Weise zur Macht gelangt ist, in aller Ruhe vom Regierungssitz zum Capitol fahren können, um dort in sein Amt eingeführt zu werden, so haben wir allerdings die Unterdrückung verdient, die uns jetzt bevorsteht... Wir glauben jedoch nicht, daß die Bürger der Vereinigten Staaten... bereit sein werden, sich ohne jede Gegenwehr von ihrem mit so viel Mühen und Blut errungenen Besitz zu trennen... Wenn es ein Gesetz gegen arglistige Täuschung gibt, dann gibt es auch einen Grund für die Anwendung von Gewalt. Und darin liegt unsere letzte Hoffnung.

Der designierte Präsident hatte sich über diesen feurigen Leitartikel keineswegs entrüstet. Er hatte vielmehr gegen die Verhaftung von Priatt protestiert und sollte später wesentlich dazu beitragen, daß die Anklage wegen Volksverhetzung fallengelassen wurde. Aber an diesem Abend schien die Gewalt, zu der aufzustacheln Priatt bemüht gewesen war, sogar an die Tür seines Privathauses zu klopfen. Deshalb waren seine Eröffnungsworte bei der nach dem Essen stattfindenden Familienkonferenz für alle eine große Überraschung.

»Wir wollen heute abend kein Wort mehr über diesen Vorfall verlieren«, sagte Rud Hayes. »Höchstwahrscheinlich war das Ganze nur ein Unfall... eine verirrte Kugel...«

Webb explodierte, wie sein Vater es nicht anders erwartet hatte. Seit die umstrittene Wahl vorbei war, hatte Webb sich als selbsternannter Ein-Mann-Geheimdienst des zukünftigen Präsidenten betätigt – eine Pistole bei sich tragend, folgte er ihm auf Schritt und Tritt, selbst wenn er nur mal eben über die Straße ging, um einen Nachbarn zu besuchen. Rud Hayes wiederholte jedoch seine Anweisung mit größter Bestimmtheit.

»Kein Wort wird darüber verloren. Sollte ich irgendwas darüber in der Presse finden, dann weiß ich, daß die Information nur aus diesem Raum hier gekommen sein kann. Habe ich mich klar genug ausgedrückt?«

»Aber die Polizei wird doch sicher…« – Lucy machte eine hilflose Handbewegung.

»Dazu besteht keinerlei Veranlassung«, sagte er. »Kein Grund, sich irgendwelche Sorgen zu machen.« Und das Lächeln, das er ihnen schenkte, strahlte so viel Ruhe und Vertrauen aus, daß sich alle weiteren Worte erübrigten.

Später an diesem Abend verfaßte Rutherford B. Hayes jedoch in seinem Arbeitszimmer ein Telegramm an einen Mitarbeiter der Detektei Pinkerton in New Orleans namens Barney Schemmerhorn.

Es war kaum drei Monate her, daß Rud Hayes diesem Barney Schemmerhorn im Abteil eines nach Süden fahrenden Zuges gegenübergesessen und sich seiner im Jahre 1876 noch gegebenen Anonymität erfreut hatte. Natürlich waren in den Zeitungen Bilder des Präsidentschaftskandidaten erschienen, aber auf ihnen war lediglich ein weiteres bärtiges Gesicht mit nicht sehr ausgeprägten Zügen zu sehen gewesen. Da er ohne Gefolge reiste und auch sein Gepäck selber trug, war Rud zuversichtlich, daß ihn niemand erkennen würde. Selbst während seiner Amtszeit würde er sich das Vergnügen nicht nehmen lassen, inkognito zu reisen – ein Vergnügen, das bei dieser augenblicklichen Unternehmung allerdings durch Gedanken beeinträchtigt wurde, die den Menschen und ihren Anschauungen galten, mit denen er sich da in New Orleans würde auseinandersetzen müssen, wo die Zahl seiner politischen Feinde sehr wohl größer sein mochte als die seiner Freunde.

Er las gerade den Leitartikel der in New Orleans erscheinenden *Times*, als er bemerkte, daß ihn der Mann auf dem Sitz gegenüber anstarrte – und zwar so eindringlich, daß sein Blick die Seiten der Zeitung förmlich zu durchbohren schien. Rud ließ die Gazette sinken und taxierte sein Gegenüber. Es war ein stämmiger, in Tweed gekleideter Mensch mit gepflegtem Schnauzbart unter einer langen, schmalen Nase. Einen Augenblick glaubte Rud, er sei erkannt worden, aber sein Mitreisender sorgte schnell für Aufklärung.

»Es ist die Geschichte auf der Rückseite«, sagte dieser nämlich entschuldigend. »Ich hatte keine Zeit mehr, mir vor dem Besteigen des Zuges noch eine Zeitung zu kaufen...«

Rud bot ihm die seine an, aber der Mann winkte mit einer großen, wurstfingrigen Hand ab und meinte, das eile nicht. Er sei sowieso schon mit den Tatsachen vertraut, ließ er mit einer Andeutung beflissener Vertraulichkeit wissen, da er selbst mit ihrer Untersuchung befaßt gewesen sei. Er zog eine Karte hervor, die alle Unklarheiten beseitigen würde. Sie wies ihn als zur Agentur Pinkerton gehörig aus, unter deren Anschrift sein Name in Großbuchstaben gedruckt stand.

»Sie sind Detektiv, Mr. Schemmerhorn? Das muß eine interessante Tätigkeit sein.«

»Interessant, wenn der Fall interessant ist«, sagte Barney Schemmerhorn sentenziös. »Und ich frage Sie, mein Herr – was kann wohl *interessanter* sein als der Mord an einer schönen Frau?«

Dies nun war eine Frage, über die Rud Hayes noch nie nachgedacht hatte, aber ihm wurde auch klar, daß sein Reisegefährte keine Antwort darauf erwartete. Er drehte die Zeitung um und las die Schlagzeilen auf der Rückseite:

GRAUSIGE ERMORDUNG KREOLISCHER SCHÖNHEIT

...

Mord bei historischem Herrenhaus

...

Tapley-Erbe als Verdächtiger in U-Haft

Rud hätte sich selbst über die Einzelheiten informiert, aber Barney Schemmerhorn war ganz versessen darauf, sie ihm selbst zu schildern.

»Wie es da heißt... eine Schönheit.« Er zog zwei Zigarren hervor und bot seinem Gegenüber eine an. Rud lehnte dankend ab. »Und wie wir alle wissen«, sagte der andere mit einem Augenzwinkern, das den Mann von Welt verriet, »bedürfen die weiblichen Reize keines sozialen Hintergrundes, um ihre Wirkung zu tun. Deshalb fiel das Auge von Bruce Tapley auf sie. Sie kennen die Familie natürlich.«

Rud gestand, daß dies nicht der Fall, ihm jene Gegend völlig fremd sei.

»Eine der reichsten von ganz Louisiana. Eine der wenigen, die ihren gesamten Besitz so gut wie unangetastet über den Krieg retten konnten. Sie haben die Plantage aber inzwischen abgegeben und im vergangenen Jahr das Herrenhaus der Historischen Gesellschaft von Louisiana vermacht, die es in ein Museum umgewandelt hat. Es hatte mal General Butler als Quartier gedient und war Schauplatz manch einer heroischen Tat auf beiden Seiten gewesen...« Er lächelte ein tolerantes Lächeln, da er in Rud den Nordstaatler erkannt hatte.

»Wie dem auch sei, die Familie lebt heute in einem kleinen Ort in der Nähe mit Namen Winderley. Ich komme gerade von dort. Es existieren nur noch drei Angehörige der Familie, nämlich August Tapley, seine Frau und beider jüngster Sohn. Ihren Ältesten haben sie bei Vicksburg verloren.«

»Und jetzt droht ihnen auch *sein* Verlust?« Ruds Interesse war plötzlich geweckt.

»Wenn sich dies hier« – Schemmerhorn klopfte auf die Zeitung – »als zutreffend herausstellen sollte. Daß es nämlich Bruce war, der die schöne Elly Dyer umgebracht hat.«

»Und hat man Sie deshalb engagiert? Damit Sie den Beweis erbringen, daß er unschuldig ist?«

Schemmerhorn senkte die Stimme, obwohl sie allein im Abteil waren. »In gewissem Sinne war er keineswegs ›unschuldig‹. Es gab da eine *Affäre* zwischen ihm und der Kreolenlady. Sie pflegten sich nach Ende der Besuchszeit im Park des Herrenhauses zu treffen. Und vorgestern, irgendwann nach acht, hörte der Museumswärter, der sich in seinem Schlafzimmer aufhielt, Elly Dyer vor Angst laut schreien. Als er sie erreichte, lag sie erstochen am Fuße des Taubenschlages hinter dem Haus.«

»Und wurde dieser junge Mann da am Tatort festgenommen?«

»Nein, bei sich zu Hause. Der Wärter berichtete der Polizei, daß er am Abend zuvor zusammen mit Elly dort gewesen sei, sich sogar in das Besucherbuch eingetragen habe, was nach den Vorschriften erforderlich ist. Bruce gab zu, daß er mit dem Mädchen zusammengewesen war, gestand sogar, daß er sich mit Elly gestritten hatte. Er behauptete jedoch, kurz vor sieben gegangen zu sein, allein.«

»Aber es gibt keine Zeugen, die ihn haben weggehen sehen?«

»Keine. Aber die Tapleys schwören, daß Bruce kurz nach sieben nach Hause gekommen ist, also mindestens eine Stunde, bevor der Mord geschah.« Rud unterließ es zu sagen, daß dies wohl kein Wunder sei, aber der Detektiv schien doch einen zynischen Gedanken dieser Art aus ihm herausgelesen zu haben. »Ja, ich weiß, es ist nur natürlich, daß die Familie ihren einzigen Sohn in Schutz nimmt. Und was natürlich für sie ist«, fügte er mit einem erneuten Augenzwinkern hinzu, »das ist von beruflichem Interesse für mich.«

»Und wie wollen Sie die Unschuld des jungen Tapley beweisen?«

»Tja, da habe ich noch nicht die leiseste Ahnung«, sagte Schemmerhorn gewinnend und gestikulierte mit seiner Zigarre. »Aber ich habe vor, mir als erstes mal den Ort der Tat anzusehen.«

Es ergab sich sehr viel schneller eine vielversprechende Möglichkeit für Barney Schemmerhorn, als dieser erwartet hatte. Es waren noch gute zwanzig Meilen bis New Orleans, als der Zug plötzlich bremste und auf freier Strecke anhielt. Bald darauf unterrichtete der Schaffner die Reisenden davon, daß ein Streckenabschnitt vor ihnen auf Grund einer plötzlich eingetretenen Überschwemmung beschädigt worden sei. Rud war angesichts der zu erwartenden längeren Verzögerung höchst ungehalten und deshalb dankbar, als der Detektiv eine zeitsparende Alternative in Vorschlag brachte. Zufällig befand sich das alte Herrenhaus der Tapleys nur einige wenige Meilen vom Orte ihres unfreiwilligen Aufenthaltes entfernt, und wenn es ihm gelänge, irgendwo ein Gefährt aufzutreiben, dann könnte er erst zur »Stätte des Verbrechens« fahren und dann nach Abschluß der Besichtigung den Weggefährten an das Ziel seiner Reise bringen. Rud nahm diesen Vorschlag bereitwilligst an – zum einen aus Neugier, denn er hätte dieses herrschaftliche Haus gern einmal gesehen, zum anderen aber auch, weil ihm dies die Möglichkeit bot, den Termin in New Orleans einzuhalten.

Es dauerte noch zwei Stunden, bis es dem Telegrafisten des Zuges endlich gelungen war, einen Wagen herbeizubeordern. Als sie schließlich aufbrachen, fing die Sonne gerade an, über den Eichenwäldern der Ebene und den gewundenen Seitenarmen des Flusses unterzugehen. Die Sümpfe nahmen in dem schwindenden Licht etwas Geheimnisvolles an, und die gigantischen Bäume, in Bartflechten gehüllt wie einsame Witwen in ihre Trauerkleidung, vermittelten Rud das unheimliche Gefühl, auf einem fremden Planeten gelandet zu sein. Er war erleichtert, als sie endlich die Eichenallee erreichten, die zum Herrenhaus hinführte.

Die Entfernung hatte, was das Gebäude anbetraf, eine verschönernde Wirkung. Seine dorischen Säulen waren imposant und unverfälscht, seine Farbe warm und seidig wie Perlmutt. An der Eingangstür hing ein Schild, welches sie darauf aufmerksam machte, daß die Öffnungszeit in weniger als einer Stunde abgelaufen sei, aber Schemmerhorn hatte ja auch gar nicht die Absicht, in das Haus hineinzugehen. Seine Neugier galt dem Taubenschlag, der Stelle, wo das Blut der Elly Dyer noch kaum getrocknet war.

Sein Begleiter dagegen war weit mehr am Inneren des Hauses interessiert. Der alte, schwarze Wärter, der ihn an der Tür empfing, murrte über die späte Ankunft des letzten Besuchers und hieß ihn, sich in das Besucherbuch einzutragen. Er zögerte, denn er dachte an sein Inkognito. Dann kritzelte er aber doch seinen vollen Namen unter eine gänzlich unleserliche Eintragung: *Rutherford Birchard Hayes*. Er lächelte und fragte sich, was die Historiker einst daraus machen würden, ob es für die Geschichte von irgendeiner Bedeutung sein werde.

Das Haus war großartig. Die Räume hatten eine Höhe von fünf Metern, Türen und Fenster waren entsprechend großzügig bemessen. Eine Wendeltreppe drehte sich bis ganz ins Dachgeschoß hinauf. Die Möbel waren Empire, die Tapeten nur leicht vergilbt, und mitten im Salon stand ein Monstrum von Klavier tapfer unter einem riesigen Kronleuchter. Den einzigen Hinweis auf eine Auflösung gaben die weißlichen Dreiecke an den Wänden, wo einmal Spiegel gehangen hatten. Jetzt hingen zwischen den Girandolen und den schmückenden Wandreliefs gerahmte Briefe, Fotos und Dokumente, welche in irgendeiner Beziehung zur glücklichen und zur unglücklichen Geschichte dieses Hauses standen.

Ruds Zeit war schnell abgelaufen. Als er aus dem Hause trat, fand er Barney Schemmerhorn im Wagen sitzen, sich Notizen machen und nachdenklich an seinem Schnauzbart zupfen.

»Nun?« fragte Rud. »Haben Sie irgendwelche wichtigen Hinweise gefunden?« Er versuchte, seine Worte nicht scherzhaft klingen zu lassen – aber die Art und Weise, wie sich der Pinkerton-Mann konzentrierte, hatte fast etwas Komisches an sich.

»Da ist nicht viel«, gab dieser finster zu. »Aber ich bin mir doch einer Sache sicher. Elly Dyer ist vor ihrem Mörder davongerannt. Nur konnte das arme Mädchen leider nicht schnell genug laufen.«

Sehr viel mehr gab er nicht von sich auf ihrer Fahrt nach New Orleans, bis wohin es noch zwölf Meilen waren. Auf halbem Wege erbot sich Rud, die Zügel zu übernehmen, und Barney Schemmerhorn legte seine Arme vor der Brust zusammen, barg seine lange Nase im Mantelkragen und schlief zufrieden ein. Rud fragte sich, ob er wohl von Morden träumte.

Es war fast schon Mitternacht, als sich Rud in die Gästeliste des Grand Picayune Hotel in New Orleans eintrug. Er verbrachte eine unruhige Nacht in dem ungewohnten Bett und träumte schlecht. Das war aber alles vergessen, als der heiße, stickige Morgen heraufzog – und mit ihm eine Delegation, zu der auch ein Abgesandter der Demokraten von Louisiana gehörte, ein Oberst, der zugleich auch Mitherausgeber der *New Orleans Times* war. Rud verbrachte den Rest des Morgens damit, ihm Auskunft auf die Frage zu geben, was er, wenn er zum Präsidenten gewählt würde, bezüglich der im Streit liegenden Regierungen, welche gerade die Geschicke Louisianas lenkten, zu tun gedenke. Der übrige Tag verging mit weiteren Konferenzen, und er war froh, als die Sonne endlich unterging.

Er verließ sein Zimmer nur, um im Speisesaal des Hotels ein einsames Abendessen zu sich zu nehmen. Als er wieder hinaufging, nahm er sich die Abendausgabe der *Times* mit

und überflog die Titelseite, wobei sein Augenmerk besonders auf schlechte Nachrichten gerichtet war. Er erschrak
jedoch, als er eine schlechte Nachricht gänzlich unpoliti-
scher Natur las.

BRAND IN HISTORISCHEM HERRENHAUS

*Ein historisches, für die Südstaaten charakteristisches Her-
renhaus, das sowohl im Sezessionskrieg als auch jüngst erst
im Zusammenhang mit einem Mordfall eine bedeutende
Rolle gespielt hat, wurde in der vergangenen Nacht ein
Opfer der Flammen. Das Haus, einst der Familiensitz der
Tapleys, war im Krieg von Soldaten sowohl der Konföde-
ration als auch der Union besetzt worden. Es stand seit
1871 unter Denkmalschutz und wird von der Historischen
Gesellschaft von Louisiana verwaltet.*

*Das Herrenhaus liegt zwölf Meilen westlich von New
Orleans und drei Meilen von dem kleinen Ort Winderley
entfernt, wo die Familie Tapley heute zu Hause ist. Die
Tapleys gehörten zu den ersten, die am Ort des Brandes
eintrafen.*

*Das alte Haus der Tapleys war gerade erst vor 48 Stun-
den Schauplatz eines gemeinen Verbrechens, denn man
fand dort den Leichnam von Eleanor Dyer, 22, die auf dem
Grundstück erstochen worden war. Am Tag nach dem
Mord wurde Bruce Powell Tapley, 24, der einzige über-
lebende Sohn der Familie (der älteste Sohn ist im Krieg
gefallen), von der Polizei als der Tat verdächtig festgenommen. Mr. Tapley war seit zwei Jahren mit Miss
Dyer befreundet und hat zugegeben, sich mit ihr am
Abend des Verbrechens beim alten Herrenhaus getroffen
zu haben. Gestern wurde Mr. Tapley wieder auf freien
Fuß gesetzt, ohne daß Anklage gegen ihn erhoben wurde.*

Als das Feuer ausbrach, hielt er sich bei seinen Eltern auf und traf noch vor der örtlichen Feuerwehr zusammen mit seinem Vater August am Brandort ein. Die Tapleys versuchten, einige der wertvollsten Dokumente und Gegenstände aus dem Haus zu retten, wurden aber von den Flammen daran gehindert.

Walter Semple, der Chef der Feuerwehr, schließt angesichts des »blitzartigen« Ausbruchs des Feuers Brandstiftung nicht aus. Experten haben die Spurensuche aufgenommen.

Darauf angesprochen, zögerte Samuel Hawes von der Polizei in New Orleans, eine Verbindung zwischen dem Brand und dem oben erwähnten Mord herzustellen. »Eine solche Möglichkeit kann nie ausgeschlossen werden«, sagte er. »Gebäude und Grundstück sind von unseren Fahndungsspezialisten untersucht worden, aber auf Grund der historischen Bedeutung des Anwesens und des daraus resultierenden Schutzes war eine wirklich gründliche Nachforschung nicht möglich. Wenn es dort irgendwelche mit dem Verbrechen in Zusammenhang stehende Beweismittel gegeben haben sollte, dann könnten diese durchaus durch das Feuer vernichtet worden sein. Wir können jedoch zum gegenwärtigen Zeitpunkt noch nicht davon ausgehen, daß ein Zusammenhang zwischen beiden Vorfällen besteht.«

Sam Lemure, der Museumswärter, erlitt bei dem Versuch, Gegenstände aus dem brennenden Haus zu retten, einen Schlaganfall, von dem er sich, wie befürchtet werden muß, nicht wieder erholen wird. Zu seinen vielen Aufgaben gehörte auch, dafür zu sorgen, daß sich alle Besucher vor Betreten des Hauses in ein Buch eintrugen, eine von der Historischen Gesellschaft veranlaßte Maßnahme. Dieses Besucherbuch ist bislang noch nicht gefunden worden,

und es wird angenommen, daß es bei dem Brand vernich-
tet worden ist. Die Ermittlungen dauern an.

Für kurze Augenblicke konnte Rud nur an die weiße
Pracht des herrschaftlichen Hauses denken, die von den
blutroten Flammen verschlungen wurde. All diese Schönheit in Staub und Asche gesunken, all die vielen historischen Schätze verloren für die Generationen...
   Doch dann holte ihn die Realität schlagartig wieder ein.
Ganz plötzlich wurde Rud klar, daß die Anonymität, die
so wichtig für seinen Besuch war, schon bald ihr Ende
finden würde, und dies auf eine Art und Weise, die ganz
dazu angetan war, größtmöglichen Schaden anzurichten.
Bald nämlich würde der Öffentlichkeit bekannt sein, daß
Rutherford B. Hayes, der Präsidentschaftskandidat der
Republikaner, eine geheimgehaltene Reise gen Süden
unternommen hatte, daß er die letzte Person gewesen war,
die sich in das Besucherbuch des verwüsteten Tapleyschen
Herrenhauses eingetragen hatte und daß er – wer weiß? –
vielleicht sogar des Verbrechens der Brandstiftung schuldig war!
   Das wäre natürlich eine völlig absurde Annahme, aber
Rud war mit den verschlungenen Wegen der Politik vertraut genug, um zu wissen, daß sich seine Feinde selbst das
unwahrscheinlichste Gerücht zunutze machen konnten.
Das Herrenhaus war ein Symbol der Vorkriegsgröße des
Südens – und er war schließlich ein Nordstaatler. Er war
einst der Oberst Hayes der Unionsarmee gewesen, Kom-
mandeur bei der kämpfenden Truppe, der auf dem
Schlachtfeld gar den Dienstgrad eines Generals geführt
hatte. Und davor hatte er sich einen Namen als Anwalt gemacht, der gegen die Sklaverei eingetreten war und entlau-

fene Sklaven verteidigt hatte... Es war nicht schwer, sich die entsprechenden Andeutungen vorzustellen, die in der Presse zu lesen sein würden, das Geraune in den Kneipen, die Gespräche an den Straßenecken, die sich um einen Akt der Verachtung oder der Achtlosigkeit, eine liegengelassene, brennende Zigarre, den bewußten oder unbewußten Wunsch drehten, den letzten Überrest südstaatlicher Feudalherrlichkeit niederzubrennen... Die Auswirkungen auf seinen Wahlkampf, dem man schon jetzt prophezeite, daß er sich als ein gänzlich erfolgloses Unterfangen herausstellen werde, konnten wahrlich verheerend sein.

Rud las den Zeitungsartikel noch einmal durch und nahm mit besonderer Aufmerksamkeit jenen Absatz zur Kenntnis, in dem es hieß, man rechne damit, daß das Besucherbuch vernichtet worden sei. Dies würde bedeuten, daß er sein Geheimnis für sich behalten konnte. Der alte Museumswärter hatte seinen Namen nicht erfahren. Der Pinkerton-Mann, dieser Schemmerhorn, kannte ihn nur als »Mr. Birchard«. Er hatte zu niemandem von seinem Besuch im Tapleyschen Haus gesprochen. Rud seufzte vor Erleichterung. Noch konnte er den Folgen seines Tuns entkommen. Letztlich war es ja auch ein völlig unschuldiges Tun gewesen – warum sollte er sich also noch weiter damit befassen?

Aber so schnell, wie er zu dem befriedigenden Schluß gekommen war, so schnell kam er auch zu einem weiteren. Nein, er konnte nicht alles so lassen, wie es war. Er konnte sich nicht einfach vom Schauplatz der Ereignisse davonstehlen und so tun, als sei nichts gewesen. Es mußte einen anderen Weg geben.

Er entschloß sich für einen Kompromiß. Statt zum nächstbesten Polizeirevier zu marschieren und sich den

Beamten zu offenbaren, würde er lieber einen anderen Streiter für das Recht ausfindig zu machen versuchen, nämlich Barney Schemmerhorn.

So verzichtete Rud am nächsten Morgen auf sein Frühstück und begab sich auf die Suche nach dem Büro von Pinkerton in der Bourbon Street. Dort setzte ihn ein vierschrötiger Mensch, der gut Schemmerhorns Zwillingsbruder hätte sein können, davon in Kenntnis, daß sein Kollege an diesem Vormittage nicht zur Verfügung stehe. Wenn sich der Herr jedoch dazu verstehen könne, sein Problem kurz darzulegen – vielleicht sei ihm die Frau entlaufen? –, so würde er sich überaus glücklich schätzen, ihm zu Diensten zu sein. Rud versicherte ihm, daß er unbedingt Mr. Schemmerhorn sprechen müsse, und erfuhr nun, daß sich der Detektiv bei einem außerhalb von New Orleans wohnenden Kunden aufhalte. Ohne daß ihm dies mitgeteilt worden wäre, wußte Rud, daß er seinen Mann im Hause der Tapleys in Winderley finden würde. Selbst wenn er Schemmerhorn dort nicht antreffen sollte, konnte er vielleicht seiner Verpflichtung gegenüber der Wahrheit dadurch nachkommen, daß er wenigstens die persönliche Bekanntschaft der Familie Tapley machte.

Es bereitete ihm keinerlei Schwierigkeiten, den Tapleyschen Besitz zu finden. Er lenkte den gemieteten Einspänner zu der zum alten Herrenhaus führenden Allee und folgte dann dem Schild, das an der eichengesäumten Straße vorbei in Richtung Winderley wies. Aber dann konnte Rud der Versuchung doch nicht widerstehen, kurz an der Leine zu ziehen und das Pferd noch einmal zum alten Herrenhaus zu dirigieren. Obwohl er wußte, daß ihn der Anblick des zerstörten Hauses nur traurig stimmen würde, konnte er nicht anders.

Er hatte gemeint zu wissen, was ihn erwartete, war aber nun doch schockiert. Das eiserne Tor hielt noch Wache, aber es war nichts mehr da, was es hätte beschützen können. Das Feuer hatte nur Schutt, ein paar gezackte Überreste der gipsernen Säulen, den gestutzten Rest einer Wand, einen herabgestürzten, rußgeschwärzten Balken, Überbleibsel von Möbelstücken und Haufen von versengten Ziegelsteinen übriggelassen. Er war erleichtert, als er sich von diesem Anblick wieder abwenden konnte.

Das neue Haus der Tapleys, das nur ganze drei Meilen entfernt lag, war im Vergleich zu ihrer früheren Residenz bescheiden zu nennen, wenngleich die schöne Architektur durchaus erkennen ließ, daß die Familie noch immer einigermaßen wohlhabend war. Es hatte zu regnen angefangen, und Rud war höchst erfreut, als ein Stallbursche über den morastigen Hof geplatscht kam, um sein Pferd ins Trockene zu bringen. Offensichtlich war seine Annäherung über die lange Zufahrt bemerkt worden, denn die Haustür tat sich unverzüglich vor ihm auf.

Der Mann, der ihn am hellerleuchteten Hauseingang begrüßte, strahlte so etwas wie ein eigenes, inneres Licht aus. Er schien unablässig zu lächeln, ein Eindruck, der aber möglicherweise auch nur von seinen weißen, nach oben gezwirbelten Schnurrbartenden herrührte.

»Sie haben einen weiten Weg zurückgelegt, Mr. Birchard«, sagte er und ergriff Ruds Hand. »Ich bin nur froh, daß sich das Wetter bis zu Ihrem Eintreffen gehalten hat.«

»Allem Anschein nach haben Sie mich schon erwartet, Mr. Tapley.«

August Tapley gab ein belustigtes Kichern von sich und bat ihn herein. Die Erklärung für seinen Mangel an Neugier fand sich auf der Stelle. Wer sich von dem die Zufahrt überblickenden Fenster abwandte und auf ihn zukam, war der Pinkerton-Detektiv Barney Schemmerhorn.

»Ich glaube, Sie kennen Mr. Schemmerhorn«, sagte August. »Und dies hier ist mein Freund Jasper Douglas.« Er deutete auf einen Herrn, der am Kamin stand. Sein Kopf war viel zu groß für seinen kleinen, stämmigen Körper, und er machte dieses Ungleichgewicht noch schlimmer dadurch, daß er einen bauschigen Vollbart trug und sein schlohweißes Haar lang wachsen ließ.

»Wir haben gerade über Sie gesprochen, Mr. Birchard«, sagte Mr. Douglas. »Nach dem, was Barney uns erzählt hat, sind auch Sie zum Bestandteil der Geschichte des alten Herrenhauses geworden.«

»Hüten Sie sich vor Jasper«, sagte August Tapley leichthin. »Er ist Historiker. Er schreibt schon seit zehn Jahren an einer definitiven Geschichte des Krieges.«

Schemmerhorn sagte: »Ich habe Mr. Tapley vorgestern abend von unserer Begegnung berichtet, Mr. Birchard. Ich habe Sie heute im Hotel zu erreichen versucht, aber man sagte mir dort, Sie hätten sich einen Wagen gemietet und seien fortgefahren.«

»Der Rest war Deduktion«, sagte August und lächelte. »Das Handwerkszeug des Detektivs. Jedenfalls sind wir froh, daß Mr. Schemmerhorn recht behalten hat und Sie sich entschlossen haben, uns zu besuchen. Ich nehme an, daß Sie uns etwas mitzuteilen haben zu dem… zu dem Feuer.«

»Ich bin sicher, daß Sie längst wissen, was ich weiß«, sagte Rud, der sich angesichts all der auf ihm ruhenden Blicke unbehaglich fühlte. »Wichtigste Tatsache ist wohl, daß ich der letzte Besucher zu sein scheine, der sich in das Besucherbuch des Herrenhauses eingetragen hat.«

»Das Buch ist weg«, sagte Jasper Douglas fröhlich. »Also ist das keine Tatsache mehr, sondern... hm, nur noch eine Erinnerung.«

»Und die Erinnerung«, sagte August mit einem dünner werdenden Lächeln, »ist das, was uns die meiste Sorge macht.«

»Ich glaube, ich verstehe Sie nicht ganz.«

Schemmerhorn räusperte sich geräuschvoll. »Sehen Sie, Mr. Birchard, die Polizei ist überzeugt, daß da ein Brandstifter am Werk gewesen ist, der eine langsam brennende Zündschnur benutzte, die wahrscheinlich schon angesteckt wurde, als Sie noch dem Herrenhaus Ihren Besuch abstatteten.«

»Großer Gott«, sagte Rud.

»Sie ist ebenso überzeugt davon, daß sich der Brandstifter in das Besucherbuch eingetragen hat, um in das Haus hineinzugelangen. Und da Sie der letzte Besucher waren...«

August sagte: »Wiewohl uns vollkommen klar ist, daß Sie mit dem Brand nicht das geringste zu tun haben, wäre die Polizei doch sehr an allem interessiert, was Sie vielleicht gesehen haben.«

»Wie etwa«, sagte Schemmerhorn ernst, »einen *Namen* in diesem Buch. Den Namen des Besuchers, der vor Ihnen dort war. Denn der ist mit größter Wahrscheinlichkeit tatverdächtig. Verstehen Sie jetzt, Mr. Birchard?«

Rud seufzte erleichtert. Zumindest stand er nicht im Verdacht, etwas mit der Sache zu tun zu haben, weshalb auch nicht erforderlich war, seine wahre Identität zum Beweis seiner Untadeligkeit preiszugeben.

»Ich fürchte, ich werde Ihnen keine große Hilfe sein können«, sagte er. »Oder auch der Polizei. Ich habe wohl eine Unterschrift auf der oberen Zeile gesehen, aber... das war nicht mehr als ein unleserliches Gekritzel.«

»Sind Sie sich da ganz sicher?« fragte August, und seine Stimme zitterte ein wenig. »Sie würden Ihre Ansicht auch dann nicht ändern, wenn man Sie nun, offiziell befragte?«

Rud erschien diese Frage sehr merkwürdig, aber er versuchte nicht, sie sich zu deuten. »Nein«, sagte er. »Ich könnte sie gar nicht ändern, Mr. Tapley, weil das die Wahrheit ist. Ich konnte nicht einen Buchstaben des Namens erkennen und kann aus diesem Grunde nicht zur Auflösung des Rätsels beitragen. Es tut mir sehr leid.«

»Ist schon gut«, sagte Jasper Douglas beruhigend. »Selbst wenn uns die Identität des Ganoven bekannt wäre, würde uns das doch das schöne Herrenhaus nicht zurückgeben, oder? Sag mal, Gus, warum hast du deinem Gast eigentlich gar nichts zu trinken angeboten?«

Rud wollte danken, denn er hätte sich lieber wieder auf den Weg gemacht, nun, da er seiner Verpflichtung nachgekommen war und sich vergewissert hatte, daß er sich nicht mehr weiter um die Angelegenheit zu kümmern brauchte. Aber wie von Zauberhand herbeigewinkt, waren zwei Diener erschienen, die Tabletts mit Gläsern, Getränken, Teegeschirr und herzhaften Sandwiches trugen. Rud hatte gar keine Wahl mehr.

Als sie alle saßen, wandte er sich an August Tapley und sprach ihm sein Bedauern über den Verlust des alten Herrenhauses aus.

»Das war ein furchtbarer Schock«, sagte dieser traurig. »Meine arme Frau ist noch immer ganz niedergeschmettert. Obwohl«, fügte er mit einer Andeutung von Verschmitztheit hinzu, »Jasper am meisten gelitten hat, als er die Nachricht hörte.«

»Wegen meines Buches«, sagte Jasper finster. »Sehen Sie, ich schreibe nicht einfach so eine gradlinige, berichtende Geschichte des Sezessionskrieges, denn davon wird es noch viel zu viele geben, sondern mein Ansatz war der, sie gleichsam vom Brennpunkt eines Ortes, einer Familie, einer Plantage hier in den Südstaaten aus zu erzählen. Sie sollte den Titel *Das Herrenhaus* tragen, und dieses Haus sollte für den gesamten Süden der Vorkriegszeit stehen...«

»Ich verstehe«, sagte Rud Hayes.

»Ich habe Jahre in dieses Projekt gesteckt«, sagte Jasper. »Und es gab noch so viel mehr zu erzählen. Sie können sich meine Gefühle vorstellen, als wir von dem Brand erfuhren... ja, ihn sogar sahen.«

»Sie konnten das Feuer von hier aus sehen?«

»Nur diesen schrecklichen, unnatürlichen Widerschein am Himmel. Wir drei fuhren so schnell wie möglich rüber, um zu sehen, was wir noch retten könnten... Der arme Bruce verbrannte sich ziemlich arg an den Händen, als er einige der Gemälde rauszuholen versuchte.«

»Das ist auch der Grund dafür, warum sich mein Sohn nicht zu uns gesellt hat«, sagte August schnell.

»Ja«, sagte Rud und trank einen Schluck Tee, den er dem Brandy vorgezogen hatte. Ihm war der aggressive Ton in August Tapleys Stimme nicht entgangen.

»Ich weiß, daß Sie über die... hm, Schwierigkeiten meines Sohnes informiert sind«, fuhr August fort. »Aber ich bin sicher, Sie wissen auch, daß er, was diese Sache anbetrifft, voll und ganz entlastet worden ist.«

»Ich weiß nur sehr wenig darüber, Mr. Tapley«, sagte Rud.

»Ich erwähne das auch nur für den Fall, Mr. Birchard,

daß Sie den Eindruck gewonnen haben sollten, unser Interesse an dem Besucherbuch habe irgend etwas mit Bruce zu tun.«

»Ein solcher Gedanke lag mir fern«, sagte Rud, wobei er sich wohl bewußt war, daß dies nicht so ganz der Wahrheit entsprach. Sobald August das Wort »offiziell« ausgesprochen hatte, war ihm die Polizei in den Sinn gekommen und zugleich auch die Frage: Könnte Bruce Tapley nicht versucht haben, für den Mord an Elly Dyer relevante Beweisstücke zu vernichten?

Als die Zeit zum Aufbruch gekommen war, erwartete Rud ein weiterer Schock. August Tapley schien sehr erleichtert über seine Abfahrt zu sein, während Jasper Douglas nicht gewillt war, sich von einem so bereitwilligen Zuhörer zu trennen. Er fragte Rud, ob er nicht Lust habe, bei ihm im Gästehaus vorbeizuschauen, wo er all das Material, das für sein historisches Werk erforderlich sei, aufbewahre. Aus Höflichkeit stimmte Rud einem kurzen Besuch zu.

Es war nur ein kurzer Weg durch ein kleines Waldstück, und Jasper Douglas ging mit den ausgreifenden Schritten eines eigentlich sehr viel größeren Mannes voraus. Als sie das Häuschen erreicht hatten, öffnete er feierlich die Haustür und bat seinen Gast mit den Worten herein:

»Treten Sie doch bitte ein, Mr. Hayes.«

Ruds Reaktion darauf mußte, nach dem belustigten Lächeln zu urteilen, das auf dem Gesicht von Jasper Douglas erschien, einigermaßen komisch gewesen sein.

»Tut mir leid«, sagte Jasper.»Ich *bin* nun einmal Historiker, und mein spezielles Interesse gilt der politischen Entwicklung in den Vereinigten Staaten. Als ich den Namen ›Birchard‹ erstmals erwähnt und Ihre Person beschrieben hörte, fing ich sogleich an, mir Gedanken über Ihre Identität zu machen. Und als ich Sie dann leibhaftig vor mir sah, bestätigte sich mein Verdacht – Sie *sind* doch Rutherford Hayes, oder etwa nicht?«

«Ja», sagte Rud reumütig. »Vergeben Sie mir mein Täuschungsmanöver, Mr. Douglas. Ich hatte meine Gründe für dieses Inkognito, und ich versichere Ihnen, daß diese in keinerlei Zusammenhang mit dem Thema stehen, welches wir vorhin erörtert haben.«

»Oh, das ist mir durchaus klar«, kicherte Jasper. »Aber ich weiß auch, daß ich Ihnen eine einmalige Chance verdanke, Sir. Die Rolle, die Sie in der Geschichte gespielt haben, welche ich da schreibe...«

»Ich fürchte, daß ich tatsächlich nicht die Zeit habe, Ihnen von großem Nutzen zu sein, Mr. Douglas.«

»Nein... natürlich nicht. Aber kommen Sie doch wenigstens auf einen Augenblick herein.«

»Durcheinander« war das Wort, das Rud beim Betreten des Arbeitszimmers in den Sinn kam, aber bei genauerem Hinsehen zeigte sich, daß es lediglich überfüllt war. Alle verfügbaren Wände waren mit Regalen zugestellt, und auf ihren Borden standen Bücher, Aktenordner, Kunstgegenstände, Broschüren, Miniaturen und Nippes. Als Rud hinzutrat, um die handgeschriebenen Etiketten auf den Rücken einer Reihe von Dokumentenkästen zu entziffern, war er von der Sorgfalt der Organisation beeindruckt.

»Die gesamte Geschichte des Herrenhauses liegt in diesem Raum«, sagte Jasper. »Vom Tage der Grundsteinlegung bis zu seinem unseligen Ende...«

Rud hatte einen Kasten mit der Aufschrift »Butler« herausgezogen, und Jasper Douglas grinste erneut. »Ja, ich dachte mir schon, daß Sie sich dafür interessieren würden.

Wie Sie wohl wissen, hielt sich General Butler einige Tage in dem Haus auf. Da in dem Kasten befindet sich sogar ein Exemplar seines berüchtigten ›Frauenbefehls‹.«

Rud nahm ein zusammengefaltetes Stück braunen Papiers heraus und las:

Hauptquartier, Abt. Golf
New Orleans, 15. Mai 1862

Befehl Nr. 28:
Da die Offiziere und Soldaten der Vereinigten Staaten wiederholt von den Frauen (die sich selbst als Damen zu bezeichnen belieben) der Stadt New Orleans beleidigt worden sind, und dies als Gegenleistung für eine peinlich genaue Einhaltung des Gebots der Nichteinmischung und der Höflichkeit von unserer Seite, wird hiermit angeordnet, daß mit sofortiger Wirkung jede Frau, die durch Worte, Gesten oder Bewegungen die Offiziere und Soldaten der Vereinigten Staaten beleidigt oder verächtlich macht, als eine ihrem Gewerbe nachgehende Prostituierte angesehen und entsprechend behandelt werden soll.

Für Generalmajor Butler:
George C. Strang, A. A. GI, Chef des Stabes

In Erinnerungen versunken, lächelte Rud. Er entsann sich der Reaktionen auf diesen Befehl Nr. 28, der sowohl im Süden als auch im Norden Erbitterung ausgelöst hatte... die größte aber bei den *echten* Damen der Stadt New Orleans, die das Bildnis des Generals auf den Boden ihres Nachtgeschirrs geklebt hatten... Eine eher gedankenlose Bewegung ließ den Kasten mit der Aufschrift »Tapley« in seine Hand geraten. Er nahm ein Stück gelbes Pergament heraus und sah, daß es an den Mann gerichtet war, den er vor kurzem erst kennengelernt hatte:

23. September 1859

Mein lieber August,
Deine Dampferfahrt hat Deiner Gesundheit und Stim-
mung offensichtlich wohlgetan. Deine alten Gefährten bei
McGrath & Co. müssen Dich beneiden, aber ich habe sie
versichert, daß Du Dich emsig weiter in Poker, Faro und
all den anderen Spielen übst, die Dir so lieb sind. Mr. Lau-
raine vom Hause Lauraine & Cassidy hat mir wegen Dei-
ner Schulden in Höhe von achthundert Dollar ($ 800)
geschrieben, und ich habe ihm eine alsbaldige Bezahlung
zugesagt. Diese Belastung der Familienfinanzen macht
jedoch eine Aufstockung Deines Reisebudgets, um die
Du gebeten hast, unmöglich. Solltest Du eine Fortsetzung
Deiner Fahrt zu beschwerlich finden, so kannst Du selbst-
verständlich auch nach Hause zurückkehren und sollst
sehr willkommen sein

Deinem Vater

»Nun«, sagte Rud, »ich entnehme dem, daß Ihr Freund Mr. Tapley in jüngeren Jahren ein Spieler war.«

»Sein älterer Bruder Damon«, knurrte Jasper, »war sogar noch schlimmer, und unseligerweise bewunderte August ihn und eiferte ihm nach. Natürlich ist in New Orleans das Spielen seit jeher eine Obsession gewesen, ein durchaus bedeutender Gewerbezweig, könnte man wohl sagen. Hier, sehen Sie sich die mal an...« Er kramte in der Schachtel und förderte kleine Papierstreifen zutage. »Schuldscheine«, sagte er. »Alle ausgestellt von Damon und August in Spielhöllen wie denen von McGrath oder

Lauraine & Cassidy ... Der Vater, Barnaby Tapley, mußte sie dann zurückkaufen, um die Familienehre zu retten. Am Ende erreichte die Verschuldung ein solches Ausmaß, daß er die Hälfte seiner Sklaven verkaufen mußte.«

»Offensichtlich hat die Familie die Verluste wieder ausgleichen können«, sagte Rud. Wahllos suchte er einen weiteren Brief heraus und fragte: »Ist der auch von Mr. Barnaby Tapley?«

Jasper Douglas zog eine Bifokalbrille aus der Tasche. »Ja, ich glaube schon. Acht Monate später geschrieben, an einen Mann namens Goley. Sie sehen, daß Barnaby zu diesem Zeitpunkt schon ernstlich in Not war.«

Der Brief war kurz und lautete:

11. Mai 1860

Mein lieber Goley,
da wir unsere Geschäfte für diesen Monat abgeschlossen haben, wäre ich Ihnen überaus verbunden, wenn Sie mir die vereinbarten eintausend Dollar ($ 1000) anweisen würden. Bitte um Pardon für mein Drängen, aber ich benötige das Geld sehr dringend. Gehe ich richtig in der Annahme, daß die Pakete nicht wie zugesagt frei Bahnstation geliefert werden? Bitte unterrichten Sie mich entsprechend, da ich die Sache gern geregelt sähe. Dank für Ihre freundliche Nachfrage bezüglich meiner Gesundheit. Hier geht es so gut, wie es das sich vergrößernde Alter und das sich verringernde Einkommen eben zulassen.
Mit freundlicher Empfehlung verbleibe ich
Ihr Ihnen sehr ergebener

B. Tapley

»In welcher Branche war dieser Mr. Goley tätig?« fragte Rud.

»Mir ist über diesen Mann nicht das geringste bekannt, deshalb vermag ich das nicht zu sagen.« Jasper legte den Brief sorgfältig in den Dokumentenkasten zurück. »In jedem Falle würde mich viel mehr interessieren, etwas über Ihre Erlebnisse zu hören, Mr. Hayes. Ganz besonders interessiert mich da eine Geschichte über Sie und General Reno, die ich mal gehört habe, nämlich wie Sie ihm Paroli geboten haben, als er Ihre Leute der Plünderei beschuldigte... Stimmt es, daß er die Pistole auf Sie gerichtet hat?«

»Die Geschichte wird meist stark übertrieben wiedergegeben«, sagte Rud Hayes.

»Ich habe gehört, Sie wären vor ein Kriegsgericht gestellt worden, wenn da nicht die Schlacht von South Mountain gewesen wäre...«

Rud konsultierte seine Taschenuhr. »Ich muß jetzt aber wirklich zurück, Mr. Douglas«, sagte er. »Ich bin weit länger geblieben, als es meine Absicht war... Ich hoffe, Sie haben Verständnis.«

»Ja, natürlich«, sagte Jasper Douglas. »Aber ich kann mich einer gewissen Enttäuschung doch nicht entschlagen.« Er lächelte schmerzlich. »Wie August schon sagte, bin ich ganz besessen von diesem Buch. Ja, es ist mein ganzer Lebensinhalt geworden...«

Auf dem Wege nach draußen fiel Ruds Blick noch auf einen letzten Gegenstand. Es war die gleiche Abendausgabe der *Times*, die ihn nach Winderley hatte fahren lassen. Jasper nahm sie auf und sah auf die Schlagzeile hinab. »Ein letztes Dokument für meine Unterlagen«, sagte er traurig.

»Es ist ein Jammer«, sagte Rud. »Ich meine, daß das Besucherbuch des Herrenhauses nicht dieses letzte Dokument sein kann . . . Dann wäre es wenigstens möglich gewesen, den Schuldigen zu fassen.«

»Ja«, sagte Jasper Douglas, aber es war offensichtlich, daß sich seine Aufmerksamkeit schon wieder den Unterlagen in seinem Arbeitszimmer zugewandt hatte.

Rud Hayes ging allein durch das Wäldchen zurück zu seinem Wagen. Der Regen hatte aufgehört, und die Spätnachmittagssonne verzierte die Wolken mit feuerroten Rändern. Der Stallbursche stand bereit, die Zügel in der Hand, und das Pferd schien voller Ungeduld darauf zu warten, daß es endlich los ging. Er setzte sich zurecht und wollte es gerade mit einem Schnalzen antreiben, als ihn die plötzliche Erkenntnis wie ein Blitz traf. Alle seine Instinkte drängten ihn, sie sich wieder aus dem Kopf zu schlagen, scharf an der Leine zu reißen und den Einspänner die Zufahrt hinab und in die Stadt zurückzulenken, zurück zu vertrauteren Fragestellungen, zu der Familie, die er liebte, zu den Herausforderungen, die vor ihm lagen. Die Unausweichlichkeit legte sich jedoch wie ein Joch auf seine Schultern, so daß er sich nicht zu rühren vermochte.

Der Junge aus dem Stall schien überrascht, als er ihn wieder aussteigen und zur Haustür der Tapleys gehen sah. Er war aber nicht überraschter als August Tapley, der nun mit seiner Frau allein im Salon saß. Sie sah blaß und erschrocken aus, und ihre Augen nahmen einen noch beunruhigteren Ausdruck an, als Rutherford Hayes, jedes Wort einzeln hervorstoßend, ihrem Manne mitteilte, daß er den Namen des Brandstifters kenne, der den Familiensitz der Tapleys zerstört habe, daß das unleserliche Gekritzel, welches er in

dem Besucherbuch gesehen habe, das gleiche sei wie das-
jenige, das auf lange schon getilgten Schuldscheinen zu
finden sei.

August Tapley saß in einem Schaukelstuhl, die Hände im
Schoß, und sah um Jahre gealtert aus. Der erschrockene
Ausdruck seiner Frau war verschwunden – sie schien an-
gesichts der Bedrängnis ihres Mannes an Stärke gewonnen
zu haben. Rud hatte einmal mehr Anlaß, sich über das
Wesen der Frauen zu wundern.

»Sie können verfahren, wie Sie es für richtig halten«,
sagte August zu ihm. »Die Motive, die ich aufführen kann,
mögen nicht auf Ihr Verständnis stoßen, aber ich möchte
doch, daß Sie sie erfahren.«

»Ich wäre Ihnen sehr verbunden, Mr. Tapley«, sagte
Rud.

»Ich glaube, es fing alles mit dem Mädchen an, mit Elly
Dyer... Nein, das ist nicht zutreffend. Es fing mit *mir*
an, mit mir und meinem verschwenderischen Bruder Damon ... Ich werde Ihnen aber erst von Elly Dyer erzählen.
Es ist so herum vielleicht einfacher.«

Er steckte sich eine Zigarre an, legte sie auf einem
Aschenbecher ab und vergaß sie dort.

»Wir haben alles getan, was wir konnten, um diese Romanze zu vereiteln, aber Bruce verfügt über ein gerüttelt
Maß an Halsstarrigkeit. Er hatte natürlich nie und nimmer
die Absicht, das Mädchen zu heiraten – trotz all seiner Im-
pulsivität ist er doch auch ein sehr praktisch denkender
junger Mann. Aber Elly Dyer war ebenfalls ein praktisch
denkender Mensch. Sie spielte das übliche Katz-und-
Maus-Spiel. Unglücklicherweise entwickelte die Maus jedoch ganz unerwartete Kräfte.«

August machte eine Pause, bewegte die Lippen, suchte in seinem Kopf nach dem nächsten Satz.

»Man sagt, jede Familie habe ihr Skelett im Schrank, will sagen ihr streng gehütetes Geheimnis. Die Tapleys sind da keine Ausnahme. Es gab da etwas, was uns vor zwanzig Jahren widerfuhr, etwas, was man nur als ein schmachvolles Geheimnis bezeichnen kann. Dieses Geheimnis habe ich nur einem einzigen Menschen anvertraut, nämlich meiner Frau Claire.« Er blickte sie an. Sie streckte ihre Hand aus und ergriff die seine. »Ich habe ihr damit keinen Gefallen getan. Ich wollte nur das Gewicht der Bürde dadurch verringern, daß ich sie aufteilte.«

»Wir haben das Geheimnis stets für uns behalten«, sagte seine Frau. »Aber dann erfuhren versehentlich unsere Kinder davon... Auch das wäre noch gegangen, wenn...« Sie hielt inne.

»Wenn Bruce nicht getrunken hätte«, sagte August offen. »Und eines Abends, es war nach einem Familienkrach, an dessen Anlaß ich mich nicht einmal mehr erinnern kann, lief er zu Elly und erzählte ihr alles.«

»Und da wurde aus der Maus ein Tiger?« sagte Rud.

»Sie kannte nun das Geheimnis und war gewillt, das Beste daraus zu machen oder so viel Schmach über die Familie zu bringen wie nur irgend möglich. Sie nannte einen Preis für ihr Schweigen – aber nicht in Form von Geld.«

»Es war die Ehe?«

»Richtig«, sagte August. »Das war ein fürchterliches Dilemma, aber es löste sich auf gänzlich unerwartete Weise auf. Denn weniger als eine Woche, nachdem Bruce die verhängnisvolle Indiskretion begangen hatte, wurde Elly auf dem Grundstück des alten Herrenhauses von irgend jemandem ermordet.«

»Das würde ich... einen glücklichen Zufall nennen«, sagte Rud vorsichtig.

»Das klingt ziemlich *vernichtend*! Glauben Sie, wir wüßten das nicht, Mr. Birchard? Unser Problem einfach so von einem Wahnsinnigen mit einem Messer gelöst?«

»Sie sind vollkommen sicher, daß es nicht...« Rud schwieg, denn er mochte das Offenkundige nicht aussprechen.

»Mein Sohn war es nicht!« sagte Claire heftig. »Ich schwöre, daß er unschuldig ist, daß er schon lange zu Hause war, bevor dieser Mord geschah!«

»Das stimmt«, sagte August. »Wir wissen nicht, wer Elly Dyer getötet hat. Alles, was wir wissen, ist, daß Bruce unschuldig ist. Und als diese schreckliche Sache passiert war, da wußte ich, daß wir nicht länger mehr mit dem besagten Geheimnis würden leben können. Und deshalb... steckte ich das alte Haus in Brand.«

Claire bedeckte ihre Augen, aber sie weinte nicht.

»Es war schließlich mein Eigentum«, sagte August. »An jenem Nachmittag war ich um vier Uhr mit einer Reisetasche voller petroleumgetränkter Lappen dort. Ich ging nach oben, verteilte sie über das gesamte Stockwerk und legte dann eine langsam brennende Zündschnur aus... Ich war wahrscheinlich noch oben, als Sie dem Haus Ihren Besuch abstatteten.«

»Wenn ich also hinaufgegangen wäre...«

»Dann wären wir uns schon früher begegnet«, sagte August bitter. »Sehen Sie, ich rechnete nicht damit, daß nach mir noch ein Besucher kommen würde. Ich war sicher, daß das Besucherbuch vernichtet werden würde...«

»Aber dann erzählte Ihnen Detektiv Schemmerhorn von *mir*.«

»Ja. Und jetzt, glaube ich, muß ich Ihnen... das Familiengeheimnis anvertrauen. Damit Sie entscheiden können, was zu tun ist.«

»Wie ich bereits sagte, war es Verschwendungssucht, die alles in Gang setzte. Meine Spielschulden waren schon schlimm genug, aber die meines Bruders Damon waren so hoch, daß sie das Familienvermögen so gut wie aufzehrten. Zu Beginn des Jahres 1860 war nur noch eine kleine Handvoll Sklaven auf der Plantage. Schließlich wurde das ganze Land verkauft, da es eine untragbare steuerliche Belastung mit sich brachte, und alles, was mein Vater nun noch besaß, waren das Herrenhaus und zwei Söhne, die es auf seinen absoluten Ruin abgesehen zu haben schienen.

Natürlich kam es 1860 zu weit bedeutenderen Ereignissen, wie Ihnen ja nur zu gut bekannt ist. Im Norden fuhr die ›Untergrundbahn‹ mit Volldampf, ihre ›Züge‹ waren beständig unterwegs, ihre ›Bahnhöfe‹ füllten sich mit Sklaven, ihre ›Schaffner‹ halfen dabei, daß immer mehr ›Pakete‹ die Freiheit erreichten.

Zur damaligen Zeit gab es einen Quäker namens William Jemson, einen Pennsylvanier, der sich wie so viele Quäker sehr stark für die Untergrundbahn engagierte. Unter dem Namen Walter Goley kam er nach Louisiana und sorgte dafür, daß fast tausend Sklaven den Freiheitszug besteigen konnten. Er stieß bei den Südstaatlern auf ein ganz überraschendes Maß an Kooperationswilligkeit. Viele halfen aus Gewissensgründen, andere, weil Mr. Goley bereit war, seine Geschäfte auf der Grundlage der Barzahlung abzuwickeln.

Mein Vater gehörte zu den letzteren. Bei einem Kopfpreis von rund fünfzig Dollar war er zum Mitmachen bereit. Das Herrenhaus liegt nah am Mississippi, und Goley kam auf die Idee, es als ›Depot‹ zu nutzen, wo man die entlaufenen Sklaven sammeln und sie dann mit dem Dampfboot abholen konnte, um sie nach Norden zu verfrachten. Das bedeutete, daß eine große Zahl von Sklaven im Haus versteckt werden mußte, wo sie auf ihren Weitertransport warteten.

Ungefähr drei Monate lang ging alles glatt. Folgt man den Tagebuchaufzeichnungen meines Vaters, so verhalf er etwa 400 Sklaven zur Flucht, die sich vorher alle im Keller, einem unterirdischen Gewölbe von der Länge des Hauses, versteckt gehalten hatten. Nahm man einen gewissen Mangel an Komfort und das Fehlen entsprechender sanitärer Anlagen in Kauf, so konnten dort unten leicht an die hundert Flüchtlinge unterkommen, wenngleich seinem Tagebuch zufolge die höchste Zahl dort versammelter Menschen vierzig war.«

August Tapley holte tief Luft und schloß die Augen.

»So waren im September 1860 vierzig Sklaven im Keller. Sie hatten sich dort im Verlauf von fast fünf Wochen zusammengefunden, aber der Dampfer wollte und wollte nicht kommen. Mein Vater schrieb wiederholt an Goley, erhielt jedoch keine Antwort.

Und dann geschah das Allerschlimmste – mein Bruder Damon kam nämlich nach Hause. Nach einem auf den Flußdampfern verbrachten Jahr forderte er seine Rechte als Sohn des Hauses. Er wußte zunächst nichts von den geheimen Aktivitäten unseres Vaters, erfuhr aber sehr schnell davon. Und als er vernahm, daß es da auch um Geld ging, verlieh er seiner begeisterten Zustimmung Ausdruck.

Und dann hatte Damon eine Idee. Warum nur fünfzig

Dollar pro Kopf für eine so gefährliche und schwierige Arbeit? Warum nicht hundert pro Sklave, hundertfünfzig gar? Wenn dieser Goley sie so dringend haben wollte, warum ihn dann nicht den höchsten Preis zahlen lassen?

Vater war wütend über Damons Pläne und verwies ihn des Hauses. Es kam zu einem fürchterlichen Streit, der mit einem Schlaganfall endete. Mein Vater wurde zu Bett gebracht, völlig unfähig, die einfachsten Dinge zu tun. Ein ihm ergebener Sklave kümmerte sich um ihn, und von diesem erfuhr mein Vater schließlich, was Damon getan hatte. Er hatte für die Sklaven im Keller unseres Hauses 5000 Dollar gefordert. Als Goley darauf nicht antwortete – nicht, weil er dieses Ansinnen mit Verachtung strafte, sondern weil er einen Monat zuvor gestorben war –, legte Damon sein Schweigen als Ablehnung aus. Und seine Rache war grauenvoll.«

Es dauerte eine lange Zeit, bis August seine Geschichte zu Ende zu erzählen vermochte.

»Damon verschloß den Keller. Er verschloß ihn so gründlich, daß sein Vorhandensein kaum noch zu erkennen war. Die vierzig Sklaven aber saßen noch darin, sangen fromme Lieder und baten im Gebet um ihre Errettung, die niemals kam.«

August blickte auf.

»Sie sagen, daß alle Familien ein Skelett im Schrank haben, Mr. Birchard? In unserem sind vierzig.«

Barney Schemmerhorn saß gefährlich weit vorn auf der Kante des Stuhles in der Bibliothek, und sein Gesichtsausdruck war so, daß ihn Rutherford Hayes wohl niemals vergessen würde – eine Mischung aus Verwirrung und Demut, dazu ein kleiner Funken Streitlust.

»Sehen Sie, Mr. Birchard... Mr. Hayes, Sir... ich meine Mr. President...«

Rud lächelte ihm beruhigend zu. »Entspannen Sie sich, Barney... ich meine, Mr. Schemmerhorn. Ich bin durchaus noch nicht der Präsident und werde es auch nicht vor dem 5. März sein.«

»Oh, Sie können mich ruhig Barney nennen, Sir, das ist schon in Ordnung. Ich bin ja nur so neugierig, warum Sie mich sprechen wollten.«

»Zum einen«, sagte Rud, »wollte ich mich dafür entschuldigen, daß ich Sie da in New Orleans getäuscht habe, und zum anderen Ihnen für Ihre Diskretion danken.«

»Ist schon gut, Mr. Hayes. Mr. Tapley hat mir alles erzählt.«

»Dann hat er Ihnen auch von unserem Gespräch berichtet?«

»Ja, Sir, er hat mich ins Vertrauen gezogen. Ich bin voll und ganz davon überzeugt, daß er nichts getan hat, was rechtliche Schritte gegen ihn rechtfertigen würde. Ich hoffe, das sind Sie auch.«

»Ich habe großes Mitleid mit Mr. Tapley. Ich habe Sie auch nicht hierher nach Columbus gebeten, um gegen ihn zu ermitteln. Es handelt sich um eine etwas persönlichere Angelegenheit...«

Sein Blick wanderte zu dem Loch in der Wand der Bibliothek, und Barneys Augen folgten ihm. Sogleich war sein berufliches Interesse geweckt. Er glitt von dem Ledersitz und ging zur Wand hinüber, um sich das Loch genauer anzusehen.

»Grundgütiger Himmel, Herr Präsident! Das ist ja das Einschußloch von einer Kugel! Hat man einen Anschlag auf Sie verübt?«

»Einige Leute sind dieser Meinung. Andere glauben, daß es nur eine verirrte Kugel war. Aber es gibt auch noch eine dritte Möglichkeit, und sie ist auch der Grund, warum ich Sie hergebeten habe.«

»Was wollen Sie damit sagen?«

»Es gibt da etwas im Zusammenhang mit meinem Besuch in New Orleans, was Sie nicht wissen, Barney. Sehen Sie, nachdem ich an jenem Nachmittag Mr. Tapley verlassen hatte, also nachdem er sich mir offenbart hatte, wurde mir klar, daß die Geschichte, die er mir da erzählt hatte, noch immer . . . nun, unvollständig war.«

»In welcher Weise?«

»Er löste zwar das Rätsel des Brandes im Herrenhaus und konnte auch den Tod von vierzig armen Seelen erklären, aber das Problem war ja, daß eigentlich *ein*undvierzig Morde zu erklären gewesen wären. Deshalb kehrte ich auch nicht direkt nach New Orleans zurück, nachdem ich mich von Mr. Tapley verabschiedet hatte, sondern lenkte meine Schritte wieder zum Gästehaus, um noch einmal mit seinem Freund Jasper Douglas zu sprechen.«

Jener hatte hinter seiner Brille wie eine Eule mit den Augen gezwinkert, als er ihn wieder auf der Schwelle seiner Behausung erblickt hatte, und war zunächst der Ansicht gewesen, er habe etwas vergessen. In Wahrheit war genau das Gegenteil der Fall gewesen – Rud hatte sich an etwas erinnert.

»Ich verstehe nicht ganz«, sagte Mr. Douglas. Dann hellte sich sein Gesicht auf. »Es sei denn, Sie hätten Ihre Meinung geändert, was einen Beitrag zu meinem Buch anbetrifft, und . . .«

»Es hat in der Tat etwas mit Ihrem Buch zu tun«, sagte

Rud, als er eintrat. »Ich wollte Ihnen doch sagen, wie beeindruckt ich von Ihrem Streben nach absoluter Authentizität bin und von der beachtlichen Forschungsarbeit, die Sie geleistet haben. Es gab da nur etwas, was mich stutzig gemacht hat. Bei dem letzten Brief, den Sie mir gezeigt haben, dem an Mr. Goley.«

Jasper Douglas bot ihm einen Stuhl an, aber Rud zog es vor stehenzubleiben. Er ging zu den fleckigen Dokumentenkästen und ließ seine Finger mit gleichgültiger Miene, die über den Aufruhr in seinem Inneren hinwegtäuschen sollte, darübergleiten.

»Ich war überrascht«, sagte er. »Und zwar von der Tatsache, daß Sie nicht zu wissen schienen, wer Goley war, daß dieser Name nämlich das Pseudonym des Quäkers William Jemson war.«

Mr. Douglas zeigte nur die allerkleinste Andeutung einer Reaktion.

»Natürlich war mir das bekannt. Ich wollte Sie nur nicht mit einer langwierigen Darlegung langweilen.« Er lächelte. »Ich habe eine gewisse Neigung, mich allzu langatmig über Dinge dieser Art zu verbreiten.«

»Ich verstehe.«

Mr. Douglas nahm seine Brille ab und fing an, sie sehr sorgfältig zu putzen. »Ich habe natürlich von Jemson gehört. Er war ein ziemlich idealistischer Mensch. Bei einem seiner Feldzüge in den Süden wurde er von einem Plantagenbesitzer getötet. Aber es gab zu jener Zeit ja eine ganze Reihe von solchen heroischen Gestalten. Thomas Garrett, ebenfalls Quäker... bemerkenswerter Mann. Und natürlich die erstaunliche Harriett Tubman...«

»Aber auch wenn Sie nicht gewußt hätten, daß Jemson Goley war, Mr. Douglas, ...hätten Sie, wie mir scheint, den Brief doch weit besser verstehen müssen, als es der Fall war.«

»In welcher Hinsicht?«

»Barnaby Tapley sprach da von ›Paketen‹, die frei ›Bahnstation‹ geliefert werden sollten. Ich hatte keinerlei Schwierigkeiten zu verstehen, was er damit gemeint hat oder um was für eine Art von Geschäft es sich da gehandelt haben muß. Sie aber haben so getan, als sei das alles sehr verwirrend…«

»Ich fürchte, ich verstehe nicht ganz, worauf Sie hinauswollen, Mr. Hayes.«

»Sie hätten doch wohl mit einiger Sicherheit vermuten können, daß Barnaby Tapley Sklaven meinte, als er von ›Paketen‹ sprach. Und auch, daß ›Bahnstation‹ für das Herrenhaus stand. Wie hätte Ihnen das alles verborgen bleiben können? Oder haben Sie etwa… die Unwissenheit nur mir vorgetäuscht?«

»Wieso, um alles in der Welt, hätte ich das tun sollen?«

»Weil Sie nicht zu offenbaren wünschten, daß Sie, was das Herrenhaus anbelangte, die Wahrheit kannten. Daß es nämlich Sammellager der ›Untergrundbahn‹ gewesen war. Sie wollten vermeiden, daß ich irgendwelche Schlüsse zöge, aber das habe ich leider doch getan. Ich äußerte Mr. Tapley gegenüber meinen Verdacht, und er hat die Wahrheit gestanden. Daß es mehr als nur einen Erpresser in seinem Leben gegeben hat, nämlich Elly Dyer und Sie.«

Jasper Douglas setzte bedächtig seine Brille auf, wobei er seinem Gesicht gestattete, einen milden Ausdruck anzunehmen, und seinen Augen, wieder mit der ursprünglichen Wärme zu blicken.

»Sie sind ein intelligenter Mensch, Mr. Hayes. Ich interessiere mich nicht sehr für die Tagespolitik, aber ich habe das sichere Gefühl, daß ich bei der bevorstehenden Wahl meine Stimme Ihnen geben werde. Ich halte Sie für einen Mann, der bereit ist, sich... eine vernünftige Erklärung anzuhören.«

»Ja, ich bin bereit zu hören.«

Jasper Douglas faltete die Hände unter seinem bärtigen Kinn.

»Sie haben gehört, als was August Tapley mich bezeichnet hat, Mr. Hayes, nämlich als einen *Historiker*. Aber noch vor einem Jahr war ich nur ein verarmter, überalterter Gelehrter, der wie eine Ratte an den Rändern des großen Gobelins der Geschichte herumnagte... Bis etwas geschah. In Verfolgung meiner Leidenschaft stieß ich auf ein kleines, handgeschriebenes Bändchen, das zu der zusammengeplünderten Beute eines Unionssoldaten gehört hatte...«

»Das Tagebuch«, sagte Rud. »Die Aufzeichnungen von Barnaby Tapley.«

»Ja. Es kostete mich einige Zeit, seine so gut wie unleserliche Schrift zu entziffern, aber als mir das gelungen war, durchschaute ich auch das schändliche Geheimnis des Tapleyschen Herrenhauses.

Ich hatte nun verschiedene Möglichkeiten. Ich konnte mich großzügig zeigen und das Dokument den historischen Autoritäten übergeben. Ich konnte meine eigene Darstellung der Geschichte veröffentlichen und damit eine mäßige Berühmtheit erlangen. Oder ich konnte wahrhaft großherzig sein und das Büchlein den Leuten zurückgeben, die es am unmittelbarsten betraf, nämlich den Tapleys. In gewisser Weise habe ich auch genau das getan.«

»Das hatte aber seinen Preis«, sagte Rud.

»Ja, den einer Gegenleistung«, sagte Jasper Douglas. »Ich verlangte ihre Hilfe und Unterstützung bei meinem Bestreben, mich ganz der Historie zu widmen. Sie gaben mir ein Zuhause, sie gewährten mir Unterstützung, sie schenkten mir ihre Freundschaft...«

»So nennen Sie das?« fragte Rud.

»Sie können es auch Erpressung nennen, Mr. Hayes, wenn Sie das wollen. Für mich aber bleibt August Tapley ein Philanthrop, der eine Stiftung ins Leben gerufen hat, welche sich die Bewahrung der Vergangenheit angelegen sein läßt.«

»Aber da gab es doch noch ein Problem, nicht wahr? Diese ›Stiftung‹ war plötzlich bedroht, oder nicht? Als nämlich noch jemand hinter das dunkle Geheimnis des Tapleyschen Hauses kam.«

»Ich weiß nicht, wovon Sie sprechen«, sagte Jasper Douglas erstaunt.

»Ich spreche von Elly Dyer«, sagte Rutherford Hayes.

Barnaby Schemmerhorn lehnte sich so weit in seinem Stuhl zurück, daß er fast nach hinten gekippt wäre.

»Großer Gott, Mr. Hayes«, sagte er. »Meinen Sie, daß das die Erklärung ist?«

»Die Erklärung wofür?«

»Nun, für das, was Mr. Douglas widerfahren ist. Nach seiner Rückkehr von einer Reise, gestern abend...«

»Seiner Reise wohin?«

»Das weiß ich nicht. Er war einige Tage fort.«

»Wäre es denkbar, daß er nach Norden gefahren ist... vielleicht nach Ohio?«

»Das kann ich wirklich nicht sagen, Mr. Hayes. Alles, was ich weiß, ist, daß er gestern abend sehr spät in das

Gästehaus der Tapleys zurückgekehrt ist. Und gegen zehn Uhr hörten die Tapleys dann einen Schuß... Sie eilten zum Gästehaus und fanden Mr. Douglas an seinem Schreibtisch. Er hatte sich mit seinem alten 45er Colt in den Kopf geschossen. Der Colt hatte mal einem Offizier der Unionstruppen gehört. Mr. Tapley sagte, er sei ganz erstaunt gewesen, daß der überhaupt noch funktioniert habe...«

Rutherford Hayes saß zusammengesunken in seinem Sessel.

»In gewissem Sinne«, sagte er traurig, »könnte man ihn als den letzten in diesem Krieg abgegebenen Schuß ansehen...«

Am 5. März 1877 wurde Rutherford B. Hayes als 19. Präsident der Vereinigten Staaten in sein Amt eingeführt. Neben seiner Kutsche gingen sechs Sicherheitsbeamte, deren Aufgabe, so die Verlautbarung, es war, »aufmerksam nach Attentätern Ausschau zu halten, deren Ziel es ist, die Übernahme des Präsidentenamtes durch Mr. Tilden vorzubereiten.«

Rud Hayes war vollkommen ruhig.

Der Wochenendgast

Ich glaube, du gehst ein wenig hart ins Gericht mit ihr«, sagte Pat und lehnte sich an die Schulter ihres Mannes, während sie ihm eine zweite Tasse Kaffee einschenkte. Der dampfende Sturzbach heißer Flüssigkeit, der sich sprudelnd über den Boden der weißen Tasse ergoß, vermittelte ihr ein angenehmes, sonntägliches Gefühl. Max gab ein räusperndes Geräusch von sich, wandte jedoch den Blick nicht von der *New York Times*. Aber selbst dieses unaufmerksame Geknurre gehörte untrennbar zu dem schönen, schläfrigen, vertrauten Muster eines Sonntagmorgens. Sie fühlte sich viel zu wohl, um sich kritisch mit Joanna, ihrem Wochenendgast, auseinanderzusetzen, weshalb sie sich wiederholte: »Ich glaube, du machst gar nicht erst den Versuch, sie zu verstehen, Max. Sie ist bei weitem nicht so schlecht, wie du meinst.«

»Weiß Königin Elisabeth, daß ihr Zug in dreißig Minuten fährt?«

»Sie macht sich gerade zurecht. Und nenn sie nicht so. Ich finde, sie war das ganze Wochenende über eigentlich sehr lieb.«

»Du meinst, sie mochte deine Schonbezüge.«

»Na schön, das gehört halt dazu. Ich gebe zu, daß ich ein bißchen Anerkennung durchaus zu schätzen weiß. Und damit werde ich wahrlich überschüttet, von allen möglichen Seiten.«

»Anwesende eingeschlossen?«

»Na klar doch.« Der Toaster klemmte, und sie stand

schnell auf, um eine darin gefangen sitzende Scheibe Brot zu befreien. »Ich gestehe, daß mir bei dem Gedanken an dieses Wochenende auch nicht gerade sehr wohl war«, sagte sie und angelte, das warnende Hinweisschildchen auf dem Gerät mißachtend, mit einer Gabel nach dem eingeklemmten Toast. »Da ich Joanna kenne und so, hatte ich... nun ja, das Schlimmste eigentlich... erwartet. Es ging dann... alles aber doch besser, viel besser als gedacht, mußt du doch zugeben.«

»Was für Sätze sind denn das nun wieder«, murrte Max, lächelte jedoch dabei. »Du bildest die blödesten Konstruktionen, die ich je gehört habe.«

»Du hast meine Konstruktion mal sehr gemocht.« Sie kicherte. »Aber sie machte einen viel *entspannteren* Eindruck, wenn du weißt, was ich meine. Nicht ein Wort über Ted, seit sie hier angekommen ist. Ich glaube ehrlich, daß sie ihn aus ihren Gedanken verbannt hat.«

»Mach dir doch nichts vor. Joanna wird Ted auch in einer Million Jahren nicht verziehen haben. Hast du das schon mal erlebt bei einer verschmähten Frau?«

»Aber die Scheidung liegt jetzt schon fast ein Jahr zurück. Sie hat sich wahrscheinlich inzwischen anderen Männern zugewandt.«

»Na, wenn sie mit denen so umspringt wie gestern abend mit Joe Price...«

»Ach, ich fand sie eigentlich sehr nett.«

»Nett stimmt. Zum Heulen nett. Solltest du wissen wollen, warum ich gestern abend so viel getrunken habe, dann sei dir verraten, daß das der Grund war.«

»Ich denke, Joe mochte sie ganz gern.«

»Joe schaute ihr ganz gern in den Ausschnitt, ja.«

»Max!«

»Ach, hör doch auf.« Er legte die Zeitung hin. »Willst du die Augen vor der Wahrheit verschließen, he? Du magst ja der Meinung sein, daß sie deine allerbeste Freundin ist, aber jeder, der so was wie Augen im Kopf hat, kann doch unschwer sehen, daß sie dich haßt wie die Pest.«

»*Mich* haßt?«

»Jeden pummeligen Zentimeter von dir. Sie haßt deine verdammten Schonbezüge. Sie haßt mich. Sie haßt dein Mobiliar und deinen Teppich und dein Himmelbett und deine große, bemerkenswerte Schuhsammlung. Sie haßt Patty.«

»Jetzt hör aber auf! Joanna war ganz versessen auf Patty. Das ist wirklich ein blödes Männergequatsche, so was zu sagen. Wie kann jemand ein zweijähriges Kind hassen?«

»Das ist doch nicht schwer. Joanna hat ne ganze Menge Haß auf Lager. Sie haßt sogar Salty.« Er erinnerte sich an Salty und schaute unter den Tisch, um nachzusehen, ob der Hund noch dort war. Salty hechelte ihn liebevoll durch seine grau herabhängenden Zottelhaare an. Er schob dem Tier ein Stück Toast zu, als er sicher war, daß Pat es nicht sah. »Vielleicht klingt das alles etwas übertrieben, aber es entspricht dem, was ich wirklich über deine Freundin denke.«

Sie kam langsam zum Tisch zurück, setzte sich und kaute nachdenklich auf einem Stück Käse herum. »Ich weiß ja, daß an all dem was Wahres dran ist. Ich weiß, daß Joanna unglücklich ist über die Richtung, in die sich ihr Leben entwickelt hat. Da ist es doch nur natürlich, wenn sie sich auch ein bißchen über mich ärgert. Ich meine darüber, daß sich die Dinge für mich positiv entwickelt haben, für sie aber nicht.«

»Das ist durchaus menschlich«, sagte Max mit einem

Achselzucken. »Aber in ihrem Falle würde ich das Wort nur mit Vorsicht verwenden wollen.«

»Ich glaube einfach nicht, daß es so schlimm ist. Ich denke, Joanna ist aufrichtig froh, mich glücklich zu sehen. Ich denke auch, ihre Schwierigkeiten haben sie... na ja, verändert. Sie reifen lassen. Das meine ich schon.«

»Du bist ja so lieb«, sagte Max obenhin. Er blickte zu der Tür hinauf, in der Joanna erschienen war. Sie trug einen kleinen Koffer in der Hand und eine blaue TWA-Tasche, an der noch ein verblichener Aufkleber von Paris zu erkennen war. Ihr Make-up war die Vollkommenheit selbst, waren doch alle Falten, die bei der gestrigen Party zu späterer Stunde sichtbar geworden waren, kunstvoll beseitigt worden. Sie lächelte ihnen zu.

»Da bin ich. Hab ich den Zug schon verpaßt?«

»Du hast noch zwanzig Minuten«, sagte Max und betupfte seinen Mund mit einer Serviette. »Es braucht nur zehn, um dich zum Bahnhof zu bringen. Kommst du mit, Pat?«

»Oh, natürlich, wo hab ich bloß meinen Kopf?« sagte Pat und wedelte mit ihren Fingerspitzen. »Ich brauche nur eine Sekunde, um aus diesem Hauskleid rauszukommen. Du siehst hübsch aus, Joanna.«

»Danke«, sagte ihr Gast lachend, während Pat zur Treppe eilte.

»Vielleicht lasse ich lieber das Auto schon mal warmlaufen«, sagte Max und erhob sich. »Die alte Kiste wird ein wenig bockig, wenn der Morgen kühl ist. Du entschuldigst mich, Joanna?«

»Aber ja doch«, sagte diese, wobei sich ihr Lächeln ein ganz klein bißchen verbreiterte. »Hab ich wohl noch Zeit für eine Tasse Kaffee?«

»Bitte, bedien dich. Da ist noch genug in der Kanne.«

Max nahm seinen Überzieher von der Sofalehne und ging nach draußen. Als Joanna allein war, stemmte sie die Arme in die Seiten und betrachtete einen Augenblick lang die mit Schonbezügen bedeckten Möbel. Dann ging sie in die Küche, nahm die Kanne von der Kaffeemaschine und goß sich eine Tasse ein. Neben der Kaffeemaschine stand eine Glasschale mit Keksen. Sie nahm sich mit spitzen Fingern einen heraus und aß ihn geräuschvoll auf, was Salty anlockte, der aus seinem Versteck hervorkam und mit wedelndem Schwanz ihre Aufmerksamkeit auf sich zu ziehen versuchte. Sie sah gleichgültig zu ihm hinab, und der Hund gab ein kurzes Bellen von sich. Joanna runzelte die Stirn und wandte sich ab. Da bemerkte sie die kleine, kegelförmige gelbe Schachtel oben auf dem Küchenschrank und holte sie mit nicht sehr großer Neugier herunter. »Stopsie« stand darauf, und der Inhalt war dazu bestimmt, sich Mäuse aller Art vom Hals zu schaffen. Sie las die Anwendungshinweise, während sie ihren Kaffee schlürfte, und Salty kläffte sie erneut an. Sie blickte auf das kleine Tier hinab und nahm noch einen Keks aus der Schale. Als sich der Hund bettelnd an ihr Bein schmiegte, zögerte sie kurz und tauchte dann den Keks in die Öffnung der kegelförmigen Schachtel.

»Da, Salty«, sagte sie ruhig.

Der Hund erhob sich auf seine Hinterbeine, schnappte ihr den gelblich verschmierten Keks aus der Hand und fraß ihn schnell auf. Joanna hörte Pats Schritte auf der Treppe, und dann erschien auch schon die Gastgeberin, ein Handtäschchen schwingend. »Wir setzen uns wohl lieber mal in Bewegung«, sagte sie. »Nicht, daß die Züge so übermäßig pünktlich wären, aber man kann ja nie wissen.«

»Ich bin fertig«, sagte Joanna und lächelte das echteste Lächeln, das Pat an diesem Wochenende zu sehen bekommen hatte. »Jetzt bin ich fertig.« Und damit folgte sie Pat zur Tür.

Glück

Es war nicht das erste Mal, daß Philip in ein stilles Haus zurückkehrte – seine beiden Töchter waren auf dem College, und seine Frau besuchte ständig irgendwelche Lehrerkonferenzen in Boston oder Philadelphia. Aber als er an diesem Abend aus dem Krankenhaus heimkam, wurde ihm erstmals bewußt, daß die Stille ganz verschiedene Stimmen hat. Diese spezielle Stimme heute fand er beunruhigend, und er tat genau das, was er sonst immer seiner jüngsten Tochter Kit vorzuwerfen pflegte – er schaltete den Fernseher ein und füllte die leeren Räume mit dem Gequassel der Teilnehmer an einer Spiel- und Quizsendung. Dann ging er hinauf ins Schlafzimmer und fing an, die Sachen, um die Louise ihn gebeten hatte, in einen kleinen Koffer zu packen, wobei er hoffte, daß er in der Lage sein würde, den Unterschied zwischen dem blaugrünen und dem – das bitte nicht, denk dran – türkisfarbenen Nachthemd zu erkennen und auch das kleine Kosmetiktäschchen zu finden, von dem sie *meinte*, daß es sich in der mittleren Schublade der Frisierkommode befinden müsse, und wenn nicht dort, dann ganz bestimmt in der untersten. Es lag *auf* der Frisierkommode, und es bereitete keinerlei Schwierigkeiten, das blaugrüne Nachthemd zu finden, da es das einzige war, das im Schrank hing – das andere befand sich in der Wäscherei.

Im Kühlschrank fand er drei in Folie eingewickelte Gerichte – einen grünen Salat, ein Nudelgericht und einen fruchtigen Nachtisch. Louise hatte das alles offenbar ganz früh am heutigen Morgen fertiggemacht, bevor sie zum Krankenhaus aufgebrochen waren. Es war genau das, was sie, wie er ihr gesagt hatte, hätte lassen sollen, aber vielleicht hatte diese Betätigung ja auch eine therapeutische Wirkung gehabt. Er aß alle drei Portionen langsam auf und bemerkte dabei, daß sie einen schwach salzigen Beigeschmack hatten, den er als den eingetrockneter Tränen identifizierte. Als er fertig war, räumte er den Tisch ab und spülte das Geschirr eigenhändig ab, da er keine Ahnung von der kniffligen Bedienung der Spülmaschine hatte. Aber das machte ihm nichts aus. Auch Geschirrspülen war eine therapeutische Beschäftigung.

Das Alleinsein hatte einen wirklich großen Vorteil. Philip empfand nicht das leiseste Schuldgefühl, als er sich nach dem Abendessen in sein Arbeitszimmer begab und fast zwanzig Minuten lang in stiller, fast verzückter Betrachtung seiner Keramiksammlung zubrachte. Louise hatte in zwanzigjähriger Ehe gelernt, seine Obsession mit Nachsicht zu erdulden. Doreen, die ältere ihrer Töchter, war diesbezüglich mal belustigt und mal gleichgültig, wohingegen Kit ihrer Geringschätzung ganz offen Ausdruck verlieh – vielleicht eine Nachwirkung der Tracht Prügel, die sie im Alter von acht Jahren verabfolgt bekommen hatte, als sie trotz tausendfältiger Ermahnungen wie NICHT BERÜHREN, BITTE! eine seiner Meißner Porzellanfiguren an sich genommen und dann zerschmissen hatte.

Es war keine große Sammlung – weniger als sechzig Stücke. Es hatten zwar schon mal mehr als hundert auf den Regalen aus Walnußholz gestanden, aber dann war Philip irgendwann klar geworden, daß er beim ersten Anfall von Sammelfieber viel zu viele wertlose oder gar unechte Beispiele der Töpferkunst erworben hatte. Er war so zerschmettert gewesen wie seine Meißner Figur, als ihn ein Sammlerkollege mit apologetischem Lächeln auf seine Irrtümer aufmerksam gemacht hatte, und er hatte sich damals geschworen, kritischer zu werden. Das Bestreben, sich selbst zu einem Amateurexperten zu entwickeln, ließ das, was Louise die »Töpferwarenkluft« zwischen ihm und der Familie nannte, immer größer werden. Wenn er sich nicht gerade in Fachbücher vertiefte, dann durchstöberte er auf der Suche nach solchen die Buchläden. Wenn er nicht in Museen weilte oder andere Sammler am Ort heimsuchte, dann schrieb er lange, nicht selten streitlustige Briefe an Sammler in den Vereinigten Staaten und im Ausland. In Frankreich hatte er so viele Briefpartner, daß er sogar einen Französischkurs der örtlichen Volkshochschule besucht hatte, um seine Sprachkenntnisse aufzufrischen. Er protzte gern mit seinen linguistischen Großtaten herum, bis Louise anfing, ihn »Philippe« zu nennen und ihn so auf die Erde zurückzuholen. Das war typisch für Louise. Sie konnte ihn mit einer sanften Stichelei oder einem wissenden Lächeln in die süße Wirklichkeit zurückholen, eine der Eigenschaften, um derentwillen er sie liebte. Es gab noch viele andere. Der Gedanke an sie verschleierte ihm den Blick, so daß für einen Augenblick die Sèvres-Vase, die er gerade betrachtete, ganz milchig-trübe und formlos aussah.

Am nächsten Morgen wachte er noch vor dem Klingeln des Weckers auf, obwohl er diesen schon auf eine Stunde früher als üblich gestellt hatte. Er hatte Irma, seiner Sekretärin, gesagt, daß er sich den Tag frei nehmen wolle, aber jetzt fühlte er sich doch versucht, die gewonnene Zeit im Büro zu verbringen. Da war noch ein Plädoyer zu entwerfen und die Verteidigung eines Mannes vorzubereiten, der einen Fahrradunfall verursacht hatte, aber beides erschien ihm zu bedeutungslos, um den Auftakt zu einem Krankenhausbesuch darstellen zu können. Statt dessen beantwortete er lieber den Brief eines Händlers, der ihm unbedingt eine Teekanne aus St. Cloud verkaufen wollte, an deren Echtheit er zweifelte.

Als er Louises Krankenzimmer betrat, hielt seine Frau gerade einer jungen Krankenschwester eine Vorlesung über das Zerkochen von Gemüse, wohl inspiriert durch die Mahlzeit des Vorabends. Die Schwester lächelte und war ganz offensichtlich weit mehr an der Pulsfrequenz interessiert, die sie gerade maß. Als sie gegangen war, sagte Louise: »Sie ist jung verheiratet. Gott steh ihrem Mann bei, wenn sie so kocht wie die im Krankenhaus hier. Und warum bist du schon so früh da?«

»Ich hatte nichts Besseres zu tun«, sagte Philip.

»Nun, du wirst nicht lange bleiben können. Dr. Slocum meinte, ich würde an diesem Vormittag sehr viel zu tun kriegen.«

»Das ist schon in Ordnung. Es macht mir nichts aus, hier zu warten. Ich meine, hier *herumzuhängen*, wie Kit sagen würde.«

»Ich habe gestern abend mit Kit telefoniert, sie wollte heute nach Hause kommen. Ich habe ihr aber ganz entschieden abgeraten. Sie hat ihre Semesterabschlußprüfungen oder so was. Bei Doreen dagegen konnte ich nicht viel machen. Jemand von ihren Studienkollegen fährt nach Wisconsin runter, und sie fährt mit ihr mit. Oder mit ihm. Das hat sie nicht so genau gesagt.«

»Mit ihm, wie ich Doreen kenne.«

Sie nahm seine Hand. »Und wie ich *dich* kenne, Philippe, stehst du den lieben langen Vormittag allen Leuten hier nur im Weg oder trinkst fünfzig Tassen Kaffee in der Cafeteria, und das kann ich einfach nicht zulassen. Will ich auch nicht. Ich möchte, daß du in dein Büro gehst oder ins Kino oder sonst wohin, alles, nur sollst du nicht mit Trauermiene hier im Krankenhaus herumstehen, ist das klar?«

»Ich habe das Büro geschlossen, alle Filme schon gesehen, und es gibt einfach keinen anderen Ort, an dem ich sein *möchte*, als dieses Krankenhaus.«

»Aber es muß doch einen geben. Ja!« Sie drückte seine Hand. »Ich weiß einen. Das ist der perfekte Aufenthaltsort für dich! Das griechische Antiquitätengeschäft.«

»Ich bin auch schon bei dem Griechen gewesen«, sagte Philip. »Ich war gerade letzte Woche dort. Hab da diese Majolikaschale gekauft, erinnerst du dich? Ach nein, ich glaube, das war schon vor zwei Wochen.«

»Na bitte!« sagte Louise triumphierend. »Zwei ganze Wochen der Selbstverleugnung! Du mußt doch inzwischen schon Entzugserscheinungen haben. Ich möchte, daß du dorthin gehst, Phil, ich möchte, daß du dir all die Prachtstücke da anschaust, den üblichen Streit mit Nick hast und vielleicht irgendwas Wunderbares findest. Du weißt, daß du das viel lieber tun würdest, als hier in diesem deprimierenden ollen Krankenhaus auf und ab zu laufen – *rumzuhängen*. Du würdest das doch sogar noch lieber tun als *essen*, verflixt nochmal.«

Philip lachte. Das stimmte natürlich. Der Laden von N. Kropolos war das einzige ordentliche Antiquitätengeschäft der ganzen Stadt, und Nick war zwar von erschreckender Unwissenheit, was die Kunst der Keramik anging, hatte aber ein gutes Auge für englische und europäische Möbel – obwohl das Geschäft angesichts seiner geographischen Lage eher mit amerikanischem Mobiliar des 18. Jahrhunderts, mit Bettwärmern, Preßglas und dem nicht genauer zu klassifizierenden Gerümpel erst kürzlich leergeräumter Dachkammern vollgestopft war.

»Ich bliebe trotzdem lieber hier«, sagte Philip. »Ich würde mich so viel wohler fühlen, wenn ich hierbleiben könnte.«

»Nein, du würdest dich ganz bestimmt schlechter fühlen. Und *ich* mich ebenfalls, weil ich ja wüßte, wie du dich fühlst. Wenn das nicht Logik ist, was dann?« Sie küßte seine Hand. Diese Geste beschwor die Gefahr herauf, daß ihm wieder die Tränen kamen, weshalb er Zuflucht zu einer gewissen Schroffheit nahm.

»Okay, okay«, knurrte er. »Wenn's das ist, was du haben möchtest, Schätzchen, dann sollst du's eben haben. Aber komm dann bloß nicht angeweint, wenn ich mein nächstes Honorar für irgend so eine hübsche griechische Vase auf den Kopf haue.«

Louise zwinkerte mit den Augen. »Was kostet denn so eine griechische Vase?«

»Oh, so zwei-, dreihundert Dollar, es sei denn, sie steckte voller Goldmünzen.«

Sie lachten beide, wie sie das bei diesem alten Scherz immer taten, und Philip drückte sie zärtlich an sich. Seine Finger fuhren durch die Öffnung ihres vom Krankenhaus gestellten Leinenhemdes und berührten die kühle Haut ihres Nackens. Die Knochen ihres Rückgrats waren so winzig wie die eines Kindes. Sie spielte eine so große Rolle in seinem Leben, daß Philip manchmal ganz vergaß, was für eine kleine Frau sie doch war.

Nick zuckte zur Begrüßung Philips nur kurz mit den Augenbrauen. Diese waren so ausdrucksstark wie der Rest seiner Gesichtszüge – zwei haarige graue Raupen über Augen, die so dunkel waren wie schwarze Oliven. Als Philip hereinkam, sprach Nick gerade mit einem Kunden, welchem er die vielfältigen Möglichkeiten pries, wie ein zerbeulter Kupferkessel zu nutzen wäre. »Als Übertopf, als Badewanne für den Hund, als Holzbehälter für den Kamin…« Er zwinkerte Philip zu, als der Kunde nach iner Brieftasche griff.

»Bonjour, mein Freund«, sagte er, als der Handel abgeschlossen war. »Wie geht es Ihrer großartigen Frau?«

Philip lachte und beschloß, nicht auf Louises Gesundheit einzugehen. »Wie geht's dem Schrottplatz?« fragte er und meinte damit jenen Raum, der einmal eine geschlossene Veranda gewesen war und in dem Nick seine nicht klassifizierten Waren lagerte.

»Ne Menge neues altes Zeug«, sagte Nick. »Der Kerl, dem das Haus an der Merchant Street gehörte, ist gestorben, und seine Gören verkaufen den ganzen Besitz. Ein paar hübsche alte Flaschen, falls Sie Interesse daran haben.«

»Ich schau's mir mal an«, sagte Philip ohne allzu große Begeisterung.

»Sie bringen heute nachmittag noch mehr. Lampen und Vasen und Zeug aus dem Wohnzimmer. Das ist schon eher was für Sie, nicht wahr?«

»Sie wissen doch ganz genau, was ich suche, Nick.«

»Jawoll, das weiß ich«, kicherte der Händler, und sein struppiger Schnurrbart zuckte. »So ne nette alte ägyptische Kanne, ein paar Millionen wert… Hören Sie, wenn Sie mal Zeit hätten, würde ich gerne mal mit Ihnen über meinen Pachtvertrag reden. Der Vermieter macht mir wegen dem Anbau hinten das Leben schwer...«

»Klar doch«, sagte Philip. »Irgendwann später in der Woche. Heute habe ich die Kanzlei dichtgemacht.«

Nick fragte nicht nach dem Grund und war bald viel zu beschäftigt, um das nachzuholen. Eine junge Frau in schmutzigen Jeans kam in den Laden, gefolgt von einem jungen Mann, dessen Jeans noch schmutziger und dessen Haare noch länger waren. Er war ganz offenkundig ihr Träger, denn er schleppte einen Pappkarton, in dem ursprünglich Pakete mit Wäschebleiche gewesen waren. Jetzt aber war er vollgestopft mit den verschiedenartigsten Gegenständen, unter ihnen eine ganz fraglos sehr häßliche Tischlampe und andere Dinge, die klirrend gegen sie stießen. Philip dachte sich, daß das die Delegation aus der Merchant Street sein mußte, die gekommen war, um weitere Erbstücke gegen Taschengeld einzutauschen. Er begab sich in den »Schrottplatz« genannten Raum und bahnte sich behutsam einen Weg durch das Labyrinth, das ein Mahagonibett, dem ein Pfosten fehlte, eine alte Wiege und ein halbes Dutzend Tische und Kommoden bildeten. Auf dem Boden standen noch mehr Pappkartons, darunter ein weiterer, in dem mal Wäschebleiche gewesen war, woraus Philip schloß, daß der Verblichene eine ungewöhnlich große Vorliebe für Weißer-als-weiß-Wäsche gehabt haben mußte.

Ohne viel Hoffnung auf große Entdeckungen sah er die Kartons durch und fand darin den Beleg für einen vollkommen ungeschulten Geschmack. Souvenir-Aschenbecher schmiegten sich an ganz passable chinesische Lackkästchen, Gipsengel kuschelten sich an Steinfiguren, die sehr wohl präkolumbianisch hätten sein können (Philip verstand nichts von diesem Genre). Da gab es einen Silber-kasten mit Gravur, in dem sich noch immer ein Päckchen vertrockneter Zigaretten befand, und einige sehr hübsche Schmuckstücke aus Emaille, die von Lalique hätten stammen können. In einem anderen Karton fand Philip die Fla-schen, die Nick erwähnt hatte. Neben alten Rumflaschen und Hustensaftgläsern gab es da auch ein paar historische Stücke, die so unterschiedliche Persönlichkeiten wie Jenny Lind und William Henry Harrison darstellten. Als Samm-ler war der alte Mann in der Merchant Street wohl das gewesen, was man einen Eklektiker nennt. Allein die Töp-ferkunst schien er übergangen zu haben. Dann erinnerte sich Philip aber an den zweiten Bleichmittelkarton in den Händen des langhaarigen jungen Mannes und kehrte zu Nick in den Laden zurück.

Das jugendliche Paar war schon wieder fort, und Nick war dabei auszuprobieren, ob die Lampe noch funktio-nierte oder nicht. Sie tat's. Die 100-Watt-Birne beleuch-tete einen blauen Porzellanfuß, den Philip als frühes Woolworth identifizierte, während Nick vor allem davon angetan zu sein schien, daß das Ding überhaupt noch Licht spendete. Er grinste Philip an und sagte:

»Ich glaube, diese jungen Leute haben mich ganz schön ausgenommen. Achtzig Dollar bin ich für den Kasten los-geworden. Was halten Sie von der Lampe? Ist die nun aus einer Ming-Vase hergestellt worden, oder was?«

»Sie ist unvollkommen genug«, sagte Philip mit einem Lächeln. »Die Ming-Vasen sind Fließbandprodukte, grad so wie die hier.«

»Ich weiß, ich weiß«, knurrte Nick grimmig. »Ich hab mir den Boden schon angesehen. Made in Illinois.« Er sah in den Karton, nahm eine kleine, teilweise mit Blattgold verzierte Vase, einen Tonkrug mit einer großen roten Blume aus gebrannter Emaille und eine Schale heraus, deren türkisfarbene Glasur genau der Farbe von Louises Nachthemd entsprach, das er irgendwann später in der Woche aus der Wäscherei holen sollte. Und es war diese Farbe, die Philip die Schale aufnehmen und in ihr Inneres hineinblicken ließ. Eine klebrige, pastenartige Substanz bedeckte etwas, was wie eine Miniatur aussah. Er schnupperte daran – das Zeug roch süßlich.

»Beschnuppern Sie die Sachen immer erst, bevor Sie was kaufen, mein Verehrtester?«

»Wer sagt denn, daß ich was kaufe?«

»Sie können doch nicht hier reinkommen, ohne was zu kaufen. Dazu kenne ich Sie zu gut.« Er hielt den Krug aus Steinzeug auf der flachen Hand in die Höhe. »Schauen Sie sich das an! Stammt wahrscheinlich aus Mesopotamien oder irgendwo da her. Was sagen Sie zu der Blume? Prachtvoll, was? Wenn Sie schon an was riechen wollen, dann probieren Sie's mal damit.«

»Bonbons«, sagte Philip, die Nase in der türkisfarbenen Schale. »Sie haben sie als Bonbonniere benutzt.«

»Das ist doch genau das, was Sie brauchen. Eine hübsche Bonbonniere«, sagte Nick. »Wie wär's damit? Ich lasse sie Ihnen für... na, für achtzig Dollar.«

Philip lachte. »Die haben Sie doch gerade für diesen ganzen Kasten voller Gerümpel gezahlt!«

»Der Mensch muß halt auch so was wie Gewinn machen... also gut, sagen wir zwanzig.«

»Ich denke darüber nach«, sagte Phil lächelnd. Nick aber konnte nicht mehr länger auf eine Entscheidung warten, denn soeben war ein weißhaariges Ehepaar eingetreten, welches ihn zu dem Schluß gelangen ließ, daß es sich um ernstzunehmende Kunden handelte. Er überließ folglich Philip sich selbst, was diesem Gelegenheit gab, sich von Nicks Tisch einen verkrusteten Spatel zu holen. Damit bearbeitete er die klebrige Masse am Boden der Schale und löste sie vorsichtig ab. Nun wurde ein Reiter sichtbar, zweifellos ein persischer, ein Krieger, der sich seiner Feinde mit einer langen, silbernen Lanze erwehrte. Philip erstaunte die Klarheit der Farben – und noch weit mehr ihre Vielfalt. Sein erster Gedanke war, daß es sich bei dem Stück um eine sehr gut gemachte Kopie handelte. Da es so viele Farben aufwies, *mußte* es einfach jüngeren Datums sein. Und doch, und doch... Die Schale fühlte sich anders an... sie hatte ein Gewicht, eine Stimmung, eine Ausstrahlung, die nicht der Gegenwart entstammten. Seine Fingerspitzen kribbelten. Er merkte, daß er schwer atmete. Er besah sich die Schale erneut, drehte sie herum, dann noch einmal und fing an, die einzelnen Farben aufzuzählen. Rot, Blau, Grün, Weiß, Purpur und federleichte Spuren von Blattgold. Einfach wunderschön! Sie leuchteten jetzt so lebhaft. Wenn man die Schale gründlich säuberte, dann würden sie wie Edelsteine strahlen!

Da fiel ihm das Wort ein. Das war *minai*. Eine Maltechnik des 12. Jahrhunderts. Die Farben wurden auf gebrannten und glasierten Ton aufgetragen und dann durch nochmaliges Brennen fixiert. Gegenstände, deren Verzierungen in dieser Technik hergestellt worden waren, hatte man vor allem in Rai in der Nähe von Teheran gefunden. Er hatte schon Fotografien davon gesehen, aber keine hatte auch nur annähernd die Vollkommenheit wiedergegeben, die er da in seinen zitternden Händen hielt. Nick Kropolos hatte besser geraten, als ihm bewußt gewesen war – das Schälchen jedenfalls war mesopotamisch oder zumindest doch persisch, und es war sehr alt. Es war schon vor Dschingis Khan dagewesen. Es war vollkommen! Vollkommen und kostbar und unglaublich selten. Und wertvoll. Der Himmel allein mochte wissen, wie wertvoll! Ein so leidenschaftlicher Sammler wie Philip, der immer wieder seine Mittagsmahlzeiten drangab, um das Geld für ein besonderes Stück zusammenzusparen, mußte einfach das berauschende Gefühl der Habgier verspüren. Er blickte in die Tiefen der Schale und sah dort plötzlich noch andere Bilder neben dem des persischen Kriegers. Er sah bezahlte Krankenhausrechnungen, ein neu hergerichtetes Wohnzimmer, ein funkelndes neues Auto in der Garage, drei weitere Jahre Unterricht für Kit und ... ja, was noch? Das käme ganz darauf an. Wieviel mochte die Schale wohl wert sein? Er wußte, daß die Preise wilden Schwankungen ausgesetzt waren, aber er wußte auch, daß sie dennoch steigen und immer weiter steigen würden – Kunst und Kunstgegenstände von Wert wurden immer rarer und immer begehrter. Hatte er nicht gerade einen Artikel im *Antique Collector's Journal* über eine etruskische Vase gelesen, die ein Sammler für *eine halbe Million Dollar* erworben hatte? Sein Herz schlug so heftig, daß er schon meinte, Nick müsse es quer durch den ganzen Raum hören können.

»Habe ich Duncan Phyfe gesagt?« war Nicks Stimme von der anderen Seite des Verkaufsraumes her zu vernehmen. »Natürlich meine ich Arnold Phyfe, seinen Cousin zweiten Grades.« Er lachte laut und mit ihm das weißhaarige Ehepaar, das seinen Spaß daran zu haben schien, wie er da den Stuhl mit der leiterförmigen Rückenlehne zum Kauf anpries. Philip jedoch vermochte nicht zu lächeln – er schwitzte. Er stellte die Schale auf den Ladentisch und zog seine Brieftasche heraus. Darin steckte zu alleroberst und gleichsam wie ein Omen ein glatter, neuer Zwanzig-dollarschein. »Aber ja doch, schauen Sie sich nur um, schauen Sie sich in Ruhe um«, sagte Nick. »Ich habe im hinteren Raum noch mehr Stühle. Was ich den Schrott-platz nenne. Lassen Sie sich ruhig Zeit.« Philip blickte auf und sah Nick auf sich zukommen, sah ihn den Zwanzig-dollarschein angrinsen, den er in der Hand hielt.

»So ist es recht«, sagte Nick. »Ich wußte doch, Sie wür-den nicht widerstehen können, mein Teuerster. Nehmen Sie's mit nach Hause und waschen Sie's gründlich aus.« Er zog Philip den Geldschein aus der Hand. »Aber tun Sie mir einen Gefallen. Stellen Sie's nicht irgendwo ins Regal, auf daß es dort verstaube. Das ist eine Bonbonniere, also tun Sie auch Bonbons rein. Louise wird es gefallen.«

»Ja«, sagte Philip. »Louise wird es gefallen.«

Er sah zu, wie der Händler die Schale ohne jede Feier-lichkeit in eine braune Papiertüte fallen ließ. Als Nick ihm diese überreicht hatte, drehte er sich um und ging zur Tür, wobei er sich jeden einzelnen Schrittes bewußt war, den er tat.

An der Tür angekommen und die Hand schon auf der Klinke, zögerte er.

»Was ist los?« rief Nick. Philip antwortete nicht. »Irgendwas vergessen?« fragte Nick.

»Ja«, sagte Philip, »um ein Haar.« Er sah auf die Papier-tüte in seiner Hand und kehrte dann zum Ladentisch zu-rück. Er nahm die Schale heraus und übergab sie Nick. »Hier«, sagte er. »Sehen Sie sich mal genau an, was Sie mir da eben verkauft haben.«

»Oh, nur das nicht«, sagte Nick argwöhnisch. »Gekauft ist gekauft, Philipo, das wissen Sie doch.«

»Sehen Sie sich das Bild da an«, sagte dieser matt. »Und

wenn Ihnen das Bild nichts sagt, dann beschaffen Sie sich ein Buch über persische Keramik. Schauen Sie unter *minai* nach. Informieren Sie sich über die Funde bei einem Ort namens Rai.«

»Wovon reden Sie eigentlich?«

»Sie sind ein reicher Mann, Nick. Vielleicht möchten Sie auch diese beiden jungen Leute reich machen, das Mädchen mit den Jeans und den Jungen mit den langen Haaren. Auch die wußten nicht, was sie da hatten. Ich aber weiß es. Geben Sie mir also meine zwanzig Dollar wieder und nehmen Sie die Schale.«

In den Augen von Nick Kropolos ging ein Licht an. Er hob das Schälchen mit spitzen Fingern hoch und starrte ehrfurchtsvoll in die Tiefen seines Inneren hinein.

Dr. Slocum war in Louises Krankenzimmer, nicht aber Louise. Der Arzt telefonierte, und Philip bekam gerade noch seinen letzten Satz mit. Er war sehr erleichtert, daß es bei dem Gespräch nicht um seine Frau ging. Dr. Slocum erklärte jemandem – wahrscheinlich einem Mechaniker – die Probleme, die er mit seinem Getriebe hatte. Philip wußte nicht so recht, ob er sich diesen prosaischen Gedankenaustausch zum Trost gereichen lassen sollte oder nicht.

Dann aber legte Dr. Slocum auf und sah ihn an.

»Ihre Frau ist noch auf der Wachstation, hat man Ihnen das nicht gesagt?«

»Doch«, sagte Philip. »Aber das war auch alles.«

»Beruhigen Sie sich.« Der Arzt blickte ihn mit einem herzerwärmenden Lächeln an. »Sie ist vollkommen in Ordnung. Es wird ihr nicht mehr bleiben als eine winzigkleine Narbe. Und es war gutartig. Ganz und gar gutartig.«

»Ja«, sagte Philip wie im Traum. »Ja ... natürlich war es das.«

»Diese Dinge sind halt Glücksache«, sagte Dr. Slocum.

»Ja«, sagte Philip. »Ich erinnere mich, vor ganz kurzer Zeit dasselbe gedacht zu haben. Daß man an einem einzigen Tag so viel Glück haben kann!«

Champi und Knolle

Champi hing sein Spitzname sein ganzes Leben lang an, sein Bruder dagegen stellte sich am Tage seines Einzuges im College als Wally vor, sehr erleichtert darüber, endlich unter Fremden zu sein, die nicht wußten, daß er auch »Knolle« genannt wurde. Und denjenigen, die es wußten, war nur in den wenigsten Fällen die Herkunft dieses Namens bekannt. »Knolle« stand für Knollenblätterpilz.

Eines Abends war Knolle so entspannt, daß er einem Stubenkameraden, einem großen Sportsmann, dem sein eigener Spitzname »Schweißfuß« überaus verhaßt war, die Entstehung des Namens »Champi« erklärte.

»Daran war mein Bruder selbst schuld«, sagte er mit düsterem Gesichtsausdruck. »Mein Zwillingsbruder Dave. Als wir dreizehn waren, antwortete er auf eine Anzeige in so einem Käseblatt, in der von ›Riesenchampignons in Ihrem Keller‹ die Rede war. Er dachte sich, er würde reich werden, wenn er nur diese verdammten Dinger anbaute.«

»Ich hatte einen kleinen Bruder, der war genauso«, sagte Schweißfuß und kicherte. »Das war vielleicht ein Blödmann! Deiner verlor sein letztes Hemd dabei, was?«

»Das ist eben das Ulkige an der Geschichte«, sagte Knolle. »Dave war wirklich *gut* darin. Überall standen in unserem Keller diese Kästen mit dem muffig riechenden Humus rum, und dann fingen plötzlich diese weißbräunlichen Schirmchen an, zu Hunderten hochzukommen. Da zog er los und verkaufte sie in der ganzen Stadt. Sogar die Lebensmittelläden bezogen sie am Ende von ihm. Im allgemeinen machte er so zehn, zwanzig Dollar pro Woche, dieser geldgeile kleine Scheißer. Aber ich bekam keinen Cent davon zu sehen. Ich, sein eigener Zwillingsbruder!«

»Hm, ich mag Pilzomelett«, sagte Schweißfuß verträumt. Er dachte immer nur ans Essen.

»Na, jedenfalls kam er so zu seinem Spitznamen ›Champi‹. Wie ich zu dem meinen gekommen bin, ist wieder eine ganz andere Geschichte.«

Und keine sehr schöne, aber Knolle erzählte sie nicht. Es war an jenem Tage passiert, als Champi den Großauftrag vom Lebensmittelhändler Waldstein bekommen hatte, der ihm glatt 200 Dollar eingebracht hätte – genug, um davon das Fahrrad mit Zehngangschaltung kaufen zu können, auf das Champi (und Knolle) so scharf gewesen war. In einem sich als lustiger Streich tarnenden Anfall gehässiger Mißgunst hatte Knolle eines Abends, als es sehr heftig regnete, die Abflußrohre verstopft. Der Keller war abgesoffen – und mit ihm die gesamte Champignonzucht. Der Vater hatte Knolle für diesen Jux eine ordentliche Tracht Prügel verabfolgt, aber es war Tante Rhoda gewesen, die für die bleibende Verletzung gesorgt hatte. Sie hatte nämlich zu seinen Eltern gesagt:

»Also, die Leute behaupten ja immer, eure Jungs glichen sich wie ein Champignon dem anderen.« Hier hatte sie die Nase gerümpft. »Aber wenn ihr mich fragt, dann ist Wally wohl eher so ein giftiger *Knollenblätterpilz.*«

Von diesem Tage an hatte Champi seinen Bruder nur noch »Knolle« genannt, und irgendwie hatte dies dann das ganze Städtchen Fairfield übernommen. Und so waren sie zu Champi und Knolle geworden – und für den Rest ihres Lebens zu erbitterten Feinden.

Als er älter wurde, verlor Champi sein Interesse an der Pflanzenzucht. Er entdeckte einträglichere Betätigungsfelder für seinen geschäftstüchtigen Kopf. Nachdem er seine Collegeausbildung abgeschlossen hatte, lieh er sich bei einer Bank das Geld für den Aufbau eines Kraftfahrzeughandels und übernahm den Vertrieb eines winzigen japanischen Autos, über das Knolle nur lachen konnte. Champi lachte mit, lachte auf dem ganzen Weg bis zur Bank, der er schon nach einem Jahr den aufgenommenen Kredit zurückzahlen konnte. Er baute nun nichts mehr an, sondern gab Kunststoffprodukten den Vorzug vor lebenden Gewächsen – auch Champignons schenkte er keinen Blick mehr, es sei denn in Feinschmeckerlokalen. Und Champi konnte es sich durchaus leisten, an jedem Tage der Woche in ein Feinschmeckerlokal zu gehen, als er das Alter von 30 Jahren erreicht hatte. Da war er reich – und er war Junggeselle. Auch Knolle war noch Junggeselle, und er sah noch genauso aus wie sein Bruder – aber weiter reichten die Ähnlichkeiten nicht.

Knolle hatte sich nicht auf den Weg des freien Unternehmertums begeben. Er war, dem Vorbilde des Vaters folgend, in eine große Firma eingetreten. Er hatte hart gearbeitet, sich anständig gekleidet, keine Besprechung je versäumt und stets zu den richtigen Leuten »ja« gesagt. Er war auf der Stufenleiter der Positionen und Gehälter beständig weiter nach oben geklettert – und nach der Feier seiner fünfjährigen Betriebszugehörigkeit gefeuert worden. Man gab dafür keinerlei Begründung, sondern beließ es bei dem allgemeinen Hinweis auf die »wirtschaftliche Lage«. Es dauerte sechs Monate, bis er einen auch nur annähernd vergleichbaren Job gefunden hatte, was ihn überängstlich hatte werden lassen, so daß er nun zu den falschen Leuten »ja« zu sagen anfing. Noch vor der Auszahlung des Weihnachtsgeldes stand er wieder auf der Straße. Ein Jahr später sah er sich gezwungen, den Job eines Verkäufers anzunehmen – da stand er dann hinter dem Ladentisch eines Schallplattengeschäfts. Das Gehalt war nicht toll, aber er bekam auf alle Platten einen Preisnachlaß von zwanzig Prozent. Das Unglückliche daran war nur, daß Knolle Musik verabscheute.

Der Musik galt allerdings nicht sein größter Abscheu. Der galt dem Zwillingsbruder und seinem ärgerlichen, geradezu irritierenden Erfolg.

Knolle war erleichtert, als Champi nach Los Angeles zog, um den fernöstlichen Quellen seiner gleichbleibend hohen Einkünfte näher zu sein. Knolle folgte ihm zwei Monate später nach. Er wollte sich nicht eingestehen, daß sein eigener Umzug an die Küste etwas mit dem seines Bruders zu tun haben könnte – er glaubte lediglich, daß sich ihm in den sonnenbeschienenen Bürogebäuden von LA bessere Chancen eröffnen würden. Wochenlang bewarb er sich auf Stellenanzeigen hin, aber ein Erfolg blieb ihm versagt. Einsam und mittellos, verbrachte er Abend für Abend am Strip, wo er sein Arbeitslosenelend mit beschäftigungslosen Schauspielern teilte. Als seine mageren Ersparnisse zu Ende gingen, rief er zähneknirschend den guten alten Champi an. Und der gute alte Champi forderte – alles in allem ein bißchen zu freundlich – den Bruder auf, doch mal bei ihm vorbeizukommen.

Knolle erstarb die Begrüßung auf den Lippen, als er die Wohnung Champis betrat. Sie befand sich in der 34. Etage eines Hochhauses am Wilshire Boulevard, das erst vor einem Monat bezugsfertig geworden war. Eine ganze Wand aus Glas gab den Blick frei auf das Panorama der

Hollywood Hills. Der Fußbodenbelag war ein Meer weicher Flauschigkeit, das sich nahtlos in alle Räume ausdehnte. Die ganze Einrichtung war in rosa-beige und lederbraun gehalten, wobei die Akzente in Farbschattierungen gesetzt waren, die Knolle gar nicht zu benennen wußte. In gewissem Sinne hatte auch Champi einen neuen Anstrich erhalten. Er hatte sich einen modischen Schnauzbart zugelegt und damit ihrer spiegelbildlichen Ähnlichkeit die Wirkung genommen.

Schließlich gelang es Knolle aber doch, sich ein Lächeln und ein Kompliment abzuringen.

»Ich dachte, du wärst gerade erst hier eingezogen«, sagte er. »Wie hast du das bloß geschafft, die Wohnung so schnell einzurichten?«

»Na ja, mir ist da ein bißchen geholfen worden«, grinste Champi. »Stellte sich raus, daß die Dame von nebenan bei einem Innenarchitekten arbeitet.«

»Du hast schon immer Glück gehabt«, sagte Knolle säuerlich. »Dir sind die Dinge immer einfach so zugeflogen, Champi.«

»Die Dekorateurin selbst ist übrigens auch ganz schön dekorativ. Und alleinstehend. Diese Stadt wimmelt wirklich von gut aussehenden Frauen, die allein leben. Ist dir das auch schon aufgefallen?«

»Ich habe noch keine kennengelernt«, sagte Knolle niedergeschlagen. »Und wenn mir eine begegnet wäre, dann hätte ich nicht einen Cent für sie ausgeben können.« Er preßte die Lippen zusammen und verfluchte sich, weil er von Geld gesprochen hatte. Er hatte vermeiden wollen, daß sein Bruder erfuhr, wie pleite er war. Er war wild entschlossen, jedes Angebot Champis, ihm Geld zu leihen, dankend abzulehnen. Ihm schwebte ein weitaus besseres

Drehbuch vor, auch wenn die einzelnen Einstellungen noch ziemlich verschwommen waren. Er hoffte, das in ihrer Kindheit so schwach entwickelte brüderliche Verhältnis zu stärken, eine sentimentale Gestimmtheit zu befördern, die Champi zu dem Vorschlag anregen würde, er, Knolle, solle doch in sein Geschäft eintreten, sein Los mit ihm teilen – ein Los, das nicht mehr nur von japanischen Importen bestimmt wurde, sondern dazu noch von einigen hundert Gebrauchtwagen.

Aber Champi gab Knolle nicht die geringste Gelegenheit, zu seiner großherzig verzichtenden Geste anzusetzen. Er griff durchaus nicht nach seiner Brieftasche, bot ihm keineswegs ein Darlehen an, machte nicht die leiseste Andeutung, daß er seinem Zwillingsbruder auf die eine oder andere Weise behilflich sein wolle. Nach einer Stunde müßigen Geplauders schaute er auf die Rolex an seinem Handgelenk und verkündete, er habe noch eine Verabredung.

»Das Mädchen von nebenan?«

»Ist unsere erste«, griente Champi. »Gehe mit ihr ins *Ma Maison*. Um mich für die Beratung erkenntlich zu zeigen. Warst du schon mal im *Ma Maison*?«

»Hast du mir gar nicht zugehört?« sagte Knolle aufgebracht und vergaß sein Drehbuch. »Ich weiß nicht, wo ich meinen nächsten Hamburger herkriegen soll, Champi! Wie kannst du mir da mit piekfeinen Restaurants kommen?«

Champi schien diesen Ausbruch überhaupt nicht bemerkt zu haben. »He, das war wirklich nett«, sagte er und schlüpfte dabei aus seinen Hausschuhen heraus und in ein Paar Straßenschuhe aus Schlangenleder hinein. »Wie in alten Zeiten, was?«

»Ja«, sagte Knolle bitter, »wie in alten Zeiten.«

Als Knolle die Eingangshalle verließ, schwebten seine Gedanken wie eine schwarze Wolke über seinem Kopf – wie eine pilzförmige schwarze Wolke. Er kehrte nach Einbruch der Dunkelheit in sein Motelzimmer zurück, wobei er sein Auto ein Stück weiter entfernt auf der Straße stehen ließ, um nicht die Aufmerksamkeit des Managers zu erregen, dem er noch die Miete für zwei Monate schuldete. Er schlief sehr fest und erwachte erst spät, stand aber nicht auf. Er blieb zwischen den zerwühlten, schweißfeuchten Bettüchern liegen, zu mutlos, um sich zu rasieren, zu duschen und einem weiteren bedeutungslosen Tag zu stellen. Er hatte bislang nie so recht nachvollziehen können, wie Menschen, denen noch ein Fünkchen Hoffnung geblieben war, an Selbstmord denken konnten, aber nun, da ihm auch dieses letzte Fünkchen genommen war, fing er an, sie zu verstehen. Er schüttelte diese Gedanken schnell ab. Es gab ja schließlich noch andere lebenserhaltende Empfindungen. Er hatte nämlich entdeckt, daß auch der Abscheu dem Leben einen Sinn zu geben vermochte.

Den Tiefpunkt hinter sich lassend, legte er sich zurück und dachte nun als unbeteiligter Beobachter über das soeben Gedachte nach. Wie hätte er sich selbst umgebracht? Was hätte er auf den zu hinterlassenden Zettel geschrieben? Würde Champi irgend etwas empfinden? Würde er sich schuldig fühlen, beschämt oder bekümmert sein? Würde er um seinen toten Zwillingsbruder trauern? Oder würde er sich befreit, erleichtert, gänzlich heil fühlen? Er selbst hätte wohl etwas dieser Art empfunden, wenn Champi da tot in diesem schäbigen, von den Ausdünstungen der Verzweiflung erfüllten Raum gelegen hätte.

Aber Champi würde sich natürlich niemals umbringen. Champi hatte es geschafft, Champi hatte alles, was er, Knolle, gern gehabt hätte...

Mittags lag Knolle noch immer im Bett und war ganz überrascht, als er feststellte, daß er das Frühstück ausgelassen hatte, ihn aber dennoch kein Hunger quälte. Erregung war an die Stelle des Appetits getreten. Und was ihn erregte, das war eine Erinnerung. Die Erinnerung an Natalie Rose.

Sie waren dreizehn Jahre alt, Champi und er, die Sache mit dem Keller war noch weit weg, die Pubertät dafür höchst gegenwärtig. Zu dieser Zeit waren ihre libidinösen Regungen ganz auf eine kurvenreiche Klassenkameradin fixiert, die sich alle Jungs der Klasse als Tafelabwischerin ersehnten. Aber während sie sie alle mit großem Vergnügen anschauten, hatte nur einer den Nerv, sich mit Natalie Rose zu verabreden und mit ihr auszugehen. Natürlich der gute alte Champi. Knolle hatte seinen Zwillingsbruder schonungslos verspottet, aber das hatte diesem überhaupt nichts ausgemacht. Was ihm hingegen etwas ausmachte, war der Konflikt, in den er sich eines Nachmittags gestürzt sah. Da waren einmal ein Zahnarzttermin, an den er nicht mehr gedacht hatte, und Androhungen von Strafe seitens des Haushaltsvorstandes für den Fall, daß er jenen versäumte, und da war das Rendezvous mit Natalie. Da er sie nicht mehr rechtzeitig verständigen konnte, hatte Champi Knolle gestattet, die Kinoverabredung an seiner Stelle wahrzunehmen und ihn bei ihr zu entschuldigen. Noch bevor er dort angekommen war, hatte Knolle geahnt, was geschehen würde – daß Natalie Rose nämlich gar keinen Unterschied zwischen ihrem eigentlichen Rendezvouspartner und dessen Bruder würde feststellen können.

Zwischen den Bettüchern liegend, die nun so zerknüllt waren wie gebrauchte Papiertaschentücher, kicherte Knolle leise vor sich hin, als er an diesen Nachmittag zurückdachte und auch daran, wie sich Natalie Rose da in der Loge...

Natalie hatte keinen Unterschied festgestellt. Niemand konnte das. Wie die meisten sich vollkommen ähnlichen Zwillinge hatten auch Champi und Knolle ihren Spaß daran gehabt, ihren Freunden entsprechende Streiche zu spielen. Sie hatten nur zu genau gewußt, daß sie jederzeit die Plätze tauschen konnten, ohne eine Entdeckung befürchten zu müssen.

Sie konnten die Plätze tauschen.

Knolle setzte sich auf und nahm plötzlich seine Umgebung wieder wahr. Nein, dachte er, Champi würde gewißlich seinen Platz nicht einnehmen wollen. Nicht bei dieser heruntergekommenen Absteige. Nicht bei dieser hoffnungslosen Lage. Champi würde nicht seine, Knolles, dünne Geldbörse in der Tasche haben, würde nicht unter seinen schlechten Aussichten leiden wollen. Champi hatte alles. Champi hatte Geld, ein Geschäft, die Wohnung, die hübschen Mädchen, die alle alleinstehend waren. Champi hatte all das – und er hatte noch etwas. Er hatte sein, Knolles, Gesicht.

Er schmiedete keineswegs bewußt irgendwelche Pläne. Als er sich schließlich erhob und anzog, ohne sich rasiert zu haben, betrachtete er die Bartstoppeln auf seiner Wange durchaus nicht als Bestandteil eines gezielten Vorgehens. Erst später wurde ihm klar, daß sein Unterbewußtsein schon am Werk gewesen war und das neue Image zu schaffen begonnen hatte, das er einmal benötigen würde.

Der erste Mensch, an dem er es dann ausprobierte, war

Burney, der Manager des Motels. Burney war ein alter Fuchs und wußte, daß sich Knolle in eben jener Art und Weise unsichtbar machte, die für Habenichtse bezeichnend ist. Bevor er aber Knolle am Ellbogen packen und anfangen konnte, sich zu beschweren, hatte dieser schon ein Bündel zerkrumpelter Scheine hervorgezogen und achtlos auf den Empfangstresen geworfen.

»Nehmen Sie's nur«, sagte Knolle dazu mit schwerer Zunge, »is bloß Geld.« Zu seiner eigenen Überraschung mimte er einen Betrunkenen. Knolle trank eigentlich nicht sonderlich gern, aber der Anschein der Trunkenheit würde seinem Erscheinungsbild doch zuträglich sein.

Als er kurz darauf aus der Eingangshalle in die Backofenhitze des Sunset Boulevard hinaustrat, wußte er genau, was er tun wollte. Das Wort »Mord« flatterte durch seinen Kopf wie ein vorüberfliegender Schmetterling und war fort, tauchte auch nicht wieder auf. Denn er würde den guten alten Champi nicht umbringen. Er würde nicht den Kain zu Champis Abel darstellen. Nein, es würde zu einem Selbstmord kommen – und zwar zu seinem. Die Welt würde von dem nichtsnutzigen Knolle befreit werden, und der tüchtige Champi würde weiterhin blühen und gedeihen und glücklich sein. Der Gedanke an dieses Glück war wahrhaftig berauschend. Er bahnte sich seinen Weg die Straße hinunter und grinste die ganze Zeit töricht vor sich hin, bis er den Haushaltswarenladen erreicht hatte.

Dem Ladenbesitzer war angesichts seines schwankenden Kunden nicht sehr behaglich zumute, aber das machte Knolle nichts aus. Er benahm sich bewußt auffällig und inspizierte die vollgestopften Regale. Als man ihm dann schließlich Hilfe anbot, gab er sich plötzlich ganz schüchtern und fragte mit einer zu einem verschwörerischen Murmeln gedämpften Stimme, ob sie ein gutes, starkes Rattengift vorrätig hätten.

»Irgendwas, was *schnell* wirkt«, sagte er ohne jede Spur von Mitgefühl.

Als der Angestellte mit einem Fläschchen zurückkehrte, betrachtete Knolle das Etikett wie ein Weinkenner – und das so ausgiebig, daß der Verkäufer schon ungeduldig zu werden begann. Das ist nur gut so, dachte Knolle bei sich. An Irritationen erinnert man sich.

Wieder in seinem Zimmer, schraubte er die Verschlußkappe ab und schnupperte an der Flasche. Der abstoßende Geruch beunruhigte ihn nicht im geringsten, war er doch zuversichtlich, daß er etwas finden würde, was stark genug wäre, ihn zu überdecken.

Zwei Tage lang experimentierte er herum und entdeckte dann einen Chianti, die Flasche zu weniger als drei Dollar, dessen Bouquet kaum gewinnender war. Einen Augenblick fragte er sich besorgt, ob er in der Lage sein würde, seinen Bruder dazu zu bewegen, dieses Zeug zu trinken – Champi war inzwischen wahrscheinlich an *Lafitte Rothschild* gewöhnt oder zumindest doch so anspruchsvoll, daß er auf das Etikett achtete. Knolle beschloß, dem Rechnung zu tragen, und investierte in eine Flasche *Mouton Cadet*. Er verbrachte die folgenden zehn Tage damit, den Inhalt abzusaugen und sich einen Vollbart wachsen zu lassen. Das nun war eine Gabe, über die *er* verfügte – konnte Champi Riesenpilze wachsen lassen, so er mit tödlicher Sicherheit Haare.

Während dieser zehn Tage bekam ihn niemand zu sehen. Als sie vorüber waren, erinnerte sich nur noch der Motelmanager daran, daß es ihn gab – und dies auch nur deshalb, weil er mehr als einmal vor Knolles Zimmer vorstellig wurde, um den fälligen Mietzins zu kassieren. Knolle ließ ihn jedoch nicht herein, sondern teilte ihm mit, daß er krank sei. Als Burney irgendwas von einem Arzt knurrte, bat ihn Knolle mit der gelungenen Vorspiegelung besoffener Würde, seinen Bruder anzurufen und zu verständigen. Wahrscheinlich in der Hoffnung, auf diese Weise endlich zu seinem Geld zu kommen, erklärte sich Burney bereit, den Wunsch Knolles zu erfüllen.

Es war nur zu offenkundig, daß Champi ganz und gar nicht glücklich war, als er zu seinem barmherzigen Besuch erschien. Sogar die Türglocke hatte einen streitsüchtigen Klang. Als Knolle aufmachte und sein haariges Gesicht zeigte, zuckte Champi wie unter Schmerzen zusammen.

»Du siehst nicht krank aus«, knurrte Champi, »sondern dreckig.«

»Ich hab einen Ausschlag«, sagte Knolle. »Konnte mich nicht rasieren.« Seine Stimme stieg zu einem apologetischen Gewimmer an. »Du hättest nicht herkommen sollen, Champi, ich hab dem Kerl untersagt, dich anzurufen, aber er hat darauf bestanden.«

»Er sagte, du wärst so gut wie tot. Er war der Ansicht, daß du trinkst. Er glaubte sogar, du könntest... selbstmordverdächtig sein.«

»Das ist mir wirklich mal durch den Kopf gegangen«, sagte Knolle munter. »Ich meine, das wäre doch, zum Teufel noch eins, gar nicht so ungewöhnlich in dieser Weh-Weltgegend, oder? Aber schau nicht derart bekümmert drein, da drüber bin ich weg. Ich denke viel eher über einen Einstieg in das Fast-food-Geschäft nach, über die Übernahme irgend so eines Franchiseladens hier in der Stadt, Tacos oder so was. Sie pumpen einem sogar das Startkapital...«

Champi sah erst verwirrt aus, dann erleichtert.

»He, das klingt ja schon besser«, sagte er. »Bin froh, das zu hören, Jungchen, froh, daß du dich zusammenreißt... Also hör mal, wenn dir ein paar Piepen helfen würden, könnte ich vielleicht...«

»Nein«, sagte Knolle und tätschelte ihn ausgelassen auf den Arm. »Vergiß das, Champi. Als ich herkam, habe ich mir geschworen, eines nie zu tun, nämlich bei dir zu nassauern. Ich hab genug, um mir meine Hamburger leisten zu können – und auch... das da.« Er deutete auf die Flasche *Mouton Cadet*, die neben einem gefüllten Weinglas stand. Champi sah ihn mit einigem Respekt an. »Ich war gerade dabei, einen Schluck zu nehmen«, sagte Knolle. »Schließ dich mir an, damit wir auf die Zukunft trinken können.«

»Klar doch«, sagte Champi ohne große Umstände.

Knolle nahm die Flasche auf und fragte sich dabei, warum er eigentlich das Leben immer für so schwer gehalten hatte.

Champis erster Schluck war ein großer. Seine Geschmacksnerven brauchten ein paar Sekunden, bis sie vor Überraschung förmlich aufkreischten. Und da wußte Knolle sehr wohl, daß sie der billige Chianti in gleichem Maße beleidigt hatte wie das Rattengift. Champi hustete und würgte, und seine Augen füllten sich mit Tränen.

»Man hat dich übers Ohr gehauen«, krächzte er. »Das Zeug ist *umgekippt*, Knolle, das ist das reinste Gift!«

Und so starb Champi – die Wahrheit aussprechend, ohne es selbst zu wissen. Oder vielleicht tat er's doch, in den allerletzten Augenblicken, als der Nagetiervernichter wie wild durch seinen Verdauungstrakt raste, um seinen zerstörerischen Weg dann durch die Blutbahn zum Gehirn fortzusetzen, bis die ganze feine Maschinerie, die ihn am Leben erhalten hatte, endlich beschloß, den Betrieb einzustellen. Knolle war froh, daß alles so schnell ging – nicht nur um seines Bruders willen, sondern auch deshalb, weil so keine Zeit für anklagende Worte blieb.

Da es zu keinem Aufschrei gekommen war, hätte Knolle alles weitere in großer Ruhe erledigen können. Aber er war auf Tempo eingestellt, und deshalb beeilte er sich. Zunächst einmal zog er Champi seine Sachen aus, eine Aufgabe, die weniger schwierig war als er erwartet hatte, obwohl er dabei doch mit dem Gewicht des toten Körpers fertig werden mußte. Diesem dann die eigenen Jeans und das Baumwollhemd überzuziehen, war nicht ganz so einfach. Champi war schwerer als er, wobei allerdings der Unterschied auch wieder nicht so groß war, daß er Aufmerksamkeit hätte erregen können. Dann kam die Rasur. Das war das einzige an der gesamten Prozedur, was Knolle wirklich Spaß machte. Er hatte sich von Anfang an danach gesehnt, seinen kratzigen Backenbart wieder loszuwerden, und er nahm ihn sich mit einem beinah schon rachsüchtigen Gefühl der Befriedigung ab. Nur ein Schnauzbart blieb stehen. Er benutzte eine kleine Schere, um ihm genau die Form und Fülle zu geben, die der Gesichtsschmuck seines Bruders aufwies. Das war insofern leicht genug, als ja das Modell vor ihm lag.

Die zweite Rasur war nicht ganz so angenehm – er mußte dem Toten seinen Schnauzbart abnehmen. Knolle hatte gemeint, sich alle Zimperlichkeit beizeiten abgewöhnt zu haben, aber die Berührung von Champis erkaltender Wange ließ ihn doch schaudern. Als er fertig war, erwog er einen Augenblick, Champis Oberlippe mit Aftershave Lotion zu besprenkeln, nahm dann jedoch Abstand davon.

Das normalerweise glattrasierte Gesicht Champis hatte Knolle einigen Kummer bereitet, als er seinen Plan zu entwickeln begonnen hatte. Es gab da nur einen Ausweg. Er würde den mit Rasierschaum verklebten Apparat ganz offen auf dem Rand des Waschbeckens im Bad liegen lassen. Das würde dann so aussehen, als hätte der Selbstmörder noch eine vernünftige Tat vollbracht, bevor er sich das Leben genommen hatte. Er hatte beschlossen, der Welt einen glattrasierten Leichnam zu präsentieren.

Knolle beobachtete sich selbst im Spiegel, während er sich mit großer Sorgfalt Champis Sachen anzog. Die Illusion konnte nicht vollkommener sein. Er sah ganz und gar aus wie der Mann, der gerade erst im Motel eingetroffen war, um nach seinem leidenden Zwillingsbruder zu sehen. Und auf dem Teppich lag der Bruder in friedvoller Ruhe, nicht mehr behelligt von den so schwer zu handhabenden Angelegenheiten dieser Welt.

Knolle überlegte sogar einen Moment, ob er nicht auf die Abschiedszeilen des Toten verzichten könnte, aber da er sie schon mit so viel Bedacht vorbereitet hatte, beschloß er, sie doch dazulassen. Sie waren schlicht genug. Sie baten den Bruder, ihm zu vergeben, was angesichts der Umstände ganz besonders passend erschien.

Knolle atmete tief durch und nahm dann den Telefonhörer auf.

»Bitte rufen Sie einen Krankenwagen«, sagte er zu Burney. »Ich glaube, mein Bruder hat sich vergiftet.«

Er war wunderbar ruhig.

In den nun folgenden 24 Stunden entdeckte Knolle seine wahre Begabung. Endlich begriff er, warum er in der Welt der Geschäfte gescheitert war. Er war ein Künstler! Seine Begabung war die Schauspielerei. Natürlich war die Rolle Champis nicht schwer zu spielen, denn er hatte sie ja sein Leben lang einstudieren können. Er hatte sich schon so viele Male vorgestellt, wie es wäre, wenn er in den Gucci-Schuhen von Champi herumliefe. Nun, wo dies Wirklichkeit geworden war, wußte er, daß ihm eine lebenslange Maskerade nicht die geringsten Schwierigkeiten bereiten würde.

Polizei und gerichtliche Instanzen verschwendeten keine Zeit bei der Feststellung der Todesursache und stellten nicht eine Frage zu dem Leichnam. War er nicht schließlich und endlich vom eigenen Bruder identifiziert worden? Und natürlich auch von Burney, der den Kopf geschüttelt und kummervoll etwas über seine Vorahnungen bezüglich dieses Selbstmordes gemurmelt hatte. Das Wort »Zwilling« wurde nie erwähnt und auch in keinem der offiziellen Berichte genannt, wo es vielleicht dazu hätte angetan sein können, einen leisen Verdacht zu erregen. Aber als der Leichnam dann schließlich im Schauhaus anlangte, bestand keine große Ähnlichkeit mehr zwischen seinem blutlosen Antlitz und Knolles frischem, schnauzbärtigem Gesicht, das bereits Champis glattes, wohlgenährtes Aussehen angenommen hatte, und dies allein dank der Willenskraft Knolles. Er hatte sich noch nie zuvor so gemocht. Er mochte sogar den Namen »David«. Der war viel schöner als »Wally«. Und er war weit besser als »Knolle«. Nun, da sein Bruder dahin war, würde ihn nie wieder jemand »Knolle« nennen.

Seinen größten Augenblick hatte er um sieben Uhr dreißig an diesem Abend. Er kehrte in dem Ferrari, den sich Champi aus der Fülle seiner Wagen ausgewählt hatte, in das Wohnhaus am Wilshire Boulevard zurück. Der Aufseher in der Tiefgarage begrüßte ihn mit einem vertraulichen Grinsen. Der Portier winkte ihm einen Gruß zu. Der Mann, der den Lift bediente, erzählte ihm, daß sein Pferd gewonnen hatte, und übergab ihm 200 Dollar in Zwanzigern. Das war ein guter Anfang.

Als er den Schlüssel ins Schloß schob, hielt er einen Moment inne, denn er fühlte sich plötzlich wie Braut und Bräutigam zugleich, die zusammen auf der Schwelle eines neuen Lebens standen. Dann ging er hinein, knipste das Licht an und sog die luxuriöse Atmosphäre tief in sich ein wie den Duft eines Parfüms.

Er tat lange Zeit gar nichts, war zufrieden, einfach dort in dem Raum zu sitzen und diesen die neue *persona* in sich aufnehmen zu lassen, welche von nun an in ihm leben würde. Dann tat er einige praktische Dinge – zum Beispiel suchte er nach Champis Adressbuch. Er war sich ziemlich sicher, daß Champi keine engen Freunde hier in LA hatte, daß sie alle im Osten zurückgeblieben waren. Er würde gar nicht die Zeit gehabt haben, viele neue Freundschaften zu schließen. Das Büchlein bestätigte ihm seine Theorie. Es fanden sich nur sieben Eintragungen auf den noch knisternd neuen Seiten. Bei dreien handelte es sich um Angestellte des Autohauses, zwei Namen davon waren spanische, der dritte der seines Assistenten, der erst in der vergangenen Woche angeheuert worden war. Er würde keine Probleme haben, mit den dreien fertig zu werden – sie kannten seinen Bruder noch nicht lange genug, um schon mit seinen Besonderheiten vertraut zu sein.

Die anderen vier Namen waren die von Frauen. Quer

über die ersten beiden war ein großes ᴋ geschrieben. Knolle grinste. Sein Bruder war ein großer Baseballfan gewesen. Der dritte war der von Tassy Blaze, einem Mädchen, das in Culver City wohnte. Als vierter Name war der von Edie Pallen eingetragen, und bei ihm war keine Adresse hinzugefügt worden, sondern nur die Nummer eines Appartements. Offensichtlich war das die mit der Inneneinrichtung von nebenan.

Knolle beschloß, sich der Sache unverzüglich anzunehmen. Er griff zum Telefon und rief Tassy Blaze an. Sobald er den Namen seines Bruders genannt hatte, fing sie mit großer Geschwindigkeit zu reden an.

»Klar doch«, sagte sie, »sicher erinnere ich mich an dich. Der mit den Autos, nicht wahr? Also hör mal, Süßer, du bist wirklich dufte, aber wie ich schon mal sagte, mein Freund, der dreht glatt durch, wenn . . .«

Knolle ließ sie ebenso schnell wieder vom Haken. »Zum Teufel«, sagte er und daß man es einem Kerl wohl kaum verübeln könne, wenn er's halt mal versuche. Er war fast ein wenig zu milde, und Tassy begann zu bereuen, schlug vor, daß sie sich vielleicht zu einem späten, zu einem sehr späten Drink verabreden könnten . . . Knolle murmelte ein kurzes Abschiedswort und legte auf.

Eine Fehlanzeige. Noch ein Versuch.

Aber er brauchte Edie nicht anzurufen. Sie kam ihm zuvor und klingelte an seiner Tür. Er brauchte ein Weilchen, um zu begreifen, daß dieses klingelnde Geräusch von der Wohnungstür kam. Glücklicherweise bereitete es ihm dann aber keinerlei Schwierigkeiten festzustellen, daß die kecke kleine Brünette auf seiner Schwelle die Inneneinrichterin war, hielt sie doch ein ganzes Bündel Teppichmuster im Arm.

»Ich hab Sie in die Garage fahren sehen«, sagte Edie. »Ich war zwei Autos hinter Ihnen. Also, ich war in unserem Ausstellungsraum und habe Ihnen ein paar von den Mustern mitgebracht, über die wir gesprochen haben...« Sie bemerkte seinen verständnislosen Blick und fragte, ob alles in Ordnung sei.

»Ja, ja, ich bin okay«, sagte Knolle. »Kommen Sie nur rein.«

Als sie eintrat, sah er sofort, daß sie genau der Typ von Mini-Venus war, den sein Bruder immer so bewundert hatte. Er selbst bevorzugte eher die gertenschlanken Mädchen, aber in Anbetracht ihrer Nähe konnte er sich vielleicht doch zu ein paar Zugeständnissen durchringen.

»Um die Wahrheit zu sagen«, fuhr er fort, »geht es mir doch nicht ganz so gut. Wissen Sie, da ist was passiert...«

»Was denn?« sagte Edie.

Er erzählte ihr von seinem Bruder, und sie wurde ganz sanft vor lauter Mitgefühl.

»Sie armer Mann«, sagte sie. »Und natürlich, er war ja Ihr *Zwillingsbruder*, das macht alles noch schlimmer, nicht wahr?«

Knolle zuckte zusammen. Offensichtlich hatte Champi mehr über ihn geredet als er gedacht hatte. Er überspielte seine nervöse Reaktion, indem er zur Bar ging und ihr einen Drink anbot. Glücklicherweise sagte sie nicht »das Übliche«.

»Nur einen ganz kleinen Wodka«, sagte sie. »*Sie* sehen so aus, als brauchten Sie mehr als nur einen ganz kleinen.«

»Es geht schon wieder«, sagte Knolle. »Wir standen uns eigentlich nicht sehr nahe, Wally und ich. Aber ihn so sehen zu müssen, so erledigt und – tot... Ich kann mir nicht helfen, aber ich fühle mich doch ein bißchen schuldig, weil

ich ihn nicht mehr unterstützt habe, als es der Fall war...«
Echtes Mitleid mit sich selbst ließ seine Stimme zittern.

»Es tut mir wirklich leid.« Edie kam zu ihm herüber und
berührte seine Hand. »Und das mit dem Teppich lassen
wir heute mal. Wir können doch einfach nur miteinander
reden. Ich kann mir vorstellen, daß Sie gern über ihn sprechen würden.«

»Nein«, sagte Knolle schnell. »Lassen Sie uns bei unserem Plan bleiben. Es wäre nicht gerade fair, ihn zu ändern,
nach all der Mühe, die Sie sich gemacht haben. Diese Wohnung wäre doch nichts ohne Sie.« Er bemerkte an einer der
Zimmerpflanzen ein trockenes Blatt und nahm die Gieß-
kanne in die Hand. »Ich sollte mich wahrhaftig ein bißchen mehr um diese Wohnung kümmern, nach all der
Mühe, die Sie sich damit gemacht haben...« Er schritt die
grüne Reihe ab und versorgte ganz systematisch alle Blu-
mentöpfe mit Wasser. Dann setzte er sich auf das Sofa und
nahm sich die Teppichmuster vor. Er hatte nicht die leiseste Ahnung, für welches der Zimmer sie gedacht waren,
äußerte sich aber in unverbindlicher Weise zu Farbe und
Textur, bis er langsam den Eindruck gewann, daß er
anfing, sinnloses Zeug vor sich hinzuschwatzen. Er
schwieg, und erst da wurde ihm bewußt, daß Edie ihn anstarrte, daß sie ihre großen braunen Augen fest auf seine
schweißnasse Stirn gerichtet hatte, als versuche sie, bis zu
dem Gehirn dahinter, bis zu den Nervensträngen vorzu-
dringen, die nun Notsignale aussandten. Er stand schnell
auf, ließ die Teppichmuster auf Sofa und Fußboden fallen
und sagte:

»Wissen Sie, ich glaube, Sie haben doch recht. Ich bin
heute abend einfach nicht in der Stimmung für diese
Sachen, Edie. Wir machen das ein andermal, okay?«

Edie schien nur zu bereit, diesem Wunsche zu entsprechen. Sie hob die Teppichmuster nicht vom Boden auf. Sie sagte auch nicht »Gute Nacht«, als sie die Wohnung verließ. Und er sah Edie Pallen erst wieder, als er sie am nächsten Tag über den Flur und am Büro des Staatsanwalts vorbeieilen sah. Er war dorthin gebracht worden, um einige Fragen im Zusammenhang mit dem Tod seines Bruders zu beantworten. Er hatte Edies Rolle nicht durchschaut, bis er sie dort sah, und dann ließ ihn eine blitzartige Eingebung auf der Stelle erkennen, daß das alles ihr zuzuschreiben war – das Polizeifoto, die Fingerabdrücke und die Untersuchung seines Gebisses, der wohl die entscheidende Bedeutung zukam. Es waren die am wenigsten schmerzhaften Augenblicke, die er je im Stuhl eines Zahnarztes zugebracht hatte, und doch seine schlimmsten. Denn er wußte, daß es danach keine Zweifel mehr geben würde, wer nun Champi und wer Knolle war.

Sein Anwalt klärte ihn schließlich auf. Er war ihm vom Gericht als Pflichtverteidiger zugewiesen worden, hieß Levin und schien seinen Mandanten nicht sonderlich zu mögen.

»Nun sagen Sie mir bloß mal, was ich verkehrt gemacht habe«, flehte Knolle.

»Sie haben jemanden umgebracht«, knurrte Levin. »Sollten Sie etwa nicht gewußt haben, daß das verkehrt ist?«

»Ich meine doch, was ich *danach* falsch gemacht habe. Wodurch hat diese Frau Verdacht geschöpft? Niemand will mir das sagen! Können Sie's denn nicht wenigstens?« Zufälligerweise konnte Levin das. Er hatte nämlich seines Mandanten wegen Edie interviewt, und irgendwie war sie dabei auf die Tatsache zu sprechen gekommen, daß dieser

Junggeselle war und sich eine neue Wohnung eingerichtet hatte.

»Eigentlich hat es ja nichts zu besagen«, meinte Levin. »Aber da Sie mich nun schon danach fragen, will ich's Ihnen nicht vorenthalten. Wissen Sie, es ist im allgemeinen keine so gute Idee, Topfpflanzen zu gießen, wenn diese aus Plastik sind. Alles Imitate, genau wie Sie auch.«

Das Armband

Kein Parfüm vermag eine Frau so anziehend zu machen wie eine nicht eingehaltene Einladung zum Essen. Ken Bolster war auf ein solches Manöver durchaus gefaßt, als er Sandy Whitten im Waschsalon des »Montmorency« kennenlernte, einer Anhäufung von Studiowohnungen, die ganz offensichtlich aus Singles Paare machen sollten. Fünf Wochen lang ging er dann mit Sandy aus – sechsmal ins Kino, einmal in ein Musical, einmal zu einer Sportveranstaltung und elfmal zum Abendessen. Und auf einmal wollte Sandy ihn überhaupt nicht mehr sehen, als hätten sie sich zerstritten, was aber nicht so war.

Wenn das ein Trick sein sollte, dann war es ein recht verwirrender. Denn Sandy, ein attraktiver Rotschopf mit einem süßen Lächeln, lächelte so süß wie eh und je, wenn sie sich trafen. Sie gab keinerlei Erklärungen ab außer der, daß sie »sehr beschäftigt« sei. Ken fühlte sich verletzt, verwirrt, ja, sogar ein wenig betrogen – und ging fortan mit einer Nachbarin namens Shelley aus, die ihm mit größtem Vergnügen die Bestätigung lieferte, daß es sich bei ihm um einen begehrenswerten Mann handelte. Er war nicht nur von angenehmem Äußeren, sondern darüber hinaus mit seinen 31 Jahren schon Filialleiter einer großen Einzelhandelskette, der jüngste unter den Mitarbeitern, die in diesem recht konservativen Unternehmen bis zu dieser Position aufgestiegen waren. Kurz, er war die beste Partie in der gesamten Wohnanlage – und Sandy Whitten hatte ihn fallenlassen! Warum?

Shelley, die sich in seinem roten Zweisitzer an ihn kuschelte, vertrat die Ansicht, daß er froh sein könne, sie los zu sein, denn schließlich sei Sandy ein alter Besen und weiterer Bemühungen nicht würdig.

Diese Bemerkung trug lediglich dazu bei, Ken zu entschlossenem Vorgehen zu animieren. Noch am selben Abend klopfte er an Sandys Tür und warf diese mit lautem Knall hinter sich zu, kaum daß er ihre Wohnung betreten hatte.

»Also schön«, sagte er mit Bogartschem Gesichtsausdruck, »reden wir. Was ist los? Warum willst du nicht mehr mit mir ausgehen? Was habe ich verkehrt gemacht?«

»Nichts«, sagte Sandy. »Glaub mir, Ken, nicht das geringste.«

»Das kann ich nicht glauben. Wir haben uns in der vorletzten Woche viermal gesehen, fünfmal in der vergangenen... Wir sind uns so nahe gekommen...« Er stöhnte. »Oder war's vielleicht das? Bin ich dir zu nahe gekommen? Weißt du, ich mag dich, Sandy, ja, vielleicht bin ich sogar...«

»Halt«, sagte Sandy mit erhobener Hand, ein hübscher, rothaariger Verkehrspolizist. »Sag kein Wort mehr, oder ich fange an zu weinen. Du willst mich doch nicht weinen sehen, Ken, oder? Ich sehe fürchterlich aus mit verschmiertem Make-up... Ich mag dich ja auch, aber ich kann mich nicht mehr mit dir treffen. Es gibt auch einen Grund dafür, aber den kann ich dir nicht sagen.«

Doch da hatte er sie schon in seine Arme genommen, und nun drückte er sie an sich, murmelte beschwörende Worte, küßte das salzige Naß von ihren Wangen, machte ihren Vorsatz zunichte.

»Ich mag dich«, wiederholte sie, als sie auf dem kleinen

Sofa beieinandersaßen, »und deshalb habe ich beschlossen, dich nicht mehr zu sehen. Weil du so viel besser bist als ich, Ken, weil du ein so viel besserer Mensch bist.«

Er warf ihr einen Blick zu, der etwas enthielt, was sie gar nicht gemeint hatte.

»Nein, nein«, sagte sie schnell. »Nicht, was du denkst. Das hat nichts mit meinem Liebesleben zu tun. Es geht um mich, um meinen Charakter, darum, was ich getan habe, Ken. Es geht um das, was ich bin.« Sie schloß die Augen. »*Ich bin nämlich eine Diebin*«, sagte sie dann.

Diese Worte lösten seine feste Umarmung. Sie erhob sich vom Sofa und setzte sich in den Sessel ihm gegenüber, um ihr Gesicht im Schatten zu verbergen, während sie ihm ihre Geschichte erzählte.

»Es passierte vor etwas mehr als einem Jahr. Ich ging noch zur Schule und versuchte, mich auf einen Beruf vorzubereiten. Ich wohnte bei einer Freundin, die hieß Heather und arbeitete schon, obwohl sie das eigentlich gar nicht nötig gehabt hätte. Heathers Familie war wohlhabend. Heather war eine von denen, die ihren Nerz über den Boden schleifen, wenn sie bei einem reinkommen. Sie ging mit ihren Sachen sehr achtlos um, sie stellten für sie keinen Wert dar. Ich war ganz anders. Meine Familie war arm. Mir blieb noch die Luft weg, wenn ich teure Glitzersachen sah. Und ich hatte nie in meinem Leben etwas so Teures und Glitzerndes gesehen wie Heathers Armband.

Ich weiß nicht, wie ich beschreiben soll, was ich beim Anblick dieses Armbandes empfand. Ich war nie besonders versessen auf Schmuck, aber dieses glatte, silbrige Armband war wie der Inbegriff all dessen, was ich jemals im Leben hatte haben wollen ...

Es gehörte jedoch nicht mir, sondern Heather. Sie hatte keine Ahnung, wie sehr ich es mochte. Aber ich sprach mit ihr nie über das Armband, freute mich nur, wenn sich eine Gelegenheit ergab, es in die Hand zu nehmen und ganz geistesabwesend damit herumzuspielen, etwa so, wie man beim Essen mit einem Löffel spielt.

Da, eines Tages, verlegte Heather, die andauernd Sachen von sich verlegte, auch ihr Armband.

Sie widmete der Suche danach so wenig Aufmerksamkeit wie zuvor dem Besitz. Natürlich half ich ihr. Als wir es beide nicht fanden, zuckte Heather die Achseln und meinte voller Zuversicht, es werde schon wieder ›auftauchen‹. Sie sollte recht behalten. Es tauchte tatsächlich wieder auf. An einem Abend, an dem Heather ausgegangen war, blinkte es mich aus einem Pantoffel an, in den es hineingefallen war. Ich schüttelte es heraus und streifte es mir über das Handgelenk. Der Gedanke, wie leicht es doch wäre, das Armband für immer ›verlegt‹ bleiben zu lassen, ließ mich erzittern.«

Sie hielt inne, und Ken wartete ein Weilchen, ob dies das Ende der Geschichte war.

»Und das ist alles?« fragte er dann.

»Ist das nicht genug?«

»Du willst also sagen, daß du wegen eines Armbandes nicht mehr mit mir zusammenkommen möchtest, das du einer Freundin gemopst hast – und das vor einem Jahr?«

»Verstehst du denn nicht?« sagte Sandy. »Ich verspürte keinerlei Reue. Ich machte es nicht wieder gut, gab nicht wieder zurück, was ich gestohlen hatte. Noch heute kann ich mich nicht dazu überwinden. Ich bin eine Diebin, Ken, und darf mich nicht unter ehrliche Menschen mischen . . . Würdest du jetzt also bitte gehen, damit ich unbeobachtet weinen kann? Damit ich anfangen kann zu vergessen, daß ich dich je gekannt habe?«

»Und du glaubst, daß ich das wirklich tue?« Er stand auf und faßte sie bei den Armen. »Du denkst, ich verlasse dich bloß wegen dieser Ich-bin-deiner-nicht-würdig-Geschichte? Also, dann setz du dich jetzt mal hin, Schätzchen.«

»Wie bitte?«

»*Setz dich*«, sagte er mit der Bestimmtheit eines Hundetrainers und drückte sie in die Kissen des Sofas zurück. »Sitz still und hör mir zu. Vielleicht hörst du dann auf, dir wegen deines ›schlechten Charakters‹ so groß vorzukommen.«

Ken machte eine kurze Pause und fuhr dann fort: »Ich hab dir doch von meinem Job erzählt, davon, daß ich der jüngste Filialleiter unserer Firma bin, der jüngste, den sie je hatten, und das Unternehmen ist immerhin schon hundert Jahre alt. Es ist einer dieser Läden, wo eigentlich alles nach der Anciennität geht. Gut, mein Boss war auch schon älter. Er war dreißig Jahre älter als ich und pflegte dauernd damit anzugeben, daß er mir in allem überlegen sei. Er konnte besser reden als ich, besser laufen, besser joggen, besser Squash spielen. Vor allem aber wollte er erfolgreicher sein, denn dadurch würde er auf ewig mein Chef bleiben können, es sei denn, ich hätte das Unternehmen verlassen. Eben das hatte ich aber nicht vor, Sandy. Ich hatte schließlich neun Jahre in diese Firma investiert, sie hatte mich mit ihrer Gewinnbeteiligung, der Betriebsrente und all diesen Sachen fest am Haken... Aber ich wollte auch nicht noch zehn oder zwanzig Jahre warten, bis ich selbst mal ans Ruder kam...

Das Schlimmste am alten Boothroyd, meinem Chef,

war, daß alles, womit er rumprahlte, wirklich stimmte. Ich will sagen, er war sechzig, klein und untersetzt, mit kahlem Schädel und einem Nacken wie Samson. Er hatte noch alle seine Zähne im Mund und konnte seinen Schreibtisch so vom Boden hochheben. Und der Laden lief unter seiner Leitung wie ein Uhrwerk. Tick-tack, tick-tack, die Absatzzahlen gingen rauf, die Produktionskosten runter. Jahr um Jahr heimste er das Lob der Konzernzentrale ein. Einmal, es war bei einem Galaessen anläßlich der Verleihung einer Auszeichnung an ihn, erwähnte mich Boothroyd in seiner Dankesrede. Er nannte mich ›Kenneth‹ und ließ meinen Familiennamen ganz weg. Als ich dann unserem Oberboß vorgestellt wurde, schüttelte der mir die Hand und redete mich dauernd mit ›Mr. Kenneth‹ an, erklärte mir, wie glücklich ich mich schätzen könne, für einen Mann wie Mr. Boothroyd arbeiten zu dürfen.

Doch jeder Mensch hat seine Schwäche, nicht wahr? Von der Boothroyds erfuhr ich durch jemanden, der auch für ihn tätig war. Na ja, das war nicht irgend jemand, sondern seine Sekretärin. Ich war mit ihr befreundet. Und sie erzählte mir, wohin Mr. Boothroyd jeden Dienstagabend ging.

Nein, nicht das. Es waren die Zusammenkünfte der Antialkoholiker. Boothroyd war Alkoholiker gewesen. Das letzte Mal war er vor zehn Jahren gestolpert, kurz bevor ich zur Firma kam. Das Unternehmen hatte ihm noch eine Chance gegeben, und er war nie wieder rückfällig geworden. Es gab also wenigstens etwas, worin Boothroyd nicht besser war als ich, nämlich das Trinken.

Im vergangenen Jahr veränderte sich die Lage. Du weißt ja, was da mit den Umsätzen der großen Kaufhäuser passiert ist. Unsere Filiale funktionierte immer noch wie ein

Uhrwerk, tick-tack. Aber diesmal gingen die Umsätze runter und die Kosten rauf. Und es gab nichts, was Boothroyd dagegen tun konnte. Sein ganzes Geschick und seine große Erfahrung halfen ihm nichts. Die Arbeitslosigkeit war in unserer Ecke so hoch, daß die Leute einfach aufhörten, was zu kaufen. Unser Haus rutschte aus der Gruppe der ersten fünf bis in die der letzten fünf. Und der alte Boothroyd fing an zu glauben, daß auch er ins Rutschen gekommen sei.

Immer, wenn Boothroyd Probleme hatte, ging er raus aufs Wasser.

Er besaß ein Boot, so eine kleine Jolle, mit der er an den Wochenenden in der Bay rumschipperte. Er hatte mich schon ein dutzendmal eingeladen, aber ich konnte nicht segeln. Als er mich nun erneut einlud, ja, mich praktisch an Deck beorderte, nahm ich an. Ich sorgte für den Käse, den Aufschnitt und die Getränke.

Nein, sieh mich nicht so an. Ich brachte den Whiskey nicht an Bord, weil ich mich etwa an Boothroyds Problem erinnert hätte, sondern ich dachte dabei nur an mich selbst. Sechs Stunden auf dem Wasser, alleingelassen mit einem von der Schwermut heimgesuchten Filialleiter. Angesichts dieser Aussicht brauchte ich Stärkungsmittel. Woran ich nicht gedacht hatte, war, daß Boothroyd das gleiche brauchte.

Zunächst mal spielte das Wetter nicht mit. Anfangs blähte eine leichte Brise unser Segel, und wir glitten sanft dahin, auf den Horizont zu. Bald waren wir außer Sichtweite des Landes, was mich mit Unbehagen erfüllte, weshalb ich einen ersten Schluck nahm. Ich bemerkte den überraschten Ausdruck auf dem Gesicht von Boothroyd, als dieser das Klirren von Flasche und Glas vernahm. Er wußte nicht, daß ich alkoholische Getränke mit an Bord gebracht hatte. Aber er sagte nichts. Er beugte sich über seine Instrumente und fing an, irgendwas vor sich hin zu murmeln. Er schien zu ahnen, daß uns Schwierigkeiten bevorstanden – und er behielt recht mit dieser Ahnung. Der Wind flaute ab. Der Himmel nahm eine milchig-orangene Färbung an, und die Jolle schaukelte ruhig auf den merkwürdig verfärbten Wellen. Boothroyd machte irgendwas mit den Segeln, dann setzte er sich hin und erklärte, daß wir uns nun wohl gedulden müßten.

Ich persönlich hatte nichts gegen diese Stille, aber in Boothroyd erweckte sie das Bedürfnis, sich mitzuteilen. Er redete ohne Punkt und Komma. Er erzählte mir von allen seinen Problemen, nicht nur von denen mit dem Kaufhaus und der Firma, mit diesem Angestellten und jenem Kunden, sondern auch von denen mit seiner Frau, die sich von ihm hatte scheiden lassen, mit der Tochter, die er vergötterte, mit dem Sohn, der ihn verlassen hatte. Und die ganze Zeit sah er zu, wie ich mir aus der Flasche nachschenkte. Bis ich ihm einfach das Glas rüberreichte. Er sagte weder ›ja‹ noch ›nein‹, noch ›danke‹. Er nahm schlicht das Glas und goß es sich voll.

Als der Wind endlich wieder auflebte, wußte ich, daß ich einen Fehler begangen hatte. Ein besoffener Skipper ist eine fürchterliche Sache. Wie Boothroyd da in dem Boot rumstolperte, fluchte und schwankte, war schon ein Anblick für sich, für eine Landratte wie mich ein ziemlich entnervender. Und dann – Boothroyd hatte gerade das Hauptsegel losgemacht – warf ein plötzlicher Windstoß den Großbaum herum, und Boothroyd lag im Wasser.

Ich wünschte, ich könnte sagen, daß auch ich betrunken war, aber das war nicht der Fall. Der Anblick des im Wasser um sich schlagenden Boothroyd machte mich sofort nüchtern. Ich sah seinen auf den Wellen tanzenden Kopf, sah die Wassertropfen von seiner Glatze abperlen und hörte, wie er mir zuschrie, ich solle ihm ein Tau oder eine Schwimmweste zuwerfen – oder so etwas Ähnliches eben. Der Wind machte ihn durchaus nicht unhörbar... nein, ich *wollte* ihn einfach nicht verstehen. Und ich wußte auch, daß... daß ich ihn nicht wieder da im Boot haben wollte...«

Sandy stand wieder auf. Es war dunkel geworden im Zimmer, und sie knipste eine Tischlampe an.

»Er ist ertrunken, nicht wahr?« sagte sie.

»Ja«, sagte Ken mit einem kläglichen Kopfnicken. »So bin ich zu meiner Beförderung gekommen. Und... das macht auch mich zu so einer Art Dieb, meinst du nicht? Nur daß ich einen Job gestohlen habe.«

»Ein Leben«, korrigierte sie ihn.

Ken seufzte. »Gut, ein Leben. Das ist alles noch viel schlimmer. Viel schlimmer als das, was du gemacht hast, Sandy. Ich hätte ihn ja retten können. Aber ich hab's nicht getan. Jetzt sag mir mal, wer von uns der bessere Mensch ist.«

»Das war er«, sagte Sandy. »Der arme Mr. Boothroyd. Heather hielt ihren Vater für den besten Menschen, dem sie je begegnet ist.«

»Heather?« fragte Ken verständnislos. »Meinst du deine Freundin Heather, die, mit der du zusammengewohnt hast?« Er sah, wie sie ihre Handtasche öffnete. Sie nahm eine Brieftasche heraus und öffnete auch diese. Er erblickte ein Foto von ihr (kein sehr schmeichelhaftes) und ein Stück Metall.

»Tut mir leid, Ken«, sagte sie. »Ich bin von der Kripo.

Aber etwas, von dem, was ich Ihnen erzählt habe, stimmt wirklich. Ich wollte dieses Armband tatsächlich sehr gern haben.« Und damit zog sie die Handschellen aus der Tasche.

Der hohe Preis der Amazonen

Ludie hatte nicht damit gerechnet, daß Cerise ihr einen aufwendigen Lunch zubereiten würde. Bei ihrem letzten Besuch bei der Freundin aus Collegetagen hatte der Höhepunkt des festlichen Essens aus einer einzigen Dose Thunfisch bestanden. Heute aber waren die Sandwiches auf der großen, ovalen Servierplatte von ihrer Rinde befreit worden, und in allen steckte ein Zahnstocher mit einem geringelten Bändchen aus blauem Plastik. Ludie wußte, daß Cerise einen kleinen Aufschrei erwartete, weshalb sie ausrief: »Oh, das ist ja einfach phantastisch! Was ist denn bloß los?«

»Es gibt was zu feiern«, sagte Cerise mit eigentümlich ausdrucksloser Stimme. »Bedien dich nur.« Ludie kam dieser Aufforderung gern nach, aber schon der erste Bissen stellte eine gewisse Herausforderung an ihre Schneidezähne dar. Sie sagte jedoch nichts, bis sie bemerkte, daß Cerise überhaupt nichts zu sich nahm. »Kümmere dich nicht um mich«, entschuldigte sich diese. »Ich möchte nur reden.«

»Wenn es um die fünfzehnhundert gehen sollte«, sagte Ludie, »dann mach dir bloß keine Gedanken. Ich hab dir doch gesagt, daß das kein Problem ist. Bevor ich George geheiratet habe, bist du in Geldsachen auch immer so verdammt nett zu mir gewesen... Weißt du, daß er mir jede zweite Woche tausend Dollar *bar* auf die Hand gibt? Das vermittelt ihm ein gutes Gefühl oder so was. Ist dein Andrew auch so?«

»Nein«, sagte Cerise. »Andrew will, daß ich Schecks benutze, damit er immer genau sehen kann, was ich ausgebe. Er gleicht die Auslagen einmal monatlich aus und hält mir danach einen kleinen Vortrag. Ist dir schon aufgefallen, daß sein Mund immer kleiner wird?«

»Wessen Mund?«

»Andrews. Gleich nach unserer Hochzeit fingen seine Lippen an, immer schmaler zu werden. Bei diesem Tempo wird es höchstens noch fünf Jahre dauern, bis er gar keine mehr hat. Möchtest du wissen, wofür ich das Geld gebraucht habe?«

»Wenn du nicht willst, mußt du es mir nicht sagen«, entgegnete Ludie pflichtschuldigst, beugte sich aber doch vor, um besser hören zu können.

»Ich habe einen Papagei gekauft.«

»Ich wußte, daß Mrs. Levering Haustiere sehr gern mochte. Als Andrew und ich hier in dieses Haus einzogen, war es Mrs. Leverings Schnauzer, der uns darauf aufmerksam machte, wie dünn die Wände sind. Es war wirklich zu blöd, daß sie mit dem kleinen Monstrum gerade Gassi gegangen war, als wir die Wohnung mieteten, denn sonst hätten wir den Vertrag vielleicht nicht unterschrieben.

Natürlich habe ich mich bei ihr über die Kläfferei beschwert, aber Mrs. Levering gehört nun mal zu diesen alten Damen, die Hunde aufs Maul küssen. Glücklicherweise wurde das Miststück – ich spreche von dem Hund –, ein paar Monate später von einem Motorrad überfahren. Zwei Wochen lang mußten wir das Geflenne von Mrs. Levering ertragen.

Selbstverständlich mußte sie einen Ersatz für ihren toten Liebling haben, und wir hatten Glück. Sie kaufte sich eine Perserkatze, die sich nur vernehmen ließ, wenn Fressenszeit war. Ja, wir hörten auch das, dieses kleine, feine Miauen. Kannst du dir das vorstellen? Aber es war doch einigermaßen erträglich, und wir dachten schon, dieses Problem sei ausgestanden.

Dann aber kaufte sie sich einen Papagei.

Er war ein plump aussehendes kleines Ding, leuchtend blau und gelb und orange, und es hauste in einem Käfig, der fast so groß war wie Mrs. Levering. Ich bekam den Vogel zwar erst ein paar Wochen später zu Gesicht, aber mein Gott... hören konnten wir ihn sofort! Weißt du *wirklich*, was Papageien sind, Ludie? Ich meine, glaubst du vielleicht, daß sie nur süß vor sich hinzwitschern oder ›Polly möchte einen Keks‹ oder etwas in der Art von sich geben? Ich will dir mal was sagen – sie heulen wie die Furien! Sie kreischen wie die verdammten Seelen in der Hölle! Oh, und sprechen tun sie auch, na klar. Der da hörte gar nicht wieder auf damit, und nach wenigen Wochen klang er genauso wie die alte Mrs. Levering, die ein Organ hat, als quietsche Kreide über eine Tafel.

Das alles trieb mich langsam in den Wahnsinn. Andrew machte es nicht so viel aus. Er war ja den ganzen Tag über im Büro, während der Nacht wurde der Papagei zuge-deckt, und am Wochenende war er auf dem Golfplatz oder wo immer sonst. Die ganze Beschwererei überließ er *mir*, und so brachte ich die Sache bei einer Mieterversammlung zur Sprache. Der einzige Kompromiß, zu dem sich Mrs. Levering bereitfand, war der, den verdammten Vogel aus dem Wohn- ins Schlafzimmer zu verlegen. Das half wenigstens ein bißchen.

Und dann passierte folgendes. Am Tag nach der Mieter-versammlung traf ich Mrs. Levering im Aufzug. Sie schenkte mir ihr süßestes Altedamelächeln und fragte mich, ob ich ›Frizzy‹ nicht kaufen wolle. So nannte sie den Papagei. Doch, im Ernst! Sie bot mir wirklich und wahrhaftig das verdammte Vieh zum Kauf an, ganz offensichtlich um zu erreichen, daß ich mich nicht mehr so häufig beschwerte.

Natürlich lehnte ich dankend ab. Ich sagte, es sei schon schlimm genug, einen Papagei nebenan zu haben, da würde ich mir ganz bestimmt keinen in die eigene Wohnung holen. Sie meinte aber, ›Frizzy‹ sei wirklich liebenswert, und sein Gekreisch würde mir überhaupt nichts mehr ausmachen, wenn ich ihn nur erst einmal näher kennengelernt hätte. Also ehrlich! Die hatte vielleicht Nerven.

Das nächste Mal traf ich die alte Dame bei *Gristede*, drüben auf der anderen Straßenseite. Sie zählte an der Kasse ihre Centstücke, als wären es uralte Münzen. Ich nehme an, sie lebt von einem dieser festen Einkommen. Jedenfalls lächelte sie mich wieder an und fragte, ob ich denn über den Kauf von ›Frizzy‹ nachgedacht hätte. Ich war wenigstens so neugierig, mich bei ihr zu erkundigen, was sie denn dafür haben wolle, und sie nannte mir den Preis. Sitzt du? Aber natürlich, sehe ich ja. Sie sagte, der Preis betrage *dreitausend Dollar*!

Ich weiß, ich weiß, genau das habe ich auch gedacht, nämlich daß die alte Frau wohl nicht mehr ganz dicht sei. Aber sie erklärte mir, daß Papageien nun mal schrecklich teure Tiere seien, daß Leute sogar noch viel mehr für solche Amazonen zahlten, wie man diese Art nennt. Sie fing ein regelrechtes Verkaufsgespräch an, erzählte mir, wie lange die Tiere leben, was für gute Hausgenossen sie sind, wie phantastisch gut sie sprechen können. Natürlich lachte ich ihr in ihr verrücktes Gesicht und ging weg.

Mein drittes Zusammentreffen mit Mrs. Levering war das eigenartigste. Ich kam gerade vom Friseur und wollte nach Hause, als sie auf ihren dünnen Beinchen hinter mir herlief, völlig außer Atem. Sie wollte mir nur sagen, daß es ihr sehr leid tue, aber der Preis des Vogels betrage nunmehr 5000 *Dollar.* Das war wortwörtlich, was sie mir schweratmend und apologetisch eröffnete, als ob da wirklich irgendeine Transaktion zwischen uns angekurbelt worden sei, Gott bewahre. Sie sagte, daß der Preis mit Sicherheit noch höher steigen werde, und meinte, daß ich deshalb doch lieber gleich mit ihr handelseinig werden solle. Dann versetzte sie mir einen freundlichen kleinen Stups in die Rippen und lief weiter. Genauso war's, ich schwör's dir, Ludie.

Ja, ich erzählte das alles auch Andrew, aber er fand's nicht komisch. Ich nehme an, daß er so sehr an Leute gewöhnt ist, die die verrücktesten Preise für seine Aktien und Papiere zahlen, daß ihn gar nichts mehr wundert. Aber er wäre überrascht gewesen, wenn er das nächste Angebot von Mrs. Levering mitbekommen hätte. Diesmal kam sie direkt an meine Tür und klingelte. Sie erklärte mir, daß dies jetzt die allerletzte Gelegenheit sei, ihr den ›Frizzy‹ abzukaufen, und daß der Vogel nun 7500 *Dollar* koste. Noch bevor ich meinen Mund wieder zukriegen konnte, sagte sie, ich solle mich nicht eher entscheiden, als bis ich ›Frizzy‹ leibhaftig vor mir *gesehen,* bis ich mich davon *überzeugt* hätte, was für ein begehrenswertes Haustier er sei. Sie packte mich am Handgelenk, zog mich mit sich nach nebenan in ihre Wohnung und in ihr Schlafzimmer – und da bekam ich dieses kleine grün-gelbblaue Mistvieh zum erstenmal zu sehen.«

Cerise seufzte.

»Nun, alles, was ich zusammenkratzen konnte, waren 6000 Dollar. Ich konnte nichts vom Konto abheben, über das ja Andrew mit Argusaugen wachte, und deshalb holte ich alles hervor, was ich vom Haushaltsgeld abgezweigt hatte, dann versetzte ich noch meine Leica, verkaufte Emily die Kette, die sie mir schon immer hatte abkaufen wollen – und noch immer fehlten mir fünfzehnhundert. Da hab ich dich angerufen, Ludie, und du hast mir wie immer ausgeholfen, du Engel.«

Ludie schluckte schwer an ihrem letzten Bissen.

»Willst du damit sagen, daß du den Papagei tatsächlich *gekauft* hast? Für 7500 Dollar?«

»Ja«, sagte Cerise finster. »Hättest du auch getan. ›Frizzy‹ war wirklich ein unglaublich begnadeter Imitator. Und nicht nur das, er hatte auch ein unglaubliches Gehör. Er sprach genauso wie ich, Ludie. Also, dieser verdammte Vogel hätte ebensogut auch ein Tonbandgerät in seinem Hals haben können, so genau klang seine Stimme wie meine.«

»Der Papagei hat *deine* Stimme nachgemacht?«

»Durch die Schlafzimmerwand durch, ist das nicht unglaublich? Und nicht nur meine«, sagte Cerise. »Auch die von Michael. Du erinnerst dich doch an Michael? Der schöne Mensch, der mit Andrew zusammenarbeitet? Großer Gott, es war *schaurig*, all das, was Michael geäußert hatte, aus dem Vogel da rauskommen zu hören... der... na ja, all diese intimen Sachen wiederholte. Magst du etwas Wasser haben? Das muß dieses Sandwich sein. Ist das Fleisch vielleicht ein bißchen zäh?«

»Nein«, sagte Ludie und unterdrückte den Anfall. »Ist schon gut. Ich dachte nur, es sei Huhn.«

Der Diebstahl

Cotter stieß mit seinem Schmerbauch die Schwingtür auf. »Gar nicht so übel, Captain«, sagte er aufgeräumt. »Der riecht nicht mal.« Dann schritt er vor Murchison her zum Krankensaal der Alten.

Cotter war ausgesprochen guter Laune. Ihm machte es nichts aus, alte Menschen zu sehen – sie waren für ihn eine fremde Rasse. Murchison dagegen erinnerten sie in unangenehmer Weise an die Zukunft.

Der Patient war nicht gerade ein Musterexemplar, sondern kaum mehr als ein fleischfarbenes Skelett. Auf der Stirn hatte er einen schmalen roten Striemen, als sei er in etwas hineingerannt, was er nicht hatte sehen können. Trotz allem aber war in seinen geröteten, tränenden Augen noch ein schwaches Leuchten zu erkennen.

»Sein Name ist Lyman Poole«, sagte Cotter. »Das hat er jedenfalls behauptet, denn er hatte keine Papiere bei sich, und Angehörige hat er auch nicht benannt... Also los, Mr. Poole, nun erzählen Sie dem Captain mal, wie Sie beraubt worden sind.« Es dauerte jedoch einige Zeit, bis der alte Mann in der Lage war, seine Stimmbänder in Schwingungen zu versetzen. Und selbst als es ihm endlich gelang, war Murchison nicht ganz sicher, ob er richtig verstanden hatte.

»Sie haben mir meine Jugend gestohlen.«

Cotter kicherte, und Murchison trat ihm so heftig auf die Füße, wie er nur konnte. Cotter spürte nichts davon, denn er war bis in die Spitzen seiner Zehen hinein ohne jedes Gefühl. »Wer hat *was* gemacht, Mr. Poole?« fragte der Captain.

»Ich war ein junger Mann! Sie haben sie mir genommen... all diese Jahre!« Eine Hand krampfte sich um Murchisons Arm, und er konnte ihre Knochen durch den Ärmel hindurch fühlen. »Ich war erst sechsundzwanzig. *Sechsundzwanzig!* Und diese Ärzte... sie haben mich bestohlen! Turley... so hieß der... Manassa... Sie müssen mir helfen, bitte!«

Cotter sah Murchison an. »Das ist ein Neuer, das ist mal klar. Sagt, daß er durch die Wälder gewandert und dann böse gestürzt ist. Ist schließlich in irgend so 'nem Provinzkrankenhaus da oben gelandet – und das ist, was sie aus ihm gemacht haben.«

Murchison beugte sich tiefer über den alten Mann. Cotter hatte recht. Er roch überhaupt nicht. Murchison sagte: »Aber warum sollten sie so was machen wollen, Mr. Poole? In einem Krankenhaus?«

»Ich wollte mich mit Kezia an der Schutzhütte treffen«, sagte der Alte verträumt. »Meine schöne Kezia. Wir wollten heiraten... in der darauffolgenden Woche... Aber dann beraubten sie mich... stahlen mir mein Gesicht... meinen Körper... machten aus mir einen alten Mann!« Er schluchzte jetzt, hatte aber keine Tränen mehr. Das Alter ist schon eine trockene Angelegenheit, dachte Murchison. Möchte mal wissen, ob alte Leute überhaupt noch bluten.

Lyman Poole beantwortete diese Frage noch in der gleichen Nacht. Er erwachte gegen drei Uhr morgens aus unruhigem Schlaf, hustete wie ein Seehund und spuckte die Bettücher mit Blut voll. Als die Nachtschwester zu ihm eilte, war er schon tot. Vorbei der Spaß – und ein gelangweilter Cotter sank zurück in die übliche Polizistenroutine der Diebstahlsanzeigen, bei denen es um so gewöhnliche Dinge ging wie Geld, Videorecorder, Schreibmaschinen und Autos – und nicht um so etwas wie Jugend.

Murchison wurde erst eine Woche später wieder an den alten Poole erinnert, als er nämlich den Bericht von Wachtmeister Jenke zu Gesicht bekam, der ihn aufgegriffen hatte. Im Unterschied zu Cotter hatte Jenke keinerlei Humor. Er hatte pflichtgemäß die Tatsachen festgehalten. »Klage wegen Diebstahls. Gestohlene Gegenstände (bitte unter Angabe des ungefähren Wertes auflisten): Jugend.« Ein ungefährer Wert war nicht angegeben.

Das alles hätte ein gutes Gesprächsthema fürs Abendessen abgeben können – wenn Murchison nicht allein gelebt und folglich auch gegessen hätte. Nun saß er in einer Cafeteria und bemerkte, wie er über seine eigene verlorene Jugend nachdachte. Und das erinnerte ihn wieder an Lyman Poole und an die beiden Namen, die jener genannt hatte: Turley und Manassa. Was hatten die zu bedeuten? Rein gar nichts. Er lag in seinem Bett und wartete auf die dem Schlaf vorangehenden Verdauungsstörungen, als der Entschluß in ihm reifte, noch einen letzten Versuch zu unternehmen, um dem alten Mann zu seinem Recht zu verhelfen.

In einem Krankenhausverzeichnis fand er MANASSA HOSPITAL, East Falls, New York. Von beiden hatte er noch nie zuvor gehört.

»Turley« sagte ihm noch immer nichts, aber als er dann das Krankenhaus anrief, war die Erklärung schnell gefunden. Die Frau, mit der er sprach, sagte, daß ein Dr. Turley zum Ärzteteam des Krankenhauses gehört habe, nun aber, wie sie sich ausdrückte, »nicht mehr unter ihnen« sei. Murchison hatte gar nicht gewußt, daß sich Krankenhäuser solcher Euphemismen bedienten. Als er es schließlich mit dem

Namen »Lyman Poole« versuchte, wurde ihr Tonfall sehr viel geschäftsmäßiger.

»Ich verbinde Sie mal mit Dr. Dysart«, sagte sie.

Dysart war sehr bestimmt. »Tut mir leid«, sagte er. »Wir geben keine Informationen über unsere Patienten. Wenn das eine polizeiliche Ermittlung ist, dann muß ich erst einmal Ihre Beglaubigung sehen.«

Das war durchaus berechtigt. Murchison legte auf und holte eine vielbenutzte Karte des Staates New York hervor. Im Umkreis von East Falls gab es drei gute Angelplätze. Also warf er am Wochenende seine Ausrüstung hinten in den Kombi und fuhr zunächst die hundertzwölf Meilen bis zu dem kleinen Landkrankenhaus.

Auch Dysart war ein alter Mann, aber alt in einer Art und Weise, wie sie Murchison für sich erhoffte. »Munter« war das Wort dafür.

In seinem Büro bot Dysart dem Captain einen bequemen Stuhl an und erkundigte sich dann, ob jener schlechte Nachrichten bringe.

»So ist es«, sagte Murchison. »Mr. Poole ist tot. Und da gibt es nun ein paar Fragen...«

»Ja«, sagte Dysart traurig, »da gibt es Fragen, die auch wir uns stellen. Um ehrlich zu sein, hatten wir nicht gedacht, daß der arme Lyman noch ausreichend Kräfte haben würde, um das zu schaffen, was er getan hat.«

»Was getan?«

»Uns verlassen«, sagte Dysart. »Ohne jede Erlaubnis. Er hatte Arteriosklerose in fortgeschrittenem Stadium und war nicht mehr allzu klar im Kopf. Wir machen uns da Vorwürfe, aber schauen Sie sich doch um. Dies ist ein kleines, ruhiges Krankenhaus, für das Sicherheitsvorkehrungen keine hohe Priorität haben.«

»Er hat es aber noch bis in die Stadt geschafft. Und er schien... nun, irgendwie verzweifelt zu sein. Verängstigt. Er erhob gewisse Anschuldigungen...«

»Ja«, sagte Dysart. »Und ich glaube auch zu wissen, welche das waren.«

»Er behauptete, er sei beraubt worden«, sagte Murchison. »Seiner Jugend.«

Der Arzt beruhigte seine zitternden Hände, indem er nach einem auf dem Schreibtisch liegenden Aktenordner griff. Dann blickte er Murchison an und sagte: »Und so war es auch, Captain. Der arme Lyman Poole hat Ihnen durchaus die Wahrheit gesagt.«

»Ich war 1923 noch nicht am Manassa Hospital tätig«, sagte Dysart. »Ich ging damals noch zur Schule und schnitt Fröschen die Beine ab, um zu sehen, wie sie zuckten. Gott weiß, wieso mich *das* darauf gebracht hat, Medizin studieren zu wollen. Wie dem auch sei, nach dem Zweiten Weltkrieg landete ich jedenfalls hier und bin seitdem auch hier geblieben. Zu dieser Zeit war Lyman Poole schon seit dreiundzwanzig Jahren der Starpatient dieses Krankenhauses.

Und das war so gekommen. Hier bei East Falls führt ja der Appalachian Trail vorbei, und damals in den zwanziger Jahren war er noch etwas schwerer zu begehen als heute. Dieser Poole, er muß so ungefähr 25 Jahre alt gewesen sein, kletterte da also wohl ein bißchen auf dem Trail herum, als er unversehens einen steilen Felsen hinabstürzte. Nicht sehr tief, aber er schlug mit dem Kopf auf und fiel ins Koma. Vielleicht hatte er ein bißchen zuviel an seine Freundin gedacht. Man fand ein Bild von ihr in seiner Gesäßtasche, sonst nichts. Seinen Namen erfuhren wir nur, weil er auf die Rückseite des Fotos ›Die zukünftige Mrs. Lyman Poole‹ geschrieben hatte.

Natürlich wurde alles getan, um ihn genauer zu identifizieren. Die Polizei wurde eingeschaltet, sein Bild und auch das Foto des Mädchens in der Zeitung veröffentlicht. Aber... niemand meldete sich. Wer weiß? Vielleicht war er ja gar kein Amerikaner. Damals waren viele Ausländer auf dem Trail unterwegs. Vielleicht lebte dieses hübsche Mädchen irgendwo in England oder Europa? Wie nannte er sie? Kezia? Klingt doch sehr ausländisch, finden Sie nicht?

Nun, sie wußten nicht, was sie mit dem armen Jungen machen sollten. Er lebte ja noch, war zugleich aber auch tot, und das Manassa Hospital war halt nur ein kleines Landkrankenhaus. Sie versuchten, ihn an eine der städtischen Kliniken abzuschieben, wo er wahrscheinlich mangels ausreichender Betreuung gestorben wäre. Zumindest war Mrs. Holland dieser Ansicht. Das war eine reiche alte Dame, die ehrenamtlich hier im Krankenhaus mitarbeitete. Der Anblick des komatösen jungen Wandersmannes hatte wohl ihr steinernes Herz angerührt. Wie dem auch sei, sie wußte sowieso nicht, was sie mit all ihrem Geld anfangen sollte, und deshalb vermachte sie es dem Krankenhaus – unter der Bedingung, daß dieses sich um Lyman Poole kümmere, solange Gott ihn noch atmen lasse.

Und Gott beschloß, ihm seinen Atem sehr, sehr lange zu lassen. Ihm wurde eine Menge Hilfe zuteil. Da das Krankenhaus auch weiterhin Gebrauch von dem Geld der guten Mrs. Holland machen wollte, wurde sehr viel in lebenserhaltende Gerätschaften investiert. Ich glaube nicht, daß es irgendwo im ganzen Land ein besser ausgestattetes Krankenhaus gibt.

Dann geschah aber etwas, womit niemand gerechnet hatte. Eines Tages, und zwar in der vergangenen Woche, schlug Lyman plötzlich die Augen auf. Einfach so. Ich kann Ihnen keine medizinische Erklärung dafür geben. Es war ein ganz gewöhnlicher Tag in seinem vegetativen Leben – und doch war es ein anderer, denn Lyman kam wieder zu sich.

Große Aufregung herrschte, wie Sie sich vielleicht vorstellen können. Wir sorgten aber dafür, daß die Geschichte nicht nach außen drang und daß die Aufregung nicht allzu groß wurde für die kranken, alten Arterien in Lyman Pooles Körper. Das einzige, was wir nicht verhindern konnten, war der Schock, der Lyman traf, als er zum ersten Mal seine Hand erblickte.

Ich war nicht dabei, als das geschah, sondern eine der Schwestern hat es mir berichtet. Er sah seine rechte Hand und starrte sie an, als sei sie irgendein widerliches kleines Tier, das zu ihm aufs Bett gekrochen war. Dann griff er mit seiner *anderen* Hand danach und hob sie hoch. Das war der Augenblick, in dem ihm bewußt wurde, daß beide Hände zu ihm gehörten und daß sie alt waren ... alt.

Er hätte wahrscheinlich gebrüllt wie am Spieß, wenn er die Kraft dazu gehabt hätte. Immerhin kreischte er so laut, daß wir alle angerannt kamen. Er fuhr sich mit den Händen über den ganzen Körper, strich mit ihnen über seine trockene alte Haut und flehte uns dabei an, ihm doch zu sagen, was mit ihm passiert, welche Krankheit für seinen Zustand verantwortlich sei. Und niemand fand den Mut, ihm zu sagen, daß dieser dem irreversiblen Prozeß zuzuschreiben war, den man ›Zeit‹ nennt.

Erst am folgenden Tag, nach einer dank entsprechender Mittel ruhigen Nacht, durfte er in einen Spiegel schauen, und da setzten seine Wutanfälle ein. Und die Anschuldigungen.

Stellen Sie sich das doch einmal vor, Captain. Als er die Augen schloß, war er ein robuster junger Mann Anfang zwanzig. Und als er sie wieder aufmachte, da erblickte er einen schrumpeligen alten Mann von annähernd neunzig. Was hätte er denn auch anderes glauben sollen, als daß man ihn bestohlen hatte? Daß ihm irgend jemand seine Jugend geraubt hatte?«

Was noch? Diese Frage stellte sich Captain Murchison auf der Rückfahrt in die Stadt. Aber er verspürte keine Traurigkeit. In gewissem Sinne war er für die Geschichte von Lyman Poole sogar dankbar. Er kam in die Jahre, natürlich. Aber wenigstens bewegte er sich auf seiner Reise in unmerklichem Tempo voran – auf einem Pfad, der frei war von plötzlichen, jähen Abstürzen.

Das einzige, was ihn, wieder nach Hause zurückgekehrt, verwirrte, war die Tatsache, daß sein normalerweise verläßlicher Freund bei der *Times* im Archiv der Zeitung nicht das geringste über Lyman Poole finden konnte. Aber vielleicht hatte es die Geschichte einfach nie geschafft, bis in die Spalten der *Times* zu gelangen.

Die Türglocke läutete so drängend, daß Kezia kaum Zeit hatte, ihren noch nassen Leib in einen Bademantel zu hüllen. Aber als sie sah, wer da auf der Schwelle ihrer Wohnung stand, war ihr das vollkommen egal. Naß, wie sie war, warf sie sich ihm in die Arme und machte feuchte Flecken auf sein blaues Hemd.

»Lyman!« rief sie aus. »Wo bist du denn gewesen? Ich habe mir solche Sorgen um dich gemacht. Stundenlang habe ich bei der Schutzhütte auf dich gewartet... ich wollte schon die Polizei rufen!«

Der junge Mann kicherte und zog sie fester an sich. »Um die Wahrheit zu sagen... ich hatte einen kleinen Unfall...«

Kezia rang nach Luft. »Ich hab's doch gewußt! Ich hab gewußt, daß es irgend so was war! Aber was ist denn passiert? Erzähl mal! Ist jetzt alles in Ordnung?«

»Mir geht's gut«, sagte er. »Sehr gut sogar. Nur eine kleine Kopfverletzung, das war alles. Die wird in ein paar Wochen völlig ausgeheilt sein...«

Jetzt erst sah Kezia sie – die dünne rote Linie auf seiner Stirn, die sich rechts und links in seinem kurzgeschorenen Haar verlor. Sie mochte diese Frisur nicht – sie war ihr ungewohnt. Überhaupt war einiges an Lyman verändert. Sogar sein Kuß war unbeholfen, aber er war natürlich auch ein bißchen aus der Übung.

Es war fast dreißig Jahre her, daß Dr. George Turley eine Frau im Arm gehalten hatte. Dafür hielt er sich nun schadlos, wobei er sich die ganze Zeit fragte, wie er das alles seinen alten, seinen sehr alten Freunden da in East Falls beschreiben sollte.

Ein Augenpaar

Du bist doch ein Stadtgewächs«, hatte Moffat gespottet. »Wie kommst du dazu zu glauben, daß du dem Job da gewachsen bist?« Leon aber hatte darauf mit dem fischäugigen Glotzen geantwortet, das man von einem Manne seines Berufsstandes erwartete, und Moffat hatte die Sache auf sich beruhen lassen. »Schon gut«, hatte er gesagt und die Schublade seines Schreibtisches nach dem verschmierten kleinen Notizbuch durchwühlt, das all seine Geschäftsunterlagen enthielt. Die Bullen hätten liebend gern ihr gesamtes Weihnachtsgeld für dieses Büchlein und den Schlüssel zu Moffats Geheimcode hergegeben!

In Wahrheit hätten sie diesen Code sehr schnell knacken können. Moffat war nämlich nicht ganz so schlau, wie er dachte. Er benutzte die Initialen der Killer, die er vermittelte (vorn standen die Killer, dahinter die Auftraggeber), wobei das Schlaue daran war, daß jeder Buchstabe gegen den im Alphabet folgenden ausgetauscht wurde. Leon Hardis wurde also zu M. I. Sein »Arbeitgeber« war C. Q., was bedeutete, daß irgend jemand, dessen Initialen eigentlich B. P. lauteten, den Tod dieses Bauernlümmels wünschte.

Leon interessierten nicht die Motive dieses B. P., sondern einzig und allein die Moneten. Moffat bot weniger als üblich, und Leon wurde den Verdacht nicht los, daß er die Differenz in seiner eigenen schmuddligen Tasche verschwinden ließ. Aber Leon zankte sich deshalb nicht mit ihm herum. Er hatte sechs Monate lang keine Arbeit gehabt – er war pleite und er war krank. Der Gefängnisarzt hatte gemeint, er hätte Nierensteine, und ihm aufgetragen, sich noch am Tage seiner Entlassung im Krankenhaus zu melden, was er aber natürlich nicht getan hatte. Allmorgendlich starrte er seine blassen Gesichtszüge an und fragte sich dabei, wo der gebräunte Apollo geblieben sein mochte, der seinen Blick früher erwidert hatte.

Aber das war dreißig Jahre her, als er noch stolz darauf gewesen war, die rechte Hand des großen Philly Longo zu sein. Jetzt war Philly Bestandteil des Belt Parkway und Leon freier Mitarbeiter, der auf die fünfzig zuging. Er war heilfroh, diesen Job auf dem Lande bekommen zu haben, und deshalb stritt er sich nicht mit dem feisten Freddy Moffat, auch Freddy Fettsack genannt, herum. Er fuhr einzig und allein mit den entsprechenden Instruktionen nach Cloverville rauf, wo ein Mann namens Sam Sikorsky – ohne es zu wissen – auf den endgültigen Ruhestand zuging.

Für die Fahrt über den New England Thruway nach Cloverville mietete er sich einen unauffälligen Mittelklassewagen. Es war ein kühler, klarer Tag, obwohl es noch zwei Wochen bis Herbstanfang waren. Sein Großstädterherz schmolz wie eh und je dahin, als sich die grünen Hügel vor ihm entrollten. Leon war in dem Glauben aufgewachsen, daß Gott die Welt asphaltiert geschaffen habe, und ihn hatte heilige Scheu erfaßt, als er zum ersten Mal in seinem Leben Berge, Täler und Flüsse erblickt hatte. Er war noch immer tief beeindruckt, aber je mehr zurückgelegte Meilen der Tacho anzeigte, desto deutlicher verspürte er den dumpfen Schmerz in seinem Unterleib und den Wunsch, die Fahrt hinter sich zu haben. Er war erleichtert, als er das Ortsschild von Kingston erreichte, denn von da aus waren es nur noch zehn Meilen bis Cloverville.

Diese zehn Meilen bedeuteten eine halbstündige Quälerei über staubige Landstraßen, und als er das Städtchen endlich erreicht hatte, war ihm jedes erhebende Gefühl längst abhanden gekommen. Cloverville war ein Drecksnest. Das einzige solide Gebäude am Ort war die Texaco-Station. Der Rest sah eher so aus, als brauche es kaum zwei Versuche, um alles umzuschmeißen. Eine der Ladenfronten gehörte zu einem Restaurant, das den verblichenen Buchstaben auf der Glasscheibe nach von Eddie und Melba betrieben wurde. Er war hungrig, beschloß aber, daß ihn weder Eddie noch Melba zu sehen bekommen sollten – jedenfalls nicht, bevor er sich nicht Sam Sikorskys Landsitz mal etwas genauer angeschaut hatte.

»Das is 'n Kinderspiel«, hatte Moffat gesagt. »Deswegen auch der Preissturz, Leon. Der Bursche lebt ganz allein für sich da draußen in der Wildnis. Hast du das Bild? Den und die Murmeltiere, das ist alles, was du da am Hals hast.«

Leon stritt sich nicht mit ihm. Leon unterließ es, darauf hinzuweisen, daß ein Mordauftrag sehr viel leichter in einer Stadt auszuführen war, weil große Menschenmengen immer Sicherheit bedeuteten – wenn schon nicht für das Ziel, so doch für den Schützen.

Als Leon aber mit dreißig Meilen pro Stunde die Lake Road hinunterrollte, die zu Sikorskys Behausung führte, hellte sich seine Stimmung wieder auf. Je weiter er fuhr, desto seltener die Zeugnisse menschlicher Besiedlung – und das hieß weniger Augen. Augen waren der Grund dafür gewesen, daß Leon Urlaub auf Staatskosten hatte machen müssen. Es hatte nur eines einzigen Augenpaares bedurft, das gesehen hatte, wie er seinen Chevy in eine gerade die Straße überquerende beleibte Dame hineingelenkt hatte. Er hatte für den Job dann nicht mal das volle Honorar bekommen, da er nicht mehr zustande gebracht hatte, als ihr ein Bein zu brechen. Moffats Klient – der Ehemann der Dame, wie Leon vermutete – hatte für mehr als nur das gezahlt. Was ihm von dem Honorar geblieben war, das war an den Anwalt gegangen, der das Gericht davon überzeugt hatte, daß er lediglich betrunken und frei von allen bösen Absichten gewesen war. Als nun die Abstände zwischen den Häusern immer größer wurden, seufzte Leon erleichtert auf. Vielleicht hatte Moffat ja recht. Vielleicht war es diesmal wirklich eine einfache Sache. Denn das hier war die Wildnis, und Murmeltiere waren ziemlich lausige Zeugen.

Sikorksy lebte in einem Tal, so daß Leon noch den zusätzlichen Vorteil hatte, sich das Terrain anschauen zu können wie ein General vor der Schlacht. Mit dem Haus war es nicht weit her – es handelte sich um ein umgebautes Farmhaus mit durchhängendem Dach, einem Anstrich, der aus einem anderen Jahrzehnt stammte, und Unkrautfeldern auf allen vier Seiten.

Während er noch die Lage sondierte, öffnete sich unten die Haustür und eine dürre, gebeugte Gestalt kam herausgeschlurft, einen dünnen Reiserbesen in der Hand. Der Mann fing an, Blätter von der vorderen Veranda wegzufegen, wobei ihn nicht der Erfolg seiner Bemühungen, sondern nur die Tätigkeit an sich zu interessieren schien. Leon öffnete das Handschuhfach, nahm ein kleines Fernglas heraus und holte sich das ihm zugewiesene Opfer näher heran.

Der Mensch da unten hätte irgendwas zwischen 50 und 65 sein können. Er war unrasiert, und sein grauer Backenbart unterstrich noch das Skeletthafte seines Schädels.

Leon konnte nicht anders, als sich zu fragen, wieso es so wichtig für jemanden sein konnte, ob dieser Sikorsky lebte oder starb. Er mußte schon irgendeinen ordentlichen Schaden angerichtet haben, um Freddy Fettsacks Honorar wert zu sein. Leon zuckte die Achseln und wollte gerade das Fernglas sinken lassen, als er etwas sah, das ihn wie ein Schlag in den Magen traf. Da war noch ein zweites Haus, das von den dicht beieinanderstehenden Kiefern, die hinter dem von Sikorsky wuchsen, fast ganz verdeckt wurde. Und auf seiner Veranda, von der aus man Sam Sikorsky noch besser, weil nämlich aus viel größerer Nähe, sehen konnte, saß eine zierliche kleine Frau in einem Schaukelstuhl.

Leon duckte sich in den Schutz seines Autos – er war so entnervt, als sei er der Gegenstand der Beobachtung gewesen. Sein Leib schmerzte jetzt heftiger, und er verfluchte ihn und mit ihm den Baumeister, der so bescheuert gewesen war, in dieser verlassenen Gegend zwei Häuser derart dicht nebeneinander zu stellen. Dann nahm er das Glas wieder zur Hand und sah nun, daß das zweite Haus ein umgebauter Stall und ganz offenkundig Teil der ursprünglichen Farm war. Danke, Freddy Fettsack, sagte Leon voller Bitterkeit zu sich selbst. Keine Zeugen außer den Murmeltieren. Und einer neugierigen alten Dame!

Er legte den Fahrgang ein und fuhr ganz langsam und vorsichtig bis zum Ende des Weges weiter, wo er gerade lange genug anhielt, um einen flüchtigen Blick auf den zweiten Briefkasten werfen zu können. Da stand SIMMONS drauf. Er hörte einen Hund bellen und trat das Gaspedal durch. Er mußte nachdenken.

Er dachte während der ganzen Rückfahrt nach Cloverville nach – und kam zu dem Schluß, daß sich die Sache nicht lohne. Für Freddys herabgesetztes Honorar würde er sich doch nicht *zwei* Morde aufhalsen – der Gedanke, bereits zwei Wochen, nachdem er dort Adieu gesagt hatte, wieder durch die großen Eisentore gehen zu sollen, ließ seine Nierensteine klappern. Seine Entscheidung deprimierte ihn gleichwohl und ließ ihn sich leer fühlen, weshalb er beschloß, diese Leere mit Essen aufzufüllen.

Im Restaurant war weder etwas von Eddie noch von Melba zu sehen, nur ein Knabe mit langem Blondhaar hinter dem Tresen, dessen Name sein T-Shirt zierte.

Leon war der einzige Kunde und fühlte sich plötzlich zu Späßen aufgelegt. »He, Ken«, sagte er, »was kann man denn hier futtern, ohne daß es einen gleich umbringt?«

Der blonde Knabe schenkte ihm ein Lächeln und entblößte dabei eine Menge schlechter Zähne. »Der Hamburger ist okay. Den kriegen wir tiefgefroren. Oder nehmen Se doch die Suppe, die is ausser Dose.«

»Ich werde beides probieren«, sagte Leon. »Muß ordentlich was nachlegen, verstehst du? Hab schließlich noch hundert Meilen vor mir.«

»Wohin geht's denn?«

»Buffalo«, log Leon. »Das gute, alte Buffalo. Werd zusehen, daß ich da hinkomme, bevor der Schneefall einsetzt.«

»Schneefall?« fragte Ken verständnislos. »Is doch erst September.« Dann merkte er, daß er auf den Arm genommen worden war, und kicherte.

Ken tat, was in seinen Kräften stand, um den gefrorenen Hamburger und die Dosensuppe eßbar zu machen, und Leon nahm seine Mahlzeit in nachdenklichem Schweigen zu sich. Er schmeckte das Essen sowieso nicht, da er in Gedanken die geschmacklosen, seine Zukunft betreffenden

Begleitumstände durchkaute. Er wußte, was geschehen würde, wenn er bei diesem Landjob nicht Vollzug meldete. Er stand eh schon ganz unten auf Freddy Fettsacks Liste, und Freddy würde ihn sofort ganz streichen, was bedeutete, daß er eine neue Verbindung brauchte. In seinem Alter würde das nicht leicht werden. Er konnte sich schon sehen, wie er miese Schlägerjobs für minderjährige Pusher übernahm. Die Aussichten waren düster. Seine Kehle schnürte sich zusammen, sein Leib schmerzte heftig, und so etwas wie Tränen brannte in seinen Augen.

Er bestellte noch Kaffee und ein Stück Kuchen, denn er hatte es nicht eilig, sich auf die lange Rückfahrt in die Stadt zu begeben. Während er noch so herumsaß, schlenderte Ken auf die Straße hinaus und ließ die Tür offenstehen, damit die Fliegen hereinbrummen und sich der herumliegenden Krümel annehmen konnten. Leon hörte, wie er jemandem einen Gruß zurief, drehte sich um und sah eine alte Dame, die einen Schäferhund an der Leine führte und sich im Schneckentempo die Hauptstraße hinunterbewegte. Das Wiedererkennen traf ihn wie ein Schlag. Das war die Schaukelstuhldame! Sie trug das gleiche formlose, gepunktete Kleid. Wenn er noch Zweifel bezüglich ihrer Identität gehabt hätte, dann hätte Ken sie zerstreut.

»Schön, Sie mal wieder zu sehen, Mrs. Simmons. Sie sind ja schon lange nicht mehr in der Stadt gewesen.«

Die alte Frau antwortete ungehalten: »Ich käm überhaupt nicht her, wenn's nicht sein müßte. Hatte was wegen der Steuer im Gericht zu klären.«

»Wie kommen Sie denn wieder nach Hause? Ich hab meinen Pickup um die Ecke stehen und mach hier bald zu.«

»Mr. Sikorsky hat mich hergebracht, der nimmt mich auch wieder mit heim.«

Leon wandte sich schnell ab, da ihn der Gedanke beunruhigte, sein anvisiertes Opfer könnte ihn gesehen haben – und das, obwohl er doch gar nichts Böses mehr im Schilde führte! Sam Sikorsky aber trat nicht in Erscheinung. Er wartete wohl am Ende der Straße auf die alte Frau. Leon sah nicht wieder hoch, bis Ken zurückkam und meinte: »Armes altes Ding.«

»Hm?« knurrte Leon.

»Sie ist blind«, sagte Ken und räumte die leeren Teller vom Tresen.

Erneut verspürte Leon einen scharfen Schmerz, diesmal in der Brust. Aber das war einer der reinsten Freude.

Auf der Straße vor Eddie und Melbas Restaurant betrachtete Leon den dunkler werdenden Himmel und kam zu dem Schluß, daß alle Omen und Vorzeichen auf einen Morgenjob hindeuteten. Die Nacht barg zu viele Risiken. Er würde ja mit Licht fahren müssen, um seinen Weg die enge Straße entlang bis zum Hause von Sikorsky finden zu können, und die Stille würde jedes Geräusch, das er machte, verstärken. Zudem war es besser, zeitliche und räumliche Distanz zwischen sich und den Burschen im Restaurant zu bringen. Er kletterte in seinen Wagen und fuhr in Richtung Buffalo. Die Luft war sehr kühl geworden. Wer weiß? Vielleicht würde es ja tatsächlich noch schneien.

Er fand einen abgelegenen Platz im Wald, wo er das Auto parken konnte, lehnte sich dann mit den Schultern gegen die Wagentür und schlief ein. Leon war gut, wenn es darum ging, an merkwürdigen Orten und in unmöglichen

Stellungen zu schlafen. Das war eine Fertigkeit, die er auf Grund berufsbedingter Erfordernisse entwickelt und die ihn nie im Stich gelassen hatte.

Er hatte gehofft, traumlos schlafen zu können, aber keine Rede. Da war wieder der vertraute, steinerne Korridor, der nirgendwohin führte. Barfuß wie er war – er war unbekleidet wie immer – fühlte sich der Fußboden kälter und feuchter an als je zuvor. Mit Krallen bewehrte, schleimige Dinger liefen ihm über die nackten Zehen, aber er ging immer weiter, bis die Sonne ihm die Augenlider versengte und ihn aufweckte.

Diesmal fuhr Leon die Lake Road so langsam hinunter, daß er kein Zweiglein unter seinen Reifen knacken hörte. Der Morgen war windstill – die Bäume hätten auch versteinert sein können, die Tiere in einen falschen Winterschlaf versunken. In Sam Sikorskys Tal jedoch waren Lebenszeichen zu entdecken. Sikorsky war bei Tagesanbruch aufgestanden und saß, eine Kaffeedose im Schoß, auf seiner Veranda. Leon überprüfte dies mit seinem Fernglas, um sicherzugehen, daß das, was er sah, auch wirklich stimmte. Und das tat es. Auf der Dose stand BERGGOLD, und der Mann schloß gerade ihren Deckel. Dann stand er auf und schlurfte ins Haus.

Leon legte das Fernglas zurück ins Handschuhfach und nahm statt dessen die kleine Pistole heraus. Es war eine billige, schmutzige kleine Waffe, aber da er sowieso vorhatte, sie verschwinden zu lassen, war nicht einzusehen, warum er mehr dafür hätte ausgeben sollen. Er schob sie in die Tasche. Sie berührte kalt seine Hüfte, aber sie würde schon bald genug warm werden.

Er rutschte lautlos den grasbewachsenen Hang hinunter und strebte der vorderen Veranda zu. Er lauschte eine lange Zeit und vernahm Geräusche, die auf Frühstück schließen ließen. Er drückte sich dicht an die Wand und spähte durch das verschmutzte Fenster. Sam Sikorsky stand tatsächlich am Herd und schob eine eiserne Bratpfanne aufs Feuer. Die Kaffeedose stand auf dem Tisch. – Nein, falsch. Da standen mehr als nur eine. Leon zählte vier Stück. Er veränderte seine Position, blickte angestrengt durch die schmutzige Scheibe und zählte nun sogar fünf. Fünf Kaffeedosen. Was für eine Art von Frühstück nahm Sam Sikorsky da wohl zu sich?

Leon zuckte die Achseln. Das war schließlich egal, es war eh sein letztes.

Leon schob langsam die Tür auf, hatte aber nicht mit knarrenden Angeln gerechnet, die den alten Mann sich umdrehen ließen. Sikorsky starrte ihn an, und da sah Leon, daß er doch noch nicht gar so alt war. Er hatte gute Zähne, dafür aber keine sehr kräftige Stimme. Er brachte nur einen kurzen, krächzenden Ton heraus, bevor ihn Leon mitten in die Brust schoß. Das war ein lautes Geräusch, wenn auch nur ein kurzes, aber Leon konnte kein Echo hören, das von den umliegenden Hügeln zurückgeworfen wurde. Die Stille, die ihm folgte, war vollkommen, und da bemerkte Leon erst, daß der Knall ihn für Augenblicke völlig taub gemacht hatte. Als er wieder hören konnte, war er ganz überrascht, draußen vor dem Haus den Gesang von Vögeln zu vernehmen. Er verwunderte sich über die Freudigkeit ihres Zwitscherns. Es klang wie ein ihn beglückwünschender Jubelchor.

Leon hatte das Gefühl, auf Wolken zu schweben. Er überprüfte gar nicht erst, in welchem Zustand sich Sikorsky befand – er hatte schon genug vom Tod gesehen, um ihn wiedererkennen zu können. Aber er besah sich die

Kaffeedosen. Er nahm eine auf, und sie war sehr leicht. Er nahm den Deckel ab und erblickte nun Dutzende von eng zusammengerollten Papierstücken. Dann wurde ihm klar, daß es Geldscheine waren, Zwanzig- und Fünfzigdollarscheine. In der Dose mußten fünf- oder sogar zehntausend Dollar stecken. Berggold, fürwahr. Er nahm sich eine andere Dose vor und fand darin das gleiche. Jetzt konnte er sich denken, warum B. P. den Tod von Sikorsky gewollt hatte. Es sah so aus, als sei der ein Dieb. Pech nur, daß B. P. nicht wußte, wo das Geld abgeblieben war. Schlecht für B. P. und gut für ihn, Leon. Dieser Job würde sich am Ende noch auszahlen!

Er fand eine braune Papiertüte und füllte diese mit dem Inhalt aller fünf Kaffeedosen. Und dann trat er, sich besser fühlend als seit Jahren schon, befreit von seinen Nierensteinen, von seinen schlechten Träumen, von der schweren, blauschwarzen Wolke, die ihn schon seit Jahren niedergedrückt hatte, hinaus in das helle Licht der Sonne.

Er stand gerade im Begriff, den grasbewachsenen Hang wieder hinaufzuklettern, als ihn irgend etwas veranlaßte, sich umzudrehen und zu dem hinter den Bäumen versteckten Haus zurückzublicken. Da sah er die alte Dame, die noch immer das gepunktete Kleid trug. Aber diesmal stand sie am Geländer ihrer Veranda und starrte direkt zu ihm herüber, den Mund geöffnet und die Augen so weit aufgerissen, daß Leon einen Augenblick lang glaubte, sie sähen ihn. Die Panik, die ihn ergriff, legte sich schnell wieder, und er schenkte ihr ein breites, freundliches Grinsen. Es lag keinerlei Ironie darin. Er fühlte eine echte Zuneigung zu der alten Dame, zu dieser echten Landfrau mit ihrem wilden Unabhängigkeitsdrang, die hier draußen in der Wildnis lebte, nur einen Hund an ihrer Seite, der sie führte. In diesem Augenblick liebte Leon die alte Frau – und er hob den Arm mit der braunen Wundertüte und winkte ihr voller Herzlichkeit und Liebe zu.

Er stand an dem Mauthäuschen vor dem Hutchinson River Parkway, als hinter ihm das Polizeiauto stoppte. Er reichte dem Mann in der Kabine seine Münze, aber die Schranke ging nicht auf, und da wurde ihm klar, daß sie auf ihn gewartet hatten. Einen verzweifelten Augenblick lang dachte er daran, die hölzerne Sperre zu durchbrechen und loszujagen, aber sein Leihwagen hatte einfach nicht die Pferdestärken, um ein echtes Wettrennen möglich zu machen. Er versuchte es statt dessen mit Bluffen, stritt jedes Fehlverhalten ab, weigerte sich, einer Durchsuchung seines Autos ohne Vorlage der entsprechenden Ermächtigung zuzustimmen. Aber sie waren an einer solchen Durchsuchung gar nicht interessiert – sie wollten nur ihn haben, und das deshalb, weil er im Verdacht stand, einen Mord begangen zu haben.

Auf der Polizeiwache beantworteten sie seine Fragen nicht und er nicht die ihren. Er sprach mit niemandem, bis Damrosch eintraf. Damrosch war der Lieblingsanwalt von Freddy Fettsack, denn Damrosch schaffte es immer wieder, ihn nicht mit dem Gesetz in Berührung kommen zu lassen. Leon wußte, daß er von Damrosch zwar keine große Hilfe erwarten konnte, aber wenigstens doch ein paar Antworten.

»Sie haben die ganze Geschichte gründlich vermasselt, Hardis«, sagte der Anwalt. »Sie müssen statt Grips Pudding im Kopf haben.«

»Ich schwöre, daß ich alles richtig gemacht habe«, protestierte Leon. »Ein einziger Schuß. Keine Umstände, kein

Gemache. Keine Zeugen außer den Murmeltieren, genau so, wie's Freddy gesagt hat.«

»Und was ist mit der Frau da?« sagte Damrosch. »Mit der kleinen alten Dame, die Sie zu der Schießerei hinzugezogen haben? Was ist mit der?«

»Sie hat mich nicht gesehen. Sie hat überhaupt nichts gesehen!«

»Falsch«, sagte Damrosch. »Sie war es nämlich, die die Polizei angerufen hat. Sie hat eine Beschreibung von Ihnen geliefert und dazu noch Ihre halbe Zulassungsnummer, zum Donnerwetter noch mal! Wie blöd sind Sie eigentlich wirklich?«

»Aber...«, sagte Leon. Man ließ ihm keine Zeit, seinen Satz zu vollenden. Die Beamten oben verlangten nach ihm. Mrs. Simmons, empört über das Verbrechen, über den Verlust ihres Nachbarn, war nur zu gern bereit gewesen, sich der Polizei zur Verfügung zu stellen, um den Mann zu identifizieren, den sie dabei beobachtet hatte, wie er ihr schamlos mit seiner Beute zuwinkte, nachdem er zuvor kaltblütig einen Mord begangen hatte.

Leon, in die Reihe von zufällig zusammengebrachten Leuten geschoben, blinzelte in das grelle Licht, bis er die Frau in ihrem gepunkteten Kleid erkennen konnte, die dort auf dem Richterstuhl saß, die Leine ihres armen alten, blinden Hundes fest in der Hand.

Harleys Schicksal

Es war durchaus kein bestimmter Anlaß, der George Cleveland zu dem Entschluß gelangen ließ, seine Frau umzubringen. Es war eher so etwas wie eine kumulative Entscheidung, die im Verlauf einer elfjährigen Ehe heranreifte, welche bereits weniger als einen Monat nach den Flitterwochen in die Brüche gegangen war. George konnte sich noch sehr genau an den Augenblick erinnern, in dem seine verschwommenen amourösen Gefühle von bitterstem Unmut davongeschwemmt worden waren. Er hatte gehört, wie Priscilla am Telefon zu ihrer Freundin Rachel gesagt hatte: ›Weißt du, mir war ja nie klar, daß George so kleine Gliedmaßen hat.‹ Es kann wohl behauptet werden, daß sich Georges Schicksal als Gattenmörder in diesem Augenblick entschied.

Harley Ammons blätterte zur zweiten Seite des getippten Manuskriptes um, las aber nicht weiter. Seine Augen starrten blicklos auf den Kaffeefleck auf dieser Seite, und er versuchte sich zu erinnern, wie der wohl dorthin gekommen sein mochte. Das gelang ihm jedoch nicht. Die Story war schon vor fast einem Jahr über seinen Schreibtisch gegangen, und es hatte seitdem etliche kaffeebefleckte Seiten mehr gegeben, von den Hunderten weiterer frauentötender, männermordender Geschichten auf dem Stapel der eingegangenen, rührseligen Schreibversuche ganz zu schweigen.

Die vor ihm liegende Story hatte Harley angekauft und dem Autor das niedrigste Honorar angewiesen, das das

Murder Mystery Magazine zahlte. Und das waren drei Cent pro Wort für Neulinge – der Name Josh Wellman hatte ihm nichts gesagt. Mr. Wellman hatte seinen Scheck bekommen, aber die Befriedigung, sich auch gedruckt zu sehen, war ihm versagt geblieben. Bob Ligner, Harleys Chef, hatte ihm noch in der gleichen Woche eine Kurznachricht zugeschickt und gebeten, bei den gattenmordenden Geschichten etwas kürzerzutreten. In den letzten beiden Nummern waren acht davon enthalten gewesen, und Ligner wurde ihrer langsam müde. Deshalb hatte Harley die Geschichte von Wellman in den Ordner gesteckt, auf dem SPÄTER stand.

Jetzt lag der SPÄTER-Ordner auf seinem Tisch, aber nicht etwa deshalb, weil Harley beschlossen hätte, daß es endlich an der Zeit sei, »Verflixte Priscilla« zu veröffentlichen. Nein, es war Will Gatti gewesen, der ihn an die Geschichte erinnert hatte – und zwar dadurch, daß er auf Josh Wellman zu sprechen gekommen war, als sie in dem Zug, der sie um acht Uhr zwanzig von Larchmont in die Stadt gebracht hatte, nebeneinander gesessen hatten. Gatti war Polizeibeamter vom Typ Verwaltungshengst, dem das *Murder Mystery Magazine* zu mehr Nervenkitzel verhalf als sein Job. Im Zug las er jedoch stets seinen Lieblingsteil der *Times*, nämlich die Seiten mit den Todesanzeigen und Nachrufen, unter denen sich an diesem Tage auch einer fand, der es verdiente, erwähnt zu werden.

»Schon mal was von einem Autor namens Josh Wellman gehört?«

Harley schüttelte den Kopf, da sich keine Verbindung herstellte.

«Heißt hier, er habe Detektivgeschichten geschrieben«, sagte Gatti. »Dachte, Sie hätten ihn vielleicht gekannt. Na ja, jetzt ist er sowieso auf dem großen Ablagestapel im Himmel gelandet.«

Harley schenkte der Notiz nur einen flüchtigen Blick. Neunzehn Jahre abgeschriebener Farbbänder hatten seinem Sehvermögen nicht gerade gutgetan. Der Nachruf bestand nur aus sechs Zeilen, da die Geschichte von Josh Wellman nicht sehr ergiebig war und es keine überlebenden Angehörigen gab.

»Nein«, sagte Harley und reichte Gatti die Zeitung zurück, »hab noch nie was von dem Burschen gehört.«

Eine Stunde später, in sein schuhkartongroßes Büro gelangt, fand er Wellmans Story auf seinem Schreibtisch liegen und fragte sich, warum er Will angelogen hatte. Denn in Wirklichkeit hatte er in den zurückliegenden zwölf Monaten ein halbes dutzendmal an »Verflixte Priscilla« gedacht. Die Geschichte verfolgte ihn förmlich. Nicht, weil sie irgendwelche besonderen Qualitäten besessen hätte – es war halt eine mehr von diesen Erzählungen, in denen die Ehefrau ermordet und der Betrüger am vorhersehbaren Ende selbst betrogen wird. Aber der Plot hatte doch etwas Besonderes an sich. Priscilla hätte gut und gerne auch Caroline sein können. Caroline war Harleys Frau.

»George hatte keine Ahnung, wie Priscilla zu ihren Hamstergewohnheiten gekommen war. Vielleicht war es eine Auswirkung ihres Umzuges nach Pottersville, der kleinen Stadt, in die der Rasenmäherhersteller, für den George tätig war, seine Firmenzentrale verlegt hatte. Die Clevelands hatten sich ein altes Haus mit sechzehn Räumen gekauft, das zu jenem Typ gehörte, das gemeinhin mit dem Wort ›weitläufig‹ beschrieben wird. George wußte noch andere Adjektive dafür, vor allem im Winter, wenn die Ölheizung frohgemut sein gesamtes Gehalt auffraß. Nachdem Priscilla den geräumigen Keller entdeckt hatte, fand sie noch eine weitere Methode, besagtes Gehalt auszugeben. Sie begann nämlich, Konserven zu kaufen. Sie behauptete, dies sei eine sinnvolle Investition, eine Absicherung gegen die Inflation. Am Ende befanden sich fast tausend Dosen in dem Keller, manche davon älter als Georges neun Jahre alter Buick.«

Harley ließ das Manuskript auf seinen dicken Bauch sinken, lehnte sich zurück und schloß die Augen – gerade so, wie er das auch bei der ersten Lektüre der Geschichte schon getan hatte. Vor seinem inneren Auge sah er Carolines Vorratslager von Konservendosen. Sie mochte im Verlaufe ihrer einundzwanzigjährigen Ehe nicht gerade tausend gehortet haben, aber die Exemplare waren älter als der Buick des fiktiven George. Die zufällige Übereinstimmung hatte ihn damals schon beeindruckt und weiterlesen lassen, wie das auch heute wieder der Fall war.

»Es war ein überschwemmter Keller, der George auf die Idee brachte. Im April hatte es sechs Tage lang sehr heftig geregnet, und Priscillas schlechte Laune verschlechterte sich noch mehr, als schlammbedeckte Straßen sie hinderten, an den Sitzungen der diversen Frauengruppen teilzunehmen, die ihre Tage ausfüllten. Ihre Laune steigerte sich zu einem Wutanfall, als sie bemerkte, daß das Regenwasser in den Keller eingedrungen war und nun die Etiketten ihrer kostbaren Konservendosen bedrohte. Sie hatte . . .«

»Mr. Ammons?«

Harley blickte auf, fast schuldbewußt, und blinzelte Beryl an. Sie hatte eine Kaffeetasse von der Größe einer kleinen Vogeltränke in der Hand. Harley war nicht daran gewöhnt, eine Sekretärin zu haben, die ihm jeden Morgen

Kaffee brachte. Aber schließlich war er ja auch nicht an jemanden wie Beryl gewöhnt, die noch auf der sonnigen Seite der dreißig stand und wirklich, wirklich und wahrhaftig einen Busen hatte. Olivia, die vor drei Monaten in den Ruhestand getreten war, war 62 und flach wie ein Brett gewesen. Und sie war auch nicht von der Arbeit beeindruckt gewesen, die er da leistete. Beryl dagegen war der Ansicht, sie sei *super*.

»Das muß mal eine gute Geschichte sein«, sagte sie strahlend. »Ich kann das immer gleich erkennen.«

»So?« sagte Harley.

»Ja. Ich meine, ich seh's an Ihrem Gesichtsausdruck. Und Sie lesen auch schon die dritte Seite. Wenn Sie eine Geschichte nicht mögen, dann kommen Sie für gewöhnlich nicht über die Seite zwei hinaus.«

»Das stimmt«, sagte Harley erfreut. »Sie passen wirklich gut auf, Beryl.«

Dieses Kompliment ließ sie ein ganz klein wenig erbeben. Es schickte einen so angenehmen Schauder durch ihren Körper. Harley war sich plötzlich seines Herzschlages bewußt. Er nahm die Kaffeetasse in die Hand und sagte: »Wissen Sie, ich habe noch mal über diese Bitte nachgedacht, die Sie mir neulich vorgetragen haben. Ihre Frage, ob Sie die Manuskripte lesen dürften, bevor sie bei mir landen. Das ist vielleicht gar keine so schlechte Idee.«

»Ist das Ihr Ernst?« sagte Beryl. Ihr Mund bildete ein vollkommenes O, das kurzzeitig zu einem Q wurde, als sie ihre rosige Zunge vorstreckte. »Oh, Mr. Ammons, das wäre ja wirklich wunderbar!«

»Ich sage damit nicht, daß die Ihnen dafür was extra zahlen«, warnte Harley. »Der Verlag ist zu klein, um noch einen Lektor oder so was anheuern zu können. Aber es wird eine wertvolle Erfahrung für Sie sein, auch mit Blick auf einen neuen Job.«

»Aber ich will gar keinen ›neuen Job‹«, sagte Beryl wie auf Kommando. »Ich mag diesen Job hier. Ich möchte halt nur so viel wie möglich von Ihnen lernen, Mr. Ammons.«

»Na gut, wir müssen uns darüber noch mal etwas ausführlicher unterhalten... Vielleicht beim Lunch«, fügte er wie beiläufig hinzu. »Oder beim Abendessen, wenn Sie einmal Lust verspüren sollten, so lange zu arbeiten. Ich tue das ziemlich oft, wissen Sie.«

»Das wäre absolut« – sie rang nach dem passenden Wort – »*super*«, sagte sie.

Als Beryl wieder hinausging, war Harleys Pulsfrequenz höher und sein Interesse an dem Manuskript größer denn je.

»In dem dreißig Zentimeter hohen schwarzen Wasser herumwatend, murmelte George Cleveland Wörter vor sich hin, von denen er gar nicht gewußt hatte, daß er sie kannte. Die Flut hatte die untersten Bretter von Priscillas Regalen erreicht und beleckte die Etiketten der Dosen mit Karotten der Handelsklasse A, mit eingelegten Pflaumen, kleinen weißen Kartoffeln, Hühnersuppe mit Nudeln. Er war fast versucht, sie ins Wasser zu schmeißen, damit die Etiketten ganz aufweichten, wobei er sich genüßlich vorstellte, wie frustriert Priscilla sein würde. Dann stellte er sich aber auch ihren Zorn vor und nahm Abstand von seinem Vorhaben. Vielmehr begann er pflichtschuldigst, die unten stehenden Dosen auf höhere Regalbretter umzusetzen.

Als seine im Wasser herumfischenden Finger die eigenartige Wölbung einer Dose mit gemischtem Obstsalat der Firma Montmorency ertasteten, hielt er kurz inne, um sich die Sache im Scheine der einzigen, nackten Birne an der Kellerdecke etwas genauer zu betrachten. George hatte noch nie eine Dose von so merkwürdiger Gestalt gesehen. Das verdammte Ding sah ganz so aus, als ob es schwanger wäre.

Schnell watete er zum Regel zurück und zog die danebenstehende Dose heraus. Auch sie enthielt den Obstsalat von Montmorency, und auch sie war in gleicher Weise gewölbt. Er versuchte verzweifelt, sich an das Wort zu erinnern, das sich da den Weg in sein Bewußtsein bahnte. Es war ein Wort, das er irgendwie mit Flasche oder noch besser Buddel in Verbindung brachte. Hier hatte er es doch aber mit Dosen zu tun – warum dachte er da ausgerechnet an Buddeln?

Da ging ein weiteres Licht an, aber das war in George Clevelands Kopf.

Das Wort, das er suchte, war *Botulismus*.«

Harley legte die Manuskriptseiten zusammen und stopfte sie hastig in den Ordner zurück. Jetzt war alles wieder da – die fiebrigen Ideen, die ihm bei der erstmaligen Lektüre von Josh Wellmans Beitrag in den Kopf gekommen waren. Die Parallelen zwischen Priscilla und Caroline waren zu unübersehbar, sein Verlangen nach Freiheit zu stark, der Abscheu, den er seiner Frau gegenüber empfand, zu überwältigend. Aber natürlich war der Gedanke, Josh Wellmans Mordplan zu kopieren, allzu lächerlich, phantastisch und vor allem zu wenig praktikabel. Er konnte doch wohl nicht gut eine Story veröffentlichen und dann seine Frau auf die darin beschriebene Art und Weise um die Ecke bringen. Selbst als ihm Ligners Notiz den vollkommensten Vorwand geliefert hatte, die Geschichte *nicht* zu bringen und sie gänzlich aus dem Verkehr zu ziehen, ließ sich die Idee nicht in die Tat umsetzen. Schließlich war der Autor noch am Leben.

Der Autor war am Leben.

Harley starrte in seine Kaffeetasse und brüllte dann nach seiner Sekretärin. Als Beryl herbeigeeilt war, übertrug er ihr die verantwortungsvolle Aufgabe, ihm ein Exemplar der Morgenausgabe der *Times* zu beschaffen. Sie entsprach diesem Wunsch mit bewundernswerter Schnelligkeit, und Harley sah sich so in die Lage versetzt, den Nachruf auf Josh Wellman in aller Ruhe durchlesen zu können. Dieser war zwar kurz, aber höchst zufriedenstellend. Oder sollte man besser »belebend« sagen?

Aber wie ein Traum, der während der wachen Stunden des Tages langsam der Vergessenheit anheimfällt, so verging auch Harleys Erregung. Als er den Zug um fünf Uhr vierzig nach Larchmont bestieg, sah er zerknittert und erledigt aus. Er fühlte seinen Schmerbauch und die Stelle an seinem Hinterkopf, wo die Haare dünner wurden. Er besah sich das hängebäckige Gesicht, das sich in der Fensterscheibe spiegelte, und versuchte, ein anderes Bild heraufzubeschwören – das Bild eines jungen Mannes in Tweed, dessen scharfsichtige, zugleich aber auch nachdenkliche Augen die Welt mit amüsierter Ironie und durchdringender Intelligenz von der Rückseite des Schutzumschlages eines Romans mit dem Titel... Aber er hatte ja seinem Roman noch gar keinen Titel gegeben, geschweige denn angefangen, ihn zu schreiben.

Auch das lastete er Caroline an. Sie hatte ihn nie in seinem ehrgeizigen Streben bestärkt. Sie hatte nur immer wieder und mit kalter Logik gefragt, warum er denn, wenn es ihn so sehr nach dem Schreiben verlange, dies nicht tue, statt ständig nur darüber zu reden. Statt über die Autoren zu murren, deren Geschichten er herausbrachte, und dauernd zu erklären, daß er sie alle in die Tasche stecken würde, wenn er nur die Zeit dazu hätte. Harleys vernünftiger Vorschlag, sich für ein Jahr beurlauben zu lassen, hatte nur ein schallendes Gelächter ausgelöst. Caroline, die als Werbetexterin arbeitete, soviel verdiente wie er und zudem über eigenes Vermögen verfügte, hatte durchaus nicht die Absicht, für ihn oder seine Illusionen aufzukommen. Nein, das war nicht das Wort gewesen, das sie benutzt hatte. Sie hatte von Selbsttäuschung gesprochen.

Harley zuckte bei der Erinnerung an diesen Augenblick zusammen. Der junge Mann mit den scharfsichtigen, zugleich aber nachdenklichen Augen war dahin. Jetzt war da nur noch ein Mann mittleren Alters, dessen Augen... ja, was waren? Harley schaute erneut hin. Für gewöhnlich waren sie sanft, braun und unkonzentriert. Jetzt aber waren sie regelrecht hart, schwarz und... ja, todbringend. »Der Mann mit den todbringenden Augen.« Harley zog sein Notizbüchlein hervor und schrieb sich den Titel auf. Er würde sich gut ausnehmen auf dem Umschlag des *Murder Mystery Magazine*. Der unselige Autor konnte einem egal sein, auch wenn er natürlich Einwände gegen die Abänderung seines Titels erheben würde.

Wieder heiterer gestimmt, ließ Harley das Schloß seines Aktenköfferchens aufschnappen und nahm das Manuskript heraus, das er auf der Heimfahrt hatte lesen wollen. Er runzelte die Stirn, als er entdeckte, daß er aus Versehen »Verflixte Priscilla« eingesteckt hatte. Das war schon echt freudsch, dachte er gequält. Oder vielleicht Schicksal.

»George Cleveland hatte sich nie für einen klugen Mann gehalten. Das Rasenmähergeschäft verlangte Fleiß und gesunden Menschenverstand. Er pflegte seinen Kunden mit einem Kichern zu erklären: ›Unser Geschäft ist nicht, Hälse abzuschneiden, sondern Gras.‹ Seine sanften Methoden zahlten sich aus. Alle mochten George, ausgenommen natürlich seine Frau.

Aber die Vorbereitung von Priscillas Ende würde, so viel war sicher, einiges an Klugheit erfordern. Es reichte nicht aus, einfach nur die Dose mit vergiftetem Obstsalat aufzumachen und ihr zum Abendessen zu servieren. Sie lebten zwar recht isoliert (die nächsten Nachbarn wohnten fünf Meilen entfernt), aber deswegen waren sie noch lange nicht gegen Tratscherei gefeit. Jedermann in Pottersville wußte, daß George und seine Frau ›nicht miteinander auskamen‹. Der watschelnde alte Sheriff Yates war alles andere als ein hohlköpfiger Bulle – er las dicke Bücher über Verbrechensbekämpfung und forensische Medizin und hoffte wahrscheinlich gegen jede Hoffnung auf einen ordentlichen, sensationellen Mord in seinem Zuständigkeitsbereich. Der Coroner war ein Arzt mit scharfem diagnostischem Blick. Nein, George konnte sich nicht darauf verlassen, daß die amtlichen Stellen stümperten und bei Priscillas Ableben auf ›Tod durch Unglücksfall‹ und nicht auf ›Tod durch Mord‹ erkennen würden.

Dann aber hatte er die Lösung! Große Lösungen sind oftmals sehr einfach – wie etwa Einsteins Formel zeigte. Und zu der seinen bedurfte es nicht mehr als eines Besuches im Supermarkt von Grand Forks.«

Caroline saß am Steuer ihres Kombis, als Harley aus dem Zug stieg. Sie war schon im Supermarkt einkaufen gewesen. Der umgelegte Rücksitz war mit braunen Papiertüten bedeckt, die prall gefüllt waren mit Flaschen und Dosen und Papiertüchern, mit Dosenöffnern und Korkenziehern in ihren Klarsichtpackungen, mit eingeschweißten Tomaten und Fleischportionen, mit alkoholfreien Getränken und Müslischachteln und Hundefutter, das ausgereicht hätte, um ein ganzes Tierheim zu versorgen. Harley fragte sich oft, was eigentlich aus all den Einkäufen wurde, die Caroline da im Supermarkt tätigte. Sie schienen nie auf ihren Tisch zu gelangen. Häufig genug war Caroline nur zu gern bereit, es Harley zu überlassen, sich sein eigenes Abendessen aus dem zusammenzukochen, was er im Kühlschrank vorfand. Und meistens fand er dort nicht sehr viel. Was auch egal war, denn er war ein hoffnungsloser Koch. Im Unterschied zu George Cleveland.

»Es waren mexikanische Gerichte gewesen, die zu der Romanze zwischen George und Priscilla geführt hatten. Sie hatten sich nämlich in ›The Big Enchilada‹ kennengelernt, in einem Fast-food-Restaurant, das auf die mexikanische Küche spezialisiert war. Sie war sogar noch faszinierter gewesen, als sie erfahren hatte, daß George selbst in der Lage war, mexikanische Spezialitäten zuzubereiten, eine Kunst, die er dem Besuch eines abendlichen Kochkurses verdankte. Nach ihrer Hochzeit hatte es George übernommen, einmal in der Woche etwas Mexikanisches für sie beide zu kochen. Er wählte jeweils auch den Nachtisch aus. Und was war nach scharf gewürzten Tamales erfrischender als ein schöner, kühler Obstsalat?

Am folgenden Samstag nachmittag suchte George die Obstsalat-Abteilung des Supermarktes auf. Es war so voll wie stets, aber die Fülle verschaffte ihm Sicherheit. Bei all dem geschäftigen Treiben in den Gängen bemerkte niemand, daß einer der Kunden einen gleichsam ›verkehrten‹ Diebstahl beging und etwas in ein Regal *hineinstellte*.

Er hatte vorgehabt, eine halbe Stunde zu warten, bis er auf die eigenartige Dose mit Montmorency-Obstsalat aufmerksam machte, aber er fing schnell an, unruhig zu werden. Was, wenn jemand vorher schon die verdammte Dose in die Finger bekäme? Seine Unruhe wurde so groß, daß er nicht länger als zehn Minuten zu warten vermochte. Er schlenderte zum Regal zurück, und da kramte doch tatsächlich ein korpulentes weibliches Wesen in dem Angebot herum und nahm mit seinen Wurstfingern vorsichtig *die* Dose auf.

›Mein Himmel!‹ Sie schnappte empört nach Luft, und Georges Herz tat einen Freudensprung. Zum Glück war die Frau entweder eine kritische Verbraucherin oder paranoid. ›Sehen Sie sich das bloß mal an!‹ sagte sie zu niemand bestimmtem. ›Wissen Sie, was das ist?‹

Sie umklammerte den Deckel der Dose mit zwei Fingern und hob sie in ihren Einkaufswagen, den sie dann sofort zum Büro des Managers schob. Es war einem fast so, als sähe man ihren Kopf vor Entrüstung rauchen.

George wartete noch, bis er schrilles Protestgeschrei aus dem kleinen Glaskasten dringen hörte. Dann ging er, denn es war höchste Zeit, mit der Zubereitung des Abendessens zu beginnen...«

Das Leben ahmt die Kunst nach, dachte Harley Ammons, aber doch nicht immer. Er hatte eine ganze Stunde lang Carolines Vorratslager durchforscht und jede einzelne Konservendose auf Anzeichen von Mangelhaftigkeit hin untersucht. Er hatte ein paar eigenartig verbeulte Dosen gefunden, ein paar auch, die unter dem Etikett angerostet waren, ja, sogar einige mit verdächtigen Ausbuchtungen, aber es gab keine, die der Bezeichnung »schwanger« auch nur im entferntesten nahegekommen wäre, wie sie Josh Wellman in seiner Geschichte benutzt hatte. Was George Cleveland anbetraf, so war das ein geschickter Schachzug, aber sein Autor war ja auch hilfreich genug gewesen und hatte sogar *zwei* vom Botulismus heimgesuchte Dosen Obstsalat in seinen Keller gestellt. Caroline hatte sich bedauerlicherweise nicht zu solchem Entgegenkommen verstanden.

Schließlich gab Harley seine Suche auf. Er war fast schon so weit, die ganze Sache fallenzulassen. Am nächsten Tag nahm er das Manuskript von Josh Wellman wieder mit ins Büro und bereitete die Freigabe zum Druck vor. Wenn sonst schon nichts anderes, so würde er sich wenigstens ein paar Punkte dadurch verdienen, daß er den Monatsetat entlastete. Er dachte sogar daran, eine kurze Einführung mit einer posthumen Würdigung des Autors zu verfassen.

Es war Beryl, die das verhinderte. Sie kam wie gewöhnlich mit der vogeltränkegroßen Kaffeetasse herein, aber auf ihrem Gesicht war eine ungewöhnliche Flüssigkeit zu sehen. Tränen. Harley erkundigte sich sanft nach den Ursachen ihres Kummers und schloß auch die Tür, damit sie ungestört wären. Da gestand ihm Beryl schluchzend, daß sie sich am Vorabend mit ihrem Freund verkracht hätte. Es sei endgültig aus zwischen ihnen – aus und vorbei, auf immer und ewig, sagte Beryl, und daß sie froh darüber sei, denn der Freund wäre, nun ja, doch nicht reif genug für sie gewesen. Sie legte ihren Kopf an Harleys Brust – ein bißchen unbeholfen, denn sie war ein paar Zentimeter größer als der Redakteur.

Beryl war wieder ruhiger, als sie ihn verließ, aber Harley war es nicht. Er war dermaßen durcheinander, daß er seine Publikationspläne hinsichtlich der Geschichte »Verflixte Priscilla« gänzlich vergaß. Nach dem Lunch entdeckte er dann das Manuskript auf seinem Schreibtisch und nahm es erneut zur Hand.

»Der Obstsalat wurde sorgfältig aus der Dose in eine Glasschüssel umgefüllt und säuberlich mit Folie abgedeckt. Die Dose, die nach dem Öffnen nicht mehr ganz so geschwollen aussah, landete in einer Mülltüte aus Plastik, wobei George jedoch dafür Sorge trug, daß diese Tüte den zweimal wöchentlich erscheinenden Männern von der Müllabfuhr nicht in die Hände fallen konnte. Er wußte nur zu gut, daß die Dose ein entscheidendes Beweis... Mitten im schönsten Fluß unterbrach er seine Gedanken – er durfte nicht an die Polizei und den Coroner denken, jedenfalls jetzt noch nicht!

Die erste Warnung wurde mit den frühen Abendnachrichten ausgestrahlt. Priscilla bekam sie nicht mit (sie war bei einer Sitzung des Sozialvereins der Frauen), wohl aber George – und George war glücklich. Es wurde da vor Obstsalat der Marke Montmorency gewarnt, vor den Dosen mit der Serien-Nummer G-100. Der Ansager verwies auf die niedrige Dringlichkeitsstufe des Alarms, war die genannte Partie doch schon vor fünf Jahren in den Handel gekommen, so daß wohl kaum noch jemand ein Exemplar davon in seinen Beständen finden würde. Gleichwohl riet er seinen Hörern, achtsam zu sein, denn der Obstsalat der erwähnten Serie enthalte schließlich nicht nur Obst, sondern auch die Bakterie *C. botulinum*. Achtsam – wenn auch in anderer Hinsicht – war George sehr wohl gewesen, und er konnte nicht anders, als sich dazu zu gratulieren.

Priscilla kehrte an diesem Abend müde und gereizt nach Hause zurück, und George war voll Mitgefühl. ›Du arbeitest wirklich zuviel, mein Schatz‹, sagte er besorgt. ›Paß mal auf, du wirst dich nach einem kleinen Chili con carne und einem schön erfrischenden Dessert wieder viel besser fühlen.‹«

Das Wunder geschah an diesem Wochenende.

Harley hatte ganz vergessen, daß Carolines Mutter ihren 75. Geburtstag feierte und daß er trotz einer Fahrt von achtzig Meilen und der Gewißheit, sich tödlich zu langweilen, einem Besuch zugestimmt hatte. Ihre Mutter wohnte in einem hohen, schmalen Haus in Duchess County und fürchtete nichts mehr als Sonnenlicht und frische Luft. Harley hatte mal geäußert, sie sei wohl ein Vampir, und da hatte Caroline eine Woche lang nicht mehr mit ihm geredet. Er dachte noch immer gern an diese Woche zurück.

An diesem Nachmittag nun saß Harley in Mutter Gertruds dunklem, luftlosem Wohnzimmer und hörte sich an, wie sich Mutter und Tochter gleichermaßen über die Ungerechtigkeit des Daseins beklagten. Dann schien sich Caroline aber plötzlich daran zu erinnern, daß er auch noch da war. Sie sagte:

»Harley, warum siehst du nicht mal nach dem Licht?«

»Nach was für einem Licht?«

»Sag mal, hast du denn gar nicht zugehört? Mama hat doch gesagt, daß das Licht in ihrem Keller nicht mehr angeht. Sieh doch mal nach!«

Harley war nur zu glücklich, dieser Aufforderung nachzukommen, auch wenn seine Kenntnisse in Dingen der Elektrizität eigentlich auf den Bereich batteriegetriebener

Gerätschaften beschränkt waren. Er ging in den Keller und fand sehr schnell heraus, daß die Birne kaputt war und ausgewechselt werden mußte. Von seinem Können sehr angetan, fand er nun auch eine Ersatzbirne und sah den Ort bald schon in eine wenig schmeichelhafte Helligkeit getaucht. Mutter Gertrud hatte ganz offensichtlich die Hygiene ihres Kellers schon seit Jahren vernachlässigt. Er wollte ihn schon erleichtert wieder verlassen, als er die Dosen erblickte.

Jetzt wußte er endlich, wo Caroline ihre Methoden des Wirtschaftens her hatte – sie hatte sie geerbt! Mutter Gertruds Konservensammlung ließ allerdings die ihrer Tochter geradezu winzig erscheinen. Dann wurde ihm klar, daß dieser Keller tatsächlich als eine Art Luftschutzkeller angelegt worden war – nach den Hunderten von Dosen auf den Regalen zu schließen, mußte sie mit einem sehr, sehr langen Krieg gerechnet haben.

Neugierig geworden, fing Harley an, sich die Aufschriften genauer zu betrachten. Da gab es Marken, von denen er noch nie in seinem Leben gehört hatte, und auch etliche Gerichte, die ihm unbekannt waren – einige davon wollte er auch gar nicht kennenlernen. Da sein Magen immer noch damit beschäftigt war, mit Mutter Gertruds Mittagessen fertig zu werden (es war Eintopf mit Hammelfleisch gewesen, wie er hoffte), war der Anblick der verblaßten Bilder auf den Etiketten doppelt abstoßend.

Er langte schon nach dem Kettchen, das von dem Schalter in der Deckenlampe herabhing, als sein Blick auf die italienische Tomatensauce fiel.

Die Tomaten auf dem Etikett sahen gar nicht gut aus. Sie wirkten irgendwie gedrungen und mißgestaltet, machten einen angeschwollenen und ungesunden Eindruck. Nur daß dies kein Fehler in der künstlerischen Wiedergabe, sondern die Dose selbst war, die dermaßen die Form verloren hatte. Sie litt unter einem höllischen inneren Druck, unter einer verderblichen, gasförmigen Veränderung ihres Inhalts, die sich in der Dunkelheit vollzogen hatte.

Langsam, fast schon ehrfürchtig näherte sich Harley dem Regal und hob die Dose hoch. Sie schien in seiner Hand zum Leben zu erwachen, und dies auf eine Art und Weise, die weder gut noch schlecht, sondern ganz einfach gegeben war.

Am glücklichsten aber machte Harley, daß das von den anderen auch galt.

Da standen nämlich noch drei weitere Dosen mit »Original italienische Tomatensauce« auf dem gleichen Regalbrett, eine so angeschwollen wie die andere – aufgebläht von *C. botulinum*! Dank Mutter Gertrud (zu denken, wie sehr er sich diesem Besuch widersetzt hatte!) standen ihm doppelt so viele Mittel zur Erreichung einer glücklichen Zukunft zur Verfügung wie dem guten George von Josh Wellman.

»Das Essen war in jeder Beziehung ein voller Erfolg, mit einer Ausnahme: Es war nicht genug davon da. George wußte, daß Priscilla noch weit davon entfernt war, wirklich satt zu sein. Sie kratzte auch noch das letzte Restchen ihres Chili con carne zusammen, jedes kleinste Krümelchen der Tortilla. Ihr mexikanisches Bier trank sie bis zum letzten Tropfen aus. Und blickte hungrig auf die Reste, die George noch auf seinem Teller liegen hatte, war jedoch entschlossen, nicht um mehr zu bitten. Priscilla erhielt die Illusion aufrecht, sie äße immer nur ganz, ganz wenig – und wartete voller Ungeduld auf den Nachtisch.

Das war für George der Augenblick, den Obstsalat hereinzuholen.

Er war nicht mehr da.

Zuerst dachte er, Priscilla hätte ihn vielleicht an eine andere Stelle gesetzt. Sie räumte die Sachen im Kühlschrank dauernd hin und her.

›Hast du da irgendwas umgeräumt?‹ fragte er, an den Eßtisch zurückkehrend.

›Was umgeräumt?‹

›Eine rote Glasschüssel, die mit Folie zugedeckt war. Stand auf dem untersten Gitterrost.‹

›Oh‹, sagte Priscilla. ›Meinst du die Schale mit dem Obst?‹

›Ja‹, sagte George und versuchte, ganz ruhig zu bleiben. ›Was hast du damit gemacht?‹

›Du liebe Güte‹, sagte Priscilla, ›ich hatte gehofft, du würdest das nicht merken.‹

›Was merken?‹ sagte George und fing an, sich ganz krank zu fühlen.

›Na, was ich heute abend gemacht habe. Weißt du, ich hatte vergessen, frisches Obst zu besorgen, und da dachte ich, es würde dir vielleicht nichts ausmachen, wenn ich ein einziges Mal dieses Dosenzeug nehmen würde. Ich meine, ich wußte ja nicht, daß du das als Nachtisch vorgesehen hattest. Wir essen doch nie Obstsalat zum Dessert.‹

›Ich hatte mir halt gedacht, es wär mal eine nette Abwechslung‹, sagte George und meinte jedes Wort so, wie er es sagte. ›Willst du etwa behaupten, du hättest ihn aufgegessen, Priscilla? Ist es das? So als kleinen Spätnachmittagssnack?‹

›Nein‹, kicherte sie. ›Das war's nicht. Du weißt doch, daß ich nicht soviel esse.‹

›Was aber hast du *dann* damit gemacht, Priscilla?‹ fragte George und beschloß, sich zu setzen. ›Wo ist der Obstsalat geblieben?‹

›Er ist in deiner Sangria‹, sagte Priscilla. Und sie blickten beide auf sein leeres Glas.«

Harley kam zur letzten Seite von Josh Wellmans Manuskript und runzelte die Stirn wie schon bei der ersten Lektüre. Sehr cleveres Ende. Ungemein clever. Nicht übermäßig plausibel, natürlich. Der Autor hätte vorher erwähnen sollen, daß Priscilla an diesen mexikanischen Abenden für die Getränke zuständig war. Natürlich hätte das auch die Pointe verderben können. Und dann gab es da ja noch ein Problem. Wie viele Leser wußten, daß Sangria aus Wein und Obst hergestellt wurde? Wenn einem das nicht bekannt war, entging einem der ganze Witz der Geschichte. Harley zuckte die Achseln. Was machte das schon aus? Es würde ja doch niemand »Verflixte Priscilla« je lesen. Er nahm die große Schere zur Hand und fing an, das Manuskript zu zerschnippeln.

Innerhalb von fünf Minuten war es nicht mehr da, und Beryl kam herein, um ihm ein schönes Wochenende zu wünschen. Er wußte, daß es das werden würde.

Am Samstagmorgen überraschte Harley Caroline mit dem Angebot, sich um die Erledigung der Einkäufe zu kümmern. Caroline war hocherfreut. Ein Treffen des Lawn-Bowling-Komitees war angesetzt worden, desgleichen eines der Frühlingstanzgruppe und eines der ehrenamtlichen Helferinnen im Krankenhaus – und so konnte sie an allen drei Zusammenkünften teilnehmen. Sie gab ihm an der Haustür einen dankbaren Abschiedskuß und überreichte ihm die Einkaufsliste. Der war zu entnehmen, daß es zum Abendessen Steak geben sollte, und er meinte: »Ich habe eine Idee. Wie wär's mit Spaghetti?« Caroline war als fanatische Anhängerin italienischer Teigwaren nur zu einverstanden mit seinem Vorschlag.

Harley ging an diesem Tage nicht nur in einen Supermarkt, sondern in drei. In allen hinterließ er eine aufgeblähte Dose mit italienischer Tomatensauce. Im letzten erledigte er dann seine Einkäufe, zu denen auch ein Glas mit »Mamma Mias original italienischer Tomatensauce« gehörte.

Nach seiner Rückkehr in das verlassene Haus schüttete er den Inhalt des Glases von Mamma Mia in den Ausguß, öffnete sodann die vierte und letzte der verformten Dosen und füllte die darin enthaltene »Original italienische Tomatensauce« in das Glas um. So wie der fiktive George in Josh Wellmans Geschichte, so sorgte auch er dafür, daß die leere Dose erhalten blieb.

Harley nahm an diesem Abend vor dem Essen drei Drinks zu sich, einen mehr als sonst, aber Caroline bemerkte das gar nicht. Sie war viel zu sehr damit beschäftigt, ihm von ihrem Tag zu berichten und sich mit glücklichem Gekrächze dieses oder jenes Triumphes über diese oder jene Rangälteste dieses oder jenes Komitees zu rühmen. Er beobachtete, wie sie am Herd herumhantierte, blickte ohne spezielle Boshaftigkeit auf ihre füllige Figur. An diesem letzten Tag ihres Lebens brachte Harley seiner Frau fast schon so etwas wie freundschaftliche Gefühle entgegen.

Die Spaghetti waren schnell zubereitet, denn Caroline bevorzugte sie *al dente*. Sie öffnete das Glas von Mamma Mia und besah sich kurz das Etikett, bevor sie die Sauce über die dampfenden Nudeln goß.

Als sie die Schüssel auf den Tisch stellte, warf Harley einen schnellen Blick darauf und versuchte, sich an Beryls Gesicht zu erinnern.

Wie üblich wartete Caroline nicht ab, daß auch er zu essen begann. Sie nahm ein Heft von *Town & Garden* zur Hand und fing zu lesen an. Es war ein typischer häuslicher Abend.

Eine halbe Stunde später stand Caroline vom Tisch auf, um ihre Freundinnen anzurufen und ihnen von ihren Komitee-Erfolgen zu berichten. Sie hatte überhaupt nicht bemerkt, daß Harley auf sein Abendessen verzichtet hatte.

Fünf Stunden später klagte sie über Übelkeit, Sehstörungen und eine Kehle, die so trocken war, daß sie kaum noch zu sprechen vermochte. Schließlich war sie wie zugeschnürt. Caroline fing an, würgende Laute von sich zu geben, die so schwer zu verstehen waren, daß Harley ihnen kaum die Bitte entnehmen konnte, doch einen Arzt herbeizuholen. Das jedenfalls sagte er Dr. Kornfeld, der zu spät kam, als daß eine Tracheotomie noch hätte helfen können. Sie starb um halb drei Uhr morgens. Die erste Warnung vor dem Genuß von »Original italienischer Tomatensauce« wurde am gleichen Morgen um acht Uhr im Rahmen der Lokalnachrichten gebracht.

Harley ließ sich Zeit damit, sich zu beglückwünschen. Er hatte den größten Teil seines Lebens damit zugebracht, Geschichten zu lesen, in denen teuflisch durchtriebene Killer vorkamen, die am Ende immer nur eine winzige Kleinigkeit vergessen hatten. Er war sich der unzähligen Schicksalswendungen nur zu bewußt, die aus einem perfekten Mord sehr schnell einen gar nicht mehr perfekten machen konnten. Er war von etlichen hundert Autoren geprägt worden, die sich alle der Aufgabe verschrieben hatten nachzuweisen, daß letztlich der Betrüger der Betrogene war, daß sich der Mörder in seinen eigenen Netzen fing, daß sich das Verbrechen nicht auszahlte.

Aber zwei Wochen nach Carolines Beerdigung, bei der er die Rolle des trauernden Witwers in vollendeter Form gespielt hatte, begannen sich Harleys Zweifel zu legen. *Natürlich* wurde jeder Mord aufgeklärt – in der Dichtung! *Natürlich* zahlte sich das Verbrechen nicht aus – für die Autoren! Dies aber war das wirkliche Leben, und das wirkliche Leben verlief nie so fein säuberlich nach Plan wie die Geschichten, die er im *Murder Mystery Magazine* veröffentlichte.

Harley fing an, sich zu entspannen. Er lächelte wieder – das matte, zaghafte Lächeln des jüngst erst eines lieben Menschen Beraubten. Dieses Lächeln ging allen zu Herzen, die ihn kannten. Sie waren sich darin einig, daß er sehr tapfer war. Auch Beryl dachte das. Sie war der Meinung, daß er wirklich wunderbar sei. Sie lud ihn zu einem selbst bereiteten Essen in ihre Wohnung ein. Harley überkam kurz ein Zittern, als er sah, daß sie Spaghetti auftrug. Sollte dies zur krönenden Ironie werden? Aber das wurde es nicht. Die Spaghetti waren sehr gut, die Sauce schmackhaft und pikant. Und das war auch Beryl.

Harley kehrte drei Wochen nach Carolines Tod an seinen Arbeitsplatz zurück, nun voll und ganz davon überzeugt, daß die Wirklichkeit nicht nur eigenartiger war als die Dichtung, sondern auch befriedigender.

Er empfand keinerlei Gewissensbisse oder Besorgnis, als an diesem ersten Morgen im Büro ein Bulle bei ihm erschien – zumal da es sich bei diesem um seinen Bekannten Will Gatti handelte.

Nachdem der Polizeibeamte seinem Mitgefühl ein wenig unbeholfen Ausdruck verliehen hatte, fragte Harley ihn, ob er nicht ein Freiexemplar des *Murder Mystery Magazine* haben wolle. Er schob ihm die neueste Ausgabe zu, und Gatti blätterte mit seinem dicken Daumen das Heft durch, bis er das Inhaltsverzeichnis gefunden hatte.

»Mord ist ein Kinderspiel«, sagte er ernst. Harley blinzelte ihn an. »Titel der ersten Geschichte«, sagte Gatti. »Bei gut der Hälfte von euren Stories kommen ›Mord‹ oder ›Tod‹ im Titel vor. Ist das Absicht?«

»So heißt nun mal das Spiel«, sagte Harley lächelnd.

»Ein paar von denen sind ja ganz schön raffiniert. Haben Sie schon mal die Befürchtung gehabt, Harley, Sie könnten Leute damit auf Ideen bringen?«

Der Redakteur schob seinen Stuhl zwanzig Zentimeter zurück. »Wir fabrizieren keine Gebrauchsanweisungen, Will. Wir erzählen einfach nur Geschichten.«

»Und doch wären ein paar von den Methoden durchaus auch im wirklichen Leben anwendbar. Nehmen Sie zum Beispiel mal die hier.«

Gatti öffnete seinen Aktenkoffer und entnahm ihm ein Heftchen im Taschenbuchformat, dessen Umschlag Eselsohren zierten. Harley erkannte es sofort. Es war ein Exemplar von *Zesty Detective*, einem ehemaligen Konkurrenzprodukt, dessen Verleger glücklicherweise schon vor acht Jahren beschlossen hatte, sein Erscheinen einzustellen. Er nahm Gatti das Heftchen aus der Hand und besah sich die halbnackte Blondine, die anzüglich mit einer 32er schmuste. Die Titelgeschichte hieß »Der Tod ist die beste Diät« und stammte von einem Autor namens Hugo Grimm.

»Haben Sie diese Story schon mal gelesen, Harley? Sie müßten sie eigentlich interessant finden.«

»So ein Schundzeug lese ich nie, Will«, sagte Ammons. Aber da war etwas im Blick des Polizisten, das ihn doch dazu veranlaßte, die erste Seite aufzuschlagen.

»Es war durchaus kein bestimmter Anlaß, der Harry Johnson zu dem Entschluß gelangen ließ, seine Frau umzubringen. Es war eher so etwas wie eine kumulative Entscheidung, die im Verlauf einer elfjährigen Ehe heranreifte, welche bereits weniger als einen Monat nach den Flitterwochen in die Brüche gegangen war. Harry konnte sich noch sehr genau an den Augenblick erinnern...«

Harley blickte auf und Captain Gatti in die Augen, wo er etwas sah, was er noch nie dort gesehen hatte – noch nie in irgendwelchen Augen gesehen hatte.

»Ich dachte, die Geschichte wäre mir nicht so ganz unbekannt«, sagte Gatti. »Suchte eine Woche auf meinem Dachboden rum, bis ich sie wiedergefunden hatte. Lesen Sie sie mal durch, dann werden Sie verstehen, was ich gemeint habe, als ich sagte, daß so etwas die Leute auf Ideen bringen kann... Aber natürlich nur, wenn Sie die Geschichte nicht schon kennen.«

»Ich habe in meinem ganzen Leben noch nie *Zesty Detective* gelesen!«

Gatti warf ihm einen ausdruckslosen Blick zu, lehnte sich zurück und fing an, die Geschichte laut vorzulesen – und da wurde Harley plötzlich alles klar. Josh Wellman und er – sie hatten sich beide des Plagiats schuldig gemacht!

Mamas Geheimnis

Ich hatte gar nicht gewußt, daß ich in der Lage sein könnte, meine Mutter zu hassen – bis zu jenem Tage, an dem mein Vater aus dem Gefängnis entlassen werden sollte. Mein kleiner Bruder Elmo und ich hatten die Tage und Stunden gezählt, die noch vergehen mußten, bis wir unseren Papa endlich wiedersehen würden, und wir waren auf Enttäuschungen überhaupt nicht vorbereitet.

Es war zweieinhalb Jahre her, daß wir uns von ihm verabschiedet hatten, und danach war es nie zu einem Besuch in der Haftanstalt von Perry gekommen, weil Mama stets behauptet hatte, daß jene »zu weit weg« und »kein Ort für Kinder« sei.

Mir war vor allem die letztere Erklärung zutiefst verhaßt, war ich doch immerhin schon fast dreizehn, als mein Vater wegen Totschlags verurteilt worden war. Mein Bruder Elmo schien sich nur halb soviel daraus zu machen, daß wir den Vater nie besuchen durften, aber er war damals schließlich auch erst zehn Jahre alt.

Ich stellte Mama die große Frage erst am Morgen des Tages aller Tage, hoffte ich doch, sie würde von sich aus verkünden, daß Elmo und ich sie zum Gefängnis begleiten dürften, um dort Papa am Tor in Empfang zu nehmen. Ich hatte die Begründung für mein Ansinnen, die von meiner inzwischen erreichten Reife ausgehen sollte, sorgfältig vorbereitet, aber Mama gab mir keinerlei Gelegenheit, sie auch vorzutragen.

Gleich nach dem Frühstück erklärte sie Elmo, daß sie

mit ihm in die Stadt fahren wolle, um seinen neuen Anzug ändern zu lassen, und daß sie mich vorher beim Kieferorthopäden absetzen werde. Elmo und ich waren sprachlos.

»Aber was ist mit Papa? Willst du etwa, daß er ganz allein hierher nach Hause kommt?« verlangten wir zu wissen.

Sie ließ mit großem Geklapper die Bratpfanne in die Spüle fallen. »Papa kommt nicht heim.«

»Klar kommt er!« explodierte Elmo. »Heute ist doch der 24.! Heute soll er da rauskommen!«

»*Möchte* er vielleicht gar nicht nach Hause?« fragte ich, und gänzlich unreife Tränen stiegen mir in die Augen.

»*Ich* möchte ihn nicht hier haben«, sagte Mama. Dann riß sie sich die Schürze ab und warf sie auf den Spültisch. »Ihr seid fast drei Jahre ohne ihn ausgekommen«, sagte sie barsch. »Ihr solltet euch inzwischen daran gewöhnt haben.«

Wir erhoben ein neuerliches Protestgeschrei, aber Mama stapfte aus der Küche und überließ es uns, mit einer ganz neuen und schrecklichen Erkenntnis fertig zu werden – nämlich daß es nicht nur Gefängnismauern gewesen waren, die diese Familie auseinandergebracht hatten.

Vielleicht hätte ich das alles vorhersehen können. Mama hatte Papa während der gesamten Zeit seiner Inhaftierung nur ein einziges Mal besucht. Aber das war ganz am Anfang, kurz nach Papas Strafantritt gewesen, und der Besuch nur kurz. Sie hatte den Bus um acht Uhr genommen, der die etwa hundert staubigen Meilen nach Perry fuhr, und war schon mit dem Mittagsbus wieder zurückgefahren. Ich hatte eine vage Vorstellung von diesem Besuch. Wahrscheinlich hatte sie Papa nur durch das vergitterte Fensterchen angeschaut – und dies mit einem

Ausdruck im Gesicht, den man vielleicht am treffendsten mit den Worten »freudlose Befriedigung« beschreiben könnte.

Mama hatte immer vorhergesagt, daß Papas Sauferei noch mal üble Folgen haben werde, und das hatte sich dann ja auch als zutreffend erwiesen. Er hatte nämlich Lenora Hutchins direkt vor unserem Haus ums Leben gebracht, hatte sie spät nachts mit dem Auto überfahren und hinterher behauptet, er habe sie nicht sehen können – obwohl sie doch das leuchtendste rot-gelbe Kleid angehabt hatte, das man sich nur vorstellen kann.

Aber trotz all ihrer Befriedigung mußte Mama in dem sie heimfahrenden Bus doch geweint haben, denn als sie damals nach Hause kam, waren ihre Augen ganz geschwollen.

Es war dies durchaus nicht das erste Mal gewesen, daß Papa sie zum Weinen gebracht hatte. Mir waren sehr viel mehr Gelegenheiten bekannt, als die beiden ahnten und Elmo je mitbekommen hatte. Vielleicht war das ja auch ganz gut so, jedenfalls wenn man bedenkt, bei wie vielen dieser Streitereien es um niemand anderen als um meinen kleinen Bruder gegangen war. Sein Name war in so gut wie jeder ihrer erregten Auseinandersetzungen aufgetaucht. Wenn sie sich beispielsweise über Geld gestritten hatten oder über das Auto, das Papa gekauft und das doch mehr gekostet hatte, als es nach Mamas Ansicht hätte kosten dürfen. Oder wenn sich Mama über seine Sauferei beklagt hatte oder über sein spätes Nachhausekommen oder über all die anderen Dinge, derentwegen sich Eheleute streiten.

Bei diesen Anlässen war unweigerlich Elmos Name gefallen. Und immer war es nur Papa gewesen, der ihn ins Spiel gebracht und dabei in zwei langgezogene, säurehaltige Silben zerlegt hatte, daß er eher wie ein Schimpfwort klang. Ich hatte stets voller Furcht und doch fasziniert auf den Augenblick in ihrem Streit gewartet, in dem Papa dieses »E-l-l-l-l... m-o-o-o-o!« aussprach. Und wenn es dann soweit war, hatte ich immer große Angst gehabt.

In der Zeit meiner Pubertät beunruhigte mich keine Frage mehr als die, welche Rolle eigentlich mein kleiner Bruder bei dem Zerwürfnis meiner Eltern gespielt hatte. Papa war keineswegs irgendwie gemein zu ihm gewesen, außer wenn Mama ihn vor seinen Augen allzu liebevoll behandelt hatte. Dann hatte Papa ganz leise irgendwas Häßliches vor sich hingemurmelt und sich in seinen Hobbyraum im Keller zurückgezogen. Mir war nicht verborgen geblieben, daß zu dessen Ausstattung auch eine Flasche Whiskey gehörte. Aber eines Tages hatte er sich beim Basteln fast den linken Daumen abgesäbelt und daraufhin beschlossen, nur noch außerhalb des Hauses zu trinken.

Seine Sauferei hatte in der Zeit vor jenem Unfall, bei dem Lenora ums Leben gekommen war, ziemlich schlimme Formen angenommen. Es war Papa nicht gerade zuträglich gewesen, als die Leute den ermittelnden Beamten von seinen Gelagen da im *Six-Pack* berichteten, das heißt, in dem Lokal unseres Ortes, in dem er das meiste Geld auf den Kopf gehauen hatte. Oder von der Nacht, in der er mit dem Auto über die Böschung geraten war und mit einem Kran aus dem Graben hatte herausgezogen werden müssen.

Es war das erste Mal gewesen, daß Papa mit dem Gesetz zu tun bekommen hatte, und deshalb noch ohne schwerwiegendere Folgen für ihn. Mama war halt zur Wache gegangen und hatte ihn gegen Zahlung einer Kaution rausgeholt. Als die beiden damals nach Hause gekommen waren, hatten sie rumgekichert und waren sehr lieb zueinander gewesen. Sie hatten sich umarmt, gelacht, gescherzt und das ganze Haus mit einer gänzlich ungewohnten Atmosphäre zufriedenen Familienglücks erfüllt. An jenem Abend hatte Papa auf der vorderen Veranda Steaks gebraten.

Aber an dem Abend war noch etwas Besonderes geschehen. Ich war kurz nach Mitternacht wieder aufgewacht, weil mir die Exzesse unseres Festmahles auf den Magen geschlagen waren, und da hatte ich ihre Stimmen unten im Wohnzimmer hören können. Es waren keine zankenden Stimmen gewesen, sondern leise flüsternde Stimmen, die auf eine Weise intim waren, wie ich das noch nie gehört hatte.

Bei dieser Gelegenheit hatte ich auch wieder Elmos Name vernommen, aber diesmal aus Mamas Mund und ganz leise gesprochen. Sie hatte zu Papa gesagt: »Das mit Elmo ist nicht wahr. Es ist einfach nicht wahr!«

Ich war verwirrter gewesen als je zuvor. Was war das mit Elmo, was nicht wahr sein sollte? Stimmte irgendwas mit meinem kleinen Bruder nicht, was man mir verheimlicht hatte? Dann war mir eingefallen, daß Papa zur Zeit von Elmos Geburt nicht da gewesen war. Mama hatte gesagt, er sei für seine Firma unterwegs.

Nun war Papa andauernd für seine Firma auf Achse gewesen. Er hatte Ladeneinrichtungen für Lebensmittel- und Haushaltswarengeschäfte verkauft, Stahlregale und Vitrinen und so etwas, und zu seinem Verkaufsgebiet hatten immerhin sechs Bundesstaaten gehört. Aber damals war er erst wieder nach Hause gekommen, als Elmo schon fast einen Monat alt war, und er schien nicht in der Lage zu sein, sich den Kleinen anzuschauen. Hatte er etwas gewußt, was ich nicht wußte?

Nein, das hatte alles irgendwie keinen rechten Sinn ergeben wollen. Elmo war doch nur ein Baby gewesen. Alle hatten ihn bemuttert, vor allem auch Lenora, die Schwarze, die Mama »für ein paar Wochen« als Aushilfskraft angeheuert hatte, woraus dann aber mehr als zehn Jahre geworden waren. Es fällt mir immer noch schwer zu glauben, daß ihr armer, verstümmelter Körper jetzt da unter der Erde liegen soll, geschützt vor dem grausamen Licht der Sonne, über das sie sich so oft beklagt hatte.

Papa hatte nichts geantwortet, als Mama damals diese Worte geflüstert hatte, aber es mußte doch eine Veränderung in ihm vorgegangen sein. Er war vom Sofa aufgestanden, wo sie wohl herumgeschmust hatten, und seine Stimme war plötzlich ganz leer und ausdruckslos gewesen, als er sagte, es sei wohl Zeit, ins Bett zu gehen. Ich hatte sofort gewußt, daß der schöne Tag vorbei war, daß ich am anderen Morgen aufwachen und alles wieder so sein würde wie immer.

Da hatte ich mich insofern geirrt, als alles nur immer schlimmer geworden war. Schon am nächsten Abend war Papa etwas später und etwas besoffener als sonst nach Hause gekommen. Diesmal war ihr Streit so laut gewesen, daß Elmo und ich davon aufwachten. Wir hatten mit anhören können, wie er lauthals verkündete, daß er wieder auf Geschäftsreise gehen und eine Woche lang wegbleiben werde – ob man das nicht eine hervorragende Terminplanung nennen könne, wo doch ihr »Freund« grad mal wieder in der Stadt sei. Wäre es nicht schön, wenn sie ihren »Freund« mal wiedersehen könne? Und vielleicht würde ihr »Freund« ja auch mit ihr und »E-l-l-l-l ... m-o-o-o-o«

in den Zoo gehen... Mir war klar, daß mir damit ein weiterer Schlüssel zu dem Rätsel in die Hand gegeben worden war. Ich wußte nun, daß es ein Mann war, über den Papa da gesprochen hatte – Mama war ja auch mit einem befreundet gewesen.

Mein Vater hatte am nächsten Morgen in aller Frühe das Haus verlassen, aber er war dann keine ganze Woche fortgeblieben. Später erfuhren wir, daß er stinkbesoffen bei einem Kunden aufgetaucht war und sich der Besitzer des Ladens, der auch Kirchenältester war, bei der Firmenleitung beschwert hatte, die Papa daraufhin gefeuert hatte. Das erklärte zu einem Teil die Verfassung, in der er in jener Nacht nach Hause gefahren war. Den Rest erklärte der Whiskey.

Obwohl Papa schwor, daß es nicht die Sauferei gewesen sei. Er hatte alles auf die Dunkelheit geschoben, die es ihm unmöglich gemacht habe, Lenora rechtzeitig zu sehen, als sie direkt vor unserem Haus über die Straße zur Bushaltestelle gelaufen war. Das war sein einziges Alibi gewesen, und er hatte während des ganzen, nicht sehr langen Prozesses daran festgehalten – und das selbst dann noch, als man nachgewiesen hatte, daß der Mond dreiviertel voll gewesen war, und ihm zudem das Kleid vorgelegt worden war, das Lenora an dem Abend angehabt hatte, dieses rot-gelbe Kleid, von dem der Staatsanwalt gemeint hatte, es müsse so gut sichtbar gewesen sein wie das Licht einer Verkehrsampel.

Papa war der einzige Zeuge der Anklage gewesen, aber nichts von all dem, was er vorgebracht hatte, war überzeugend genug, um die stumme Anklage jenes Kleides widerlegen zu können – jenes Kleides, das er gesehen haben sollte, gesehen haben mußte. Deshalb hatten ihn die Geschworenen dann auch schuldig gesprochen und ins Gefängnis geschickt. Nun aber war Papa wieder frei, hätte zu uns nach Hause kommen sollen – und da wollte Mama ihn nicht wiedersehen!

Ich glaube, ich war meiner Mutter bis zu dem Tage böse, an dem ich selbst die Stadt verließ, um aufs College zu gehen. Es muß wohl die Abschiedsstimmung gewesen sein, die Mama dazu veranlaßte, mir anzuvertrauen, was sie getan hatte. Vielleicht war es auch die Frau, die uns im Warteraum des Busbahnhofs gegenüber saß und die ein rot-gelbes Kleid anhatte. Ich begann zu ahnen, was Mama durch den Kopf ging, und nun meiner Reife gewiß, sagte ich kalt: »Du machst Papa das noch immer zum Vorwurf, nicht wahr? Den Tod von Lenora?«

Sie schwieg eine volle Minute, ehe sie antwortete. »Es gibt da eine Sache, die du nicht weißt, Collegeboy. Lenora hatte sich dieses rot-gelbe Kleid nicht selbst gekauft. Es war meins. Ich hatte es ihr erst am Nachmittag jenes Tages geschenkt.«

Dann wurde mein Bus aufgerufen, und Mama überreichte mir eine braune Papiertüte, die ein Sandwich enthielt. Ich kaute auf dem Roastbeef und der Tragweite dessen, was sie mir da gesagt hatte, lange, sehr lange herum.